时代记忆文丛

荷花淀

孙犁中短篇小说选

孙犁 著　刘宗武 选编

青海人民出版社

图书在版编目（CIP）数据

　　荷花淀：孙犁中短篇小说选 / 孙犁著；刘宗武选编 . -- 西宁：青海人民出版社，2020.7
　　（时代记忆文丛）
　　ISBN 978-7-225-05981-5

　　Ⅰ . ①荷… Ⅱ . ①孙… ②刘… Ⅲ . ①中篇小说—小说集—中国—当代②短篇小说—小说集—中国—当代 Ⅳ . ① I247.7

中国版本图书馆 CIP 数据核字 (2020) 第 113423 号

时代记忆文丛
荷花淀
——孙犁中短篇小说选

孙犁　著

刘宗武　选编

出 版 人	樊原成
出版发行	青海人民出版社有限责任公司
	西宁市五四西路 71 号　邮政编码：810023　电话：(0971) 6143426（总编室）
发行热线	(0971) 6143516 / 6137730
网　　址	http://www.qhrmcbs.com
印　　刷	陕西龙山海天艺术印务有限公司
经　　销	新华书店
开　　本	890 mm × 1240 mm　1/32
印　　张	11.875
字　　数	310 千
版　　次	2020 年 9 月第 1 版　2020 年 9 月第 1 次印刷
书　　号	ISBN 978-7-225-05981-5
定　　价	69.00 元

版权所有　侵权必究

总　序

"人民文学"的传统在当代

李云雷

20世纪中国最重要的事件是中国革命和改革开放,中国革命的胜利使中国彻底摆脱了半殖民地半封建社会,获得了民族独立,"中国人民从此站起来了";改革开放的成功则让中国走出了一穷二白的状态,奠定了民族复兴的基础。在21世纪的今天,我们正走在中华民族伟大复兴的征程上,当回望20世纪的时候,我们应该感激与铭记中国革命与改革开放,或许我们身在其中并不觉得有什么特别,但是放眼世界我们就会发现,并不是所有国家的革命都能够获得胜利,在20世纪末仍大体保持着19世纪末古老帝国版图的,只有中国;也并不是所有国家都能够进行改革开放,都能够取得改革开放的成功,或者说能够顺利推进改革开放并使国势国运日趋向上的,也只有中国。中国革命和改革开放是20世纪中国最重要的遗产,也是我们在21世纪不断开拓进取、实现民族复兴最重要的根基。

"人民文学"是在中国革命的进程中产生，并对中国革命、建设、改革产生重要影响的文学。在这里，我们所说的"人民文学"是一种泛指，在不同的历史时期曾被称为"革命文学""解放区文学""十七年文学"等，又在不同的理论视域中被命名为"左翼文学""社会主义文学""红色文学"等，"人民文学"的概念既是对上述各种称谓的通约性表达，也是在新的历史语境中的一种通俗性表达。"人民文学"与20世纪中国革命紧紧联系在一起，既是20世纪中国革命组织、动员的一种方式，也是其在文化上的一种表达。"人民文学"的重要性体现在它在转变观念、凝聚情感、社会动员与组织，以及寓教于乐等方面所发挥的作用。在1940—1970年代，中国内忧外患不断，生产力低下，群众的识字率较低、知识文化水平贫乏、娱乐方式简单，"人民文学"在那时起到了独特而重要的作用。作为一种文化政治传统，"人民文学"伴随20世纪中国革命以及建国后的社会主义建设实践而逐渐生成，并以不同方式在改革开放的历史语境中延续和变迁，它直接参与和内在于现代中国的进程，发挥着独特的革命文化能量，进而建构了新的社会主义文化经验和价值传统。

"人民文学"在1940—1970年代的中国文学界曾占据主流，但在改革开放的历史新时期，对"人民文学"的评价却发生了分歧与分裂，其中既有20世纪80年代、90年代和21世纪初等不同时期的差异，也有国家、文学界、知识界等不同层面的差异，以下我们对这些分歧简单做一下勾勒，并对"人民文学"在新时代的状况做出分析。

在20世纪80年代，伴随着对"文革文学"的批判与反思，中国文学进入了一个繁荣发展的新时期，文学思潮层出不穷，从"伤痕文学""反思文学"到"改革文学""知青文学"，再到"寻根文学""先锋文学",获得解放的文学释放出无穷的活力。在政治层面,中国进入了一个思想解放的时期,文艺政策也从"为政治服务"调整为"为人民服务,为社会主义服务"。在知识界,则发生了一场声势浩大的新到多元化"的转变,所谓"一体化"是指"人民文学"从1940年代到1970年代逐渐占据主流、成为主体,并趋于激进化的过程,而"多元化"则是指"一体化"因"文革文艺"的泡沫化而终止,逐渐走向开放、多元的过程。在这一历史时期,曾被激进的"文革文艺"压抑的其他文艺派别获得了重新评价,这些文艺派别既包括左翼文学内部的周扬、冯雪峰、胡风等人的文艺理论,丁玲、赵树理、孙犁、路翎等人的小说,也包括左翼文学之外的其他派别,比如自由主义文学、新月派、京派文学,等等,但在80年代,所谓"多元化"仍有其边界,大致限于"新文学"的范围之内,但这要到时代的进一步发展之后才能为我们知悉。1980年代的文学大致以1985年为界,呈现出迥然不同的样貌,在1985年之前,左翼文学与现实主义仍然占据主流,而在1985年之后,先锋文学与现代主义蔚然成风,逐渐占据了文学界的主流,而这则伴随着文学评价标准的重大变化,那就是从革命化到现代化、从人民文学到精英文学的转变。在这一过程中,以"重写文学史"的兴起为标志,对"人民文学"的评价逐渐走低,以"写什么和怎么写"的讨论为中心,对现实主义作品的评价也逐渐走低,或许在一个渴望转变与新异的时代,这样的变化也是难免的,要等到一个新的时代,我们才能对之进行客观冷静的评价。

在1990年代,市场化大潮席卷而来,文学界与知识界也产生了分化与争论。1993年、1994年发生的"人文精神大讨论"突显了作家与知识分子面对市场大潮的分歧,一些作家与知识分子热烈拥抱市场化与世俗化大潮,而另一些作家与知识分子则在市场大潮中坚守道德理想,或者坚守个人的岗位意识。与此同时,大众文化迅速崛起,影视与流行音乐逐渐占据了文化领域的中心位置,文学的位置开始边缘化。在文学界内部,伴随着金庸、琼瑶等通俗小说的流行,以前备受"新文学"压抑的通俗文学获得了重新评价的机会,从鸳鸯蝴蝶派到张恨水,从还珠楼主到港台新武侠,都获得了前所未有的关注。"多元化"的发展突破了"新文学"的界限,而逐渐开始向通俗文学、流行文学开放,文学评价的标准也逐渐向是否能够畅销、是否能够获得市场与读者的认可转移。在这样的潮流中,"新文学"的传统趋于边缘化,"人民文学"则处于边缘的边缘。但是在知识界,也出现了重新评价左翼文学的"再解读"思潮,他们从现代化、现代性的视角重新审视左翼文学的经典作品,对之做出了与革命史视野不同的阐释,不过这种解读更多借助于西方的"市民社会""公共空间"等理论资源,其中不乏深刻的洞见,但也有凿枘不合之处。发生在1997年、1998年的"新左派与自由主义论争",显示了80年代新启蒙知识分子的分裂,他们在如何认识中国、如何评价中国革命、如何看待中国与世界等诸多问题上产生了深刻分歧,自由主义者更认可西方的普世价值与世界体系,但是新左派借助于新的理论资源,更认可中国道路的主体性与独特性。这一论争是20世纪最后一场思想论争,也是迄今为止影响最大的思想争鸣,这一论争主要发生于人文领域,其中很少看到文学知识分子的身影。但这一论争涉及对中国革命与红色经典的评价问题,也为人们重新认识红色文学打开了新的视野。

在21世纪最初10年,市场化大潮与大众文化的深刻影响仍在持续,但是在文学界内部,又出现了新的因素,那就是网络文学的迅速崛起,网络文学借助新的媒体形式,形成了一种新的文学生产、传播与接受方式,也形成了一种新的文学观念与文学模式。在观念上,网络文学打破了"新文学"以来的文学内涵,"新文学"将文学视为一种严肃的精神或艺术上的事业,无论是左翼文学、自由主义文学、"为艺术而艺术",还是"改革文学""先锋文学""寻根文学",中国现当代文学史上彼此相异与争论的诸多文学思潮,其实都分享着这样共同的文学观念,但是网络文学的出现却改变了这一共识,网络文学重视的是文学的消遣、娱乐、游戏功能,并将之推向了极致,而不再注重文学的教化、启迪、审美等功能,这极大地改变了文学的定位与整体格局。网络文学的盛行催生了穿越、玄幻、盗墓等不同的类型文学,并逐渐形成了一整套成熟的商业模式。与此同时,在更加市场化的环境中,通俗文学占据了越来越多的市场份额,"新文学"与"人民文学"的传统被进一步边缘化,主流文学界只有依靠体制的力量——作协、期刊、出版社——才能够生存下来。在这种情形之下,"底层文学"作为一种新的文艺思潮兴起,对80年代以来日趋僵化的"纯文学"及其体制进行了批判与超越,在文学界与社会各界引起了广泛关注。有论者将"底层文学"与"人民文学"的传统联系起来,但围绕这一议题也发生了分歧与争论,纯文学论者竭力贬低底层文学与"人民文学"的传统,但更年轻的一代研究者对之则持更为积极的态度。在文学研究界同样如此,新世纪以来,"左翼文学""延安文艺""十七年文学"逐渐成为文学界关注与阐释的热点问题,更年轻的学者倾向于从肯定的视角重新阐释"人民文学"及其经典作家作品,但他们的努力常被主流文学界视为异端与另类。

在21世纪第二个10年之初,市场化与大众文化进一步发展,网络文学及其商业模式则更趋于成熟,逐渐形成了"三分天下"的整体文学格局,即纯文学(严肃文学)、畅销书、网络文学三者各据一隅,纯文学(严肃文学)以期刊、作协、评奖为中心,畅销书以出版社与经济效益为中心，网络文学以点击率与IP改编为中心，各自形成了一套相对独立的文学运转与评价体系。但在2014年，这一整体格局开始发生转变。2014年及其之后，习近平总书记发表《在文艺座谈会上的讲话》等一系列关于文艺问题的重要论述，这是继毛泽东《在延安文艺座谈会上的讲话》之后，我党最高领导人首次系统阐释对文艺问题的观点，讲话所提出的"坚持以人民为中心的创作导向""文艺不要做市场的奴隶""创作是自己的中心任务，作品是自己的立身之本"等观点，继承了我党"文艺为人民服务，为社会主义服务"的优秀传统，又对文艺界出现的新问题、新现象、新经验做出了分析与判断，为新时代文艺的发展指明了方向，已经改变了并将继续改变文学界的整体格局。

改变之一，是"人民文学"的传统得到弘扬。自20世纪80年代中期以来，"人民文学"传统先后遭遇"先锋文学"、通俗文学、网络文学等巨大变革的挑战，日渐趋于边缘化，虽曾以"底层文学"的名义短暂复兴，而并没有得到主流文学界的认可，但"以人民为中心的创作导向"提出之后，极大地扭转了文学界的整体状况，"人民文学"传统受到重视，红色文学的经典作品也得到重新阐释与更大范围的认可。

改变之二，是"新文学"的观念得以传承。中国的"新文学"虽然有内部不同派别的论争以及不同历史时期的巨大断裂，但却都将文学视为一种精神或艺术上的事业，这一点与通俗文学、类型文学注重消遣娱乐有着本质的不同，习近平总书记系列讲话中将作家艺术家视为"灵魂的工程师"，将文艺视为中华民族伟大复兴进程中的重要力量，指出"文艺是时代前进的号角，最能代表一个时代的风貌，最能引领一个时代的风气"，在这一基点上鼓励探索与创新，这是对新文学观念与传统的认可、尊重与倡导。

改变之三，是"三分天下"的格局得以改观。"三分天下"是各自形成了一套相对独立的文学运转与评价系统，但习近平总书记系列讲话是对文艺界整体讲的，也是对文学界整体讲的，不仅包括纯文学（严肃文学）界，也包括通俗文学、网络文学等领域，目前通俗文学、网络文学领域已经发生了巨大的变化，比如官场小说的转型、科幻小说的兴起，以及网络小说更加关注现实题材、更加注重现实主义等，"三分天下"的格局有望在相互竞争与争鸣中形成一种新的、开放而又统一的评价体系。

但是从另一个角度来说，现在的改变仍然只是初步的，一个突出的表现是《创业史》等人民文学的经典作品虽然得到了国家与政治层面的推崇，也得到了知识界愈发深入的研究，但是在主流文学界并没有内化为重要的写作资源与参照，很多作家心目中的理想作品仍然是中国古典、俄苏19世纪批判现实主义以及欧美20世纪现代派作品，并未真正将"人民文学"作为自己可资借鉴的重要传统；另一个突出表现是习近平总书记《在文艺座谈会上的讲话》发表已经5年，但并没有真正出现"以人民为中心的创作导向"的经典作品，现有的艺术性较高的优秀作品并没有坚持以人民为中心的创作导向，而有些试图坚持以人民为中心的创作导向的作品则在思想性、艺术性上存在不少缺憾，并没有达到更高层次上的融合与统一。这似乎也很难归咎于作家努力得不够，一个人思想观念的转变是艰难的，而新时期以来"人民文学"及其传统的不断边缘化，红色文学被贬低几乎成为文学界的集体无意识，要转变这样的观念，需要我们做出更加艰苦的努力。

在今天，我们需要在新的时代背景下重新认识"人民文学"的合理性与历史经验，重新梳理新中国前三十年与后四十年文学的关系，重新理解文学与人民、时代、生活的关系，面对21世纪正在渐次展开的历史，我们应该从"人民文学"中汲取理想主义等稀缺性精神资源，从而创造中国文学新的未来。

在这种情况下，青海人民出版社编辑出版的《时代记忆文丛》显示了历史性与前瞻性的眼光，将对重新认识和发掘"人民文学"的精神资源，传承"人民文学"的优秀传统产生重要影响。此套丛书邀请前沿学者或熟谙作品的作者子女选编人民文学代表作家的代表作品，选编丁玲、贺敬之、郭小川、李季、艾青、臧克家、赵树理、孙犁、田间、李若冰等经典作家。每种选编作品前置有一篇序言，系统介绍作家生平、创作，梳理关于他们的研究史与评价史，既有历史与文学价值，也具有新时代的眼光与视野，可以让我们看到这些文学前辈是如何在与时代、人民、生活的融合中进行艺术创作的，他们的经验值得我们借鉴，他们的作品值得我们学习。新时代的中国作家只有自觉地继承"人民文学"的传统，才能在"坚持以人民为中心的创作导向"中大有作为，我们期待这套丛书能够为新时代作家的艺术创作提供可资借鉴的资源，也期待这套丛书能受到广大读者的喜爱与欢迎。

2019年10月28日

序

杰出的现实主义文学家孙犁

刘宗武

孙犁,1913年旧历四月初六日(公历5月11日),生于河北省安平县东辽城村(今改名为孙遥城村),学名孙树勋,保定育德中学高中毕业;家道匮乏,无力支持他上大学深造(他说,那时供一个大学生,需要经营地主的经济实力)。嗣后,在北平两年,当过小公务员、小职员。1936年暑假后,去白洋淀边的同口小学教书,1937年,学校被日本侵略者所毁。1938年春,参加党领导的抗日队伍,开始革命文学创作,并以笔名孙犁行世。

他是在抗日战争时期成长起来的作家。《孙犁文集·自序》中明确地说:"我的创作,从抗日战争开始,是我个人对这一伟大时代、神圣战争,所作的真实记录。其中也反映了我的思想,我的感情,我的前进脚步,我的悲欢离合。反映这一时代人民精神风貌的作品,在我的创作中,占绝大部分。其次是反映解放战争和土地改革的作品,还有根据地生产运动的作品。"(《孙犁文集》补订版1卷)这是真诚的自白。

孙犁自幼喜爱读书,十岁时就读了《封神演义》《红楼梦》等古典文学名著。中学的初中阶段,年仅十六七岁,就创作了小说发表于育德中学的校刊《育德月刊》上。但他正式地从事革命文学活动,却是在抗日战争之初。1937年七七事变之后,他就参加了抗日宣传的各种活动,如编诗歌集、撰写论文和编演话剧等等;1939年春,从家乡冀中调到晋察冀边区(主要的活动地区在阜平、平山等地),如他自己说的:"在这一地区,随着征战的路,开始了我的文学的路。""它们都是时代的仓促的记录,有些近于原始材料。有所闻见,有所感触,立刻就表现出来,是璞不是玉。生活就像那时走在崎岖的山路上,随手可以拾到的碎小石块,随便向哪里一碰,都可以迸射出火花来。"(《在阜平》)又说:"它们是:有所见于山头,遂构思于涧底;笔录于行军休息之时,成稿于路旁大石之上;文思伴泉水而淙淙,主题拟高岩而挺立。"(《关于散文》)而且,他参加抗日的队伍,"则是带着一支笔去抗日。没有朱砂,红土为贵。穷乡僻壤,没有知名的作家,我们就不自量力地在烽火遍地的平原上驰骋起来。""那时的写作,真正是一种尽情纵意,得心应手,既没有干涉,也没有限制,更没有私心杂念的,非常愉快的工作。这是初生之犊,又遇到了好的时候:大敌当前,事业方兴,人尽其才,物尽其用。"(《文字生涯》)孙犁是以一种极为愉快、极为兴奋的心情描绘了他开始文学生涯的过程和心境。那时,虽然物质条件极其困难,忍饥挨饿,受苦受冻,还要躲避敌寇"扫荡",颠沛流离,担惊受怕;但是,不论身体,还是精神,都是他一生中最美好的时期。

这一年,孙犁在新建立的晋察冀通讯社做通讯指导工作,并编辑油印《文艺通讯》,每天给各地的工农通讯员写信,多则一天写几十封信,除此之外,还为他们专门编著了一本《论通讯员及通讯写作诸问题》,指导写作。这本书也是他在高中阶段攻读、钻研文艺理论著作的一次总结,一大宝贵的结晶。1941年回冀中,协助编辑《冀中一日》,并根据群众的来稿和写作中存在的问题,专门撰写了《区村和连队的文学写作课本》,以提高群众的写作水平;1950年,改名《文艺学习》出版,此后多次再版再印,很多文学青年受到了影响,茁壮成长起来。

后来,孙犁又到《晋察冀日报》和华北联大高中部,做编辑和教学工作。在工作之余,他发自内心的激情,情不自禁地拿起笔写作。最早写的是小叙事诗《儿童团长》《梨花湾的故事》《白洋淀之曲》等,之后,就比较多地写了小说、散文等作品。1945年5月15日、8月31日在延安《解放日报》先后发表了小说《荷花淀》《芦花荡》(《白洋淀纪事之一、之二》)。由此,蜚声文坛,驰名远近,有了他的成名作、代表作。孙犁不是白洋淀人,可是白洋淀之于孙犁,与赵树理之于沁水县尉迟村、柳青之于黄甫村蛤蟆滩以及陈忠实之于白鹿原,其意义是一样的。他一生写下了有关白洋淀地区的抗日斗争和生产劳动的诗歌、小说、散文和戏剧共十多篇,曾以《琴和箫》为名结集出版。这些作品以鲜明的荷花淀艺术风格风靡全国,百读不厌。这些成就,不仅取决于作者高超精湛的文学艺术驾驭能力,也取决于作者与时代的深度融合和对人民的深沉热爱,也即孙犁坚守一生的现实主义文学取道。正如车尔尼雪夫斯基所说的:"艺术也应该用于主要的用途,而不是用于无益的娱乐。"

日本投降后,孙犁回到了家乡冀中,一边做群众工作,参加土改运动;一边做编辑工作和坚持文学创作。作品有小说《碑》《钟》《"藏"》《嘱咐》《光荣》《种谷的人》《浇园》《蒿儿梁》等,以及后来出了单行本的散文集《农村速写》等。1949年1月,他随军进入解放了的天津市，参与创办《天津日报》，任副刊科副科长。20世纪50年代初，环境相对比较安定和顺利，他特别努力地集中业余时间，从容地一边编辑报纸副刊，一边完成了他唯一的长篇小说《风云初记》和中篇小说《村歌》《铁木前传》，以及多篇短篇小说如《采蒲台》《吴召儿》《山地回忆》《秋千》《水胜儿》《正月》《看护》，还写出了解放后天津工人家属和城郊农民新生活的散文《津门小集》，以及许多评论文章。这些作品，大都是反映了抗战时期敌后的军民生活。但是，到了1956年，他却在写作中病倒了，开始了他的"十年荒于疾病，十年废于遭逢"的日子，前十年是疗养疾病，后十年即是"文革"时期。在这二十年的时间里，他不能正常地全力以赴地写作。从此基本上结束了他有关抗日战争题材的写作。"文革"期间，孙犁被指名参加市京剧团创作样板戏。他独自完成了京剧剧本《莲花淀》后，"金蝉脱壳"离开剧组，从此完全终止了他的荷花淀风格的文学创作。这也就是我们所说的"老孙犁"。

综观抗日战争、解放战争时期，孙犁没有亲临激烈的前线，他的全部经历都是在敌后，做宣传教育工作，做编辑和教学。因为没有前线的经历，他也没能写出《李勇大摆地雷阵》（邵子南作）和《小兵张嘎》（徐光耀作）那样激烈战斗的篇章。但是他的作品却非常真实地反映了敌后晋察冀边区广大军民丰富多彩的现实生活和他们斗志昂扬的精神风貌。最主要的，通过精确的细节描写和内心活动的刻画，富有个性鲜明的人物行动，表现了中国人民在强敌面前，英勇奋战的爱国热情，同仇敌忾的坚强意志、壮怀激烈、誓死战斗的英雄气概，以及他们无比热爱乡土、热爱生活的乐观心态。

这一时期的作品，突出地表现了以下主题：
一、大敌当前，广大农民执干戈以卫社稷。

孙犁在散文《平原的觉醒》中说:"一九三七年冬季,冀中平原是大风起兮,人民是揭竿而起。农民的爱国家、爱民族的观念,是非常强烈的。在敌人铁蹄压境的时候,他们迫切要求执干戈以卫社稷。他们苦于没有领导,他们终于找到了共产党的领导。"(《孙犁文集》补订版3卷)这些话也是孙犁自己的心声。又在《文字生涯》一文中说:"抗日战争,在中国共产党领导之下,是有枪出枪,有力出力。我的家乡有些子弟就是拿着枪出来抗日的。"(《孙犁文集》补订版3卷)

他最喜欢的短篇小说《光荣》所描写的人物故事,就是最真实、最生动,具体而微地写出了人民抗敌的愿望和行动。卢沟桥事变发生后,首当其冲的冀中人民就自发地奋起抗日。在滹沱河畔有两个十几岁的少男少女,男的叫原生,女的叫秀梅,她告诉他,河东面的芦苇中有一个逃兵,带着一支崭新的大枪。于是,少年原生在秀梅的协助下,卡下了逃兵的枪,拿着这支枪参加八路军,上了前线;而秀梅则在后方做群众工作,优抚抗属,积极生产,支援前线。在抗战之初,河北一带广大农村,像原生这样十几岁的小青年,为了保卫祖国、保卫家乡,无所畏惧、义无反顾地投入了战斗的行列,是不计其数的。

长篇小说《风云初记》,虽写于解放后移居天津时期,但仍是这一主题的延续和深化。小说从1950年7月开始在《天津日报》连载,直到1963年才出版了第一、二、三部的完整本。这是较早地全面反映河北农村、农民们在党的领导下英勇抗日的壮丽诗篇。

小说是完全按历史的发展顺序写下来的,忠于现实、忠于历史,许多故事情节,都是作者亲身经历的,毫无夸张不实之词,他多次说过,他的作品个人经历的成分多。但是,透过一个人的切身经历,也完全可以看出历史的侧面。抗战时期,冀中人民踊跃参军参战,父送子,妻送夫,兄弟携手入伍,前仆后继、一往无前的斗争精神,气壮山河,感人至深。

在《风云初记》，我们看到了抗战初期的河北农村，一度出现了混乱的局面，一些地主恶霸蠢蠢欲动，趁机购买枪支弹药，组织民团，拉起队伍，到处横行；而曾经领导过农民暴动、抗捐抗税的孟庆山和高翔回到了家乡，给冀中人民带来了希望和曙光。他们是共产党领导的队伍，把蕴藏在广大人民群众心中炽热的抗日情绪，激发起来了。小说中坚持抗日的军民和卖国求荣的汉奸们的斗争，是一条贯穿始终的红线。一方面对杂牌军要加以整编，一方面又要与"中央军"周旋，与敌伪战斗，从而反映出在曲折复杂的斗争中人民的抗日队伍日益壮大起来，成熟起来。同时，在广大农村稳固地建立了工农妇青抗日救国会的群众组织，组织、引导群众做军衣、军鞋供应部队，拆城、破路、挖沟，阻止敌人的行动；抢收、储存粮食保证前线的战士和人民群众的生活需求……

这里顺便一提，近日听人说，孙犁在《风云初记》中对历史人物张荫梧的描写不够准确，说他是"曲线救国"。他到底是怎样的历史人物，另作别论，对所谓"曲线救国"我们是否定的。实际上许多投敌卖国分子，成为伪军向抗日队伍进攻，不能是什么救国，所以从未有"曲线救国"是真正抗日的。在《风云初记》中对他们的揭露和批判，是毫无疑义的。

二、"当兵是为了国家的事，是光荣的。"

小说《光荣》里，女青年秀梅在做群众工作时，遇到了一个麻烦。当年秀梅告诉原生去卡了逃兵的枪，而当了八路军，可他的妻子小五，思想落后，不求上进。因为丈夫当了兵，她就找茬儿和婆婆吵架，后来竟明目张胆地不在家干活，跑到街上看人家纺线，在一旁闲磕牙（说闲话），在群众中造成很坏的影响。她认为丈夫去当兵是被秀梅挑唆着去的，秀梅对她说"当兵是为了国家的事，是光荣的"。于是两人就"光荣"

的事争辩起来。在小五看来,"光荣几个钱一两,不能当衣穿,也不能当饭吃";而秀梅则回答:"有的人窝窝囊囊吃上顿饱饭,穿上件衣服就混得下去,有的人还想到比吃饭穿衣更光荣的事。"有觉悟的群众都支持秀梅,他们也都懂得打仗是为了大伙,现在的青年人,谁还愿意当炕头上的汉子呀!由此可知,抗日战争迅速提升了群众的思想觉悟,当兵打仗是保卫国家、保卫人民的大事,光荣的意识就这样自然而然地融入了群众的心灵之中。人民群众对当兵有了正确的认识,就解决了抗战的兵源;有了源源不断的新兵上前线,才能保证抗日战争的最后胜利。这也是党的宣传教育工作的巨大收获。

不仅在冀中、在冀西,可以说在整个敌后解放区,当兵光荣,是群众的共识。小说《山里的春天》也是描写了一个年轻的妇女不理解她丈夫去当兵,恨当兵的丈夫撇下家里的大人小孩不管,没法种自己家的地,不由得骂他。可是,对抗属家的事,村干部早就有了安排。当她在地头上看见"当兵的"帮助自己家种地,又听"当兵的"说,"她(指自己的妻子——引者)不骂我,今天才从我们家乡来了个人,她还捎口信给我,说好好抗日,不要想家,你抗日有了成绩,我和孩子在家里也光荣,出门进门,人家都尊敬。"于是,这个年轻的妇女深受感动和教育,也懂得了当兵是光荣的,她也为丈夫去当兵感到光荣。

光荣意识,在解放区的群众中真正是深入人心,这是一个了不起的进步。孙犁曾经说过,他们在解放区做的工作,仍然是五四新文化运动启蒙工作的继续,从当兵光荣意识的确立和传播,可以印证,他所说的确是如此。

三、"对于那些青年妇女……使我衷心敬佩到五体投地的程度。"

孙犁的作品,有一个人所共知的特点,即所写的青年女性较多,而且个个美好可爱,天真活泼,富有朝气,充满乐观情绪。

抗战时期，在后方支援前线的广大妇女群众，表现得"识大体、乐观主义以及献身精神"，的确令人敬佩之至。因为她们知道："农民抗日完全出于自愿，他们热爱自己的家，自己的父母妻子。他们当兵打仗，正是为了保卫她。暂时的分别，正是为了将来的团聚。父母妻子也是这样想的。""当时一个老太太喂着一只心爱的母鸡，她就会想到：如果儿子不去打仗，不只自己活不成，她手里的这只母鸡也活不成。一个小男孩放牧着一只小山羊，他也会想到：如果父亲不去打仗，不只他自己不能活，他牵着的这只小山羊也不能活。"(《关于〈荷花淀〉的写作》)这些话鲜明、生动、细致入微地描写了广大农民尤其是妇女们高尚的爱国情怀。

在抗战的日日夜夜里，孙犁时时刻刻亲身感受到了北方妇女的机智、勇敢、宽厚和心地善良的美好品德。

小说《吴召儿》，写晋察冀通讯社刚搬到阜平以北的三将台所发生的事。在一次反"扫荡"时，派给他们一个女自卫队员当向导，她叫吴召儿，也是正在识字班上课的女学员。她活泼、开朗、热情，又认真负责，机智灵活，勇于承担。起初，她把大家带到一个叫大黑山的山顶上，到她的姑姑家里躲藏起来。夜里下了暴雨，问她害怕吗，她说："我一点儿也不害怕，我常在山上遇见这样的暴雨，今天更不会害怕。""领来你们这一群人，身上负着很大的责任呀，我也顾不得怕了。"(《孙犁文集》补订版 1 卷)一个年轻的小姑娘正是嬉戏游玩的年龄，却已经懂得了担负着重大责任。她说的是大人一样的话，成熟、沉稳、坚定，像一个老练的指挥员。这就是残酷的战争，造就她早早地成为出色的人才。后来，敌人的目标果然是奔着这个山头来了。于是，女孩子果断地让她姑姑带着大家转移，而她自己则把身上的手榴弹全拉开弦，跳上跳下奔着敌人来的路跑去。如此独身孤胆敢于迎敌，不愧为女中豪杰。她将红色的棉袄反穿在身,露出里面的白色,活像一只奔跑的小白山羊。"她蹬在乱石尖上跳跃着前进。那翻在里面的红棉袄,还不断被风吹卷,像从她身上撒出的一朵朵的火花,落在她的身后。"作者用诗一样的语言描绘她的美丽形象,赞赏她的英勇行动。

小说《藏》,所写的则是另一种女性。她叫浅花,模样好,能说会干,会过日子。她"好说好笑,说起话来,像小车轴上新抹了油,转得快叫得又好听。这个女人,嘴快脚快手快,织织纺纺全能行,地里活赛过一个长工。她纺线,纺车像疯了似的转,她织布,挺咄乱响,梭飞得像流星;她做饭,切菜刀案板一起响。走起路来,两只手甩起,像扫过平原的一股小旋风"。可是,对她的丈夫天天夜里出去,快天亮才回来,大惑不解,心存疑虑。问问丈夫做什么去了,他又不告诉,还发火地说:"你不知道我有工作。"于是有一天夜里,她尾随着去看看究竟,终于发现了他做的事。浅花认识到自己错怪了丈夫,他是为了革命工作,才不回家吃饭、不回家睡觉的。由此,"她觉得丈夫有这么一个别人赶不上,自己也赶不上的大优点。她好像上到了摩天的高山,走进了庄严的佛殿,听见了煽动的讲演,忽然觉得自己的心胸也一下宽阔了,忘记了自己,身上好像来了一股力量,也想做那么一些工作,像丈夫一样。"这就是在民族危机空前高涨的时代,农村女性所表现出的伟大觉醒。

1976年,粉碎了"四人帮","文革"止息。在此之前,孙犁写于"文革"前期的《书衣文录》(他的"日记片断")早在1973年就分别发表于几种期刊上。在这一年的12月7日,他终于重新拿起了被疾病和遭逢所迫而放下二十年的笔,写出了第一篇文章,怀念被迫害致死的战友远千里,即《远的怀念》。从此,一发不可收,长久压抑于心胸的愤潓迸发而出,把经过历练而淬砺得更加深邃的思想和情怀,凝聚成一篇篇精短的作品,喷涌而出,展示了他雄厚的文学功力,形成他文学创作的又一个高峰。

起初,孙犁原计划一年写出一本书,结果却是,从1979年出版第一本《晚华集》,到1996年出版第十本《曲终集》,他自己说是用了十三年的时间。1995年5月,老年病复发就完全封笔不写了。

孙犁最后的十本书,主题鲜明、内容丰赡、形式多样、题材广泛、语言精炼,一言以蔽之,凡可称作散文的文学样式无不涉及,尤其他首创的《书衣文录》,挥洒自如、酣畅淋漓、独辟蹊径。他的散文,讲真话,不语乱力怪神。这是一个作家良知的底线。他深情怀念"文革"期间或"文革"后先他而去的战友,情真意切,无不发自肺腑。他的杂文,针砭弊端,语言犀利,又与人为善,款语温言。他的读书记,借古喻今,见解独到,见人之所未见,议人之所未议。"孙犁读历史的鲜明特点是,他始终具有清醒的现实主义精神,他读史不是为了掉书袋以炫耀学问,而是为了一个崇高的目的。他恰像一位高举火炬的探险者,引导我们穿过一片阴森茂密的古籍之林,然后将他以敏锐眼光发现的历史真谛揭示给我们看,始而使我们触目惊心,继而使我们进入沉思。"(林谷:《一个思索着的读书人——孙犁》)

这里,粗略地谈谈孙犁晚年的小说。

孙犁是以卓越的中短篇小说享誉文坛的。他在对《文艺报》记者的谈话中说:"我经历了美好的极致,那就是抗日战争。我看到农民,他们的爱国热情,参战的英勇,深深地感动了我。我的文学创作,就是从这个时候开始的。我的作品,表现了这种善良的东西和美好的东西。"又说:"我也遇到邪恶的极致,这就是最近的动乱的十年。""看到邪恶的极致,我不愿意写。这些东西,我体验很深,可以说镂心刻骨的。可是我不愿意去写这些东西，我也不愿意回忆它。"(《孙犁文集》补订版5卷）他还说："我没有了当年写那些小说时的感情，我不愿用虚假的感情，去欺骗读者。"(《戏的梦》）可是，最终他还是写了。在给韩映山的信中，他说："我近来写了三篇小说，是我在'文化大革命'，遭遇的，本来是不想写这些东西了，但有时想，我如不写，别人是不会知道这些细节。为后世计，我还是写一点吧。"(《孙犁文集》补订版9卷）他的"为后世计"，与他的"文学事业的特性决定"论是一致的。他说"是现实主义促使他们这样干，是浪漫主义感召他们这样干。说得冠冕一些，他们是为正义斗争，是为人生斗争。文学是最忌讳说诳话的。文学要反映的是社会现实。文学是要有理想的，表现这种理想需要一种近于狂放的热情。"(《文字生涯》）正是在这样的思想指导和支撑下，他写了35篇自称《芸斋小说》的作品，这也是他晚年的所有小说，为他人生的文学创作画上了一个圆圆的句号。这就是我们说的"新孙犁"。

在《读小说札记》一文中，孙犁更明确地说："我晚年所写小说，多用真人真事，真见闻，真感情。平铺直叙，从无意编故事，造情节。但我这种小说，却是纪事，不是小说。"

这也正如茅盾说的，"这一'人物'说他是实在有的一位'我们的熟人'呢，倒又不是，然而'面熟'得很，'我们的熟人'们中间都有'他'的影子，都有一点像'他'，但并不就是'他'。各人都有点像'他'，然而又不全像'他'，到处可以碰见'他'，然而不能指认'他'就是谁某：这才是'人物'创造的最上乘。"(《创作的准备》，见《茅盾论创作》）我认为《芸斋小说》中所有人物都当作如是观。

孙犁写《芸斋小说》，是说他若不写，别人是不知道这些细节的。他对细节的重视，也说得一清二楚："艺术所重，为真实。真实所存，在细节。无细节之真实,即无整体之真实。"(《朋友的彩笔》)真正的作家都知道,故事好编,细节难觅。

在《芸斋小说》里,作家采撷了人们习以为常、司空见惯的细节,取材虽小,喻事却大。

《言戒》取材生活末事,却给人惊骇的结局。因写作取得报酬的"我"遭人忌羡,"我"以"你也写吧"反唇相讥,却被对方怀恨在心。在动乱时期对方当上造反派头头,对"我""百般凌辱"几致殒命。至于高跷能手,国破家亡之日,为敌人献艺,临死之时,仍不以为耻,糊涂至极。女相士巧舌如簧,乘国难之机,以相术大发其财。她与"我"在菜窖里谈些闲话,也被革命群众视作"反动"阶级的新动向。所以作者认为,"十年动乱,较之八年抗战,人心之浮动不安,彷徨无主,为更甚矣。"

在《冯前》里,有这样一个细节,"他发言时,却别出心裁:事先坐在最后一排,主席一唱名,他一边走,一边举手高呼口号,造成全场轰动,极其激昂的场面,使批判会达到出乎意外的高潮"。只要是亲身经历过"文革"的一代人,对这个场景都会有难以磨灭的记忆。

在《芸斋小说》中,最令人痛心、最令人悲伤的是三马之死。三马是一个很善良、很懂事、很有同情心的青年,只是由于父亲问题两个哥哥到了结婚的年龄而找不到对象,患上精神病。他不愿和他们俩住一起,偷偷住进了"我"留下的一小间空房,竟被管房的逼迫自杀身亡。"痛定思痛,乃悼亡者,终以彼等死于暗无天日,未得共享政治清明之福为恨事。此所以于昏眊之年,仍有芸斋小说之作也。"(《三马·芸斋主人曰》)这段文字,深刻地阐述了作者写作的主旨。

总结孙犁的《芸斋小说》,可用他在《书衣文录》中的一段话概括:"当变革之期,群众揭竿而起,选士用人,不可拘泥细节。大局已定,则应教养生息,以道德法制教化天下。未闻有当天下太平之时,在上者忽然想入非非,迫使人民退入愚昧疯狂状态。号称革命,自革已成之业,使道德沦丧,法制解体,人欲横流,祸患无穷,如'文化大革命'所为者。"(《孙犁文集》补订版7卷)

最后,综观孙犁一生的文学创作,我想最好用他的老战友,作家、文艺理论家、资深文学编辑秦兆阳的话表述之:"孙犁的正气和清纯的风范,唯清纯始能持正,因正气更显清纯。所有这些我都有事实根据,可惜不能详述。其实,所有这些都在他的作品和文章中有鲜明的反映——形成了孙犁特有的个性和韵味——几十年一以贯之。这就是孙犁同志的难能之处,可贵之处。"(《孙犁研究论文集》)

2020年4月,庚子新冠猖獗之时

八十又五,于津门佳闻宅第

目录

第一辑 光荣 ... 3
光荣 ... 20
麦收 ... 28
走出以后 ... 36
黄敏儿 ... 43
丈夫 ... 49
杀楼 ... 58
村落战 ... 65
碑 ... 74

第二辑 荷花淀 ... 91
「藏」 ... 98
琴和箫 ... 105
荷花淀 ... 111
芦花荡 ... 115
新安游记 ... 125
采蒲台 ...
嘱咐 ... 137

第三辑 山地回忆 ... 145
山地回忆
邢兰

目录

战 士

女人们（三篇）

山里的春天

蒿儿梁

吴召儿

第四辑 村歌

村 歌

第五辑 铁木前传

铁木前传

第六辑 芸斋小说

女相士

鸡 缸

言 戒

三 马

小 D

王 婉

冯 前

附：麦田中

151 154 163 168 179　191　257　319 322 327 331 335 339 343 347 351

第一辑 光荣

光　荣

饶阳县城北有一个村庄，这村庄紧靠滹沱河，是个有名的摆渡口。大家知道，滹沱河在山里受着约束，昼夜不停地号叫，到了平原，就今年向南一滚，明年往北一冲，自由自在地奔流。

河两岸的居民，年年受害，就南北打起堤来，两条堤中间全是河滩荒地，到了五六月间，河里没水，河滩上长起一层水柳、红荆和深深的芦草。常常发水，柴火很缺，这一带的男女青年孩子们，一到这个时候，就在炎炎的热天，背上一个草筐，拿上一把镰刀，散在河滩上，在日光草影里，割那长长的芦草，一低一仰，像一群群放牧的牛羊。

"七七"事变那一年，河滩上的芦草长得很好，五月底，那芦草已经能遮住那些孩子们的各色各样的头巾。地里很旱，没有活做，这村里的孩子们，就整天缠在河滩里。

那时候，东西北三面都有了炮声，渐渐东南面和西南面也响起炮来，证明敌人已经打过去了，这里已经亡了国。国民党的军队和官员，整天整夜从这条渡口往南逃，还不断骚扰抢劫老百姓。

是从这时候激起了人们保家自卫的思想，北边，高阳肃宁已经有人民自卫军的组织。那时候,是一声雷响,风雨齐来,自卫的组织,比什么都传流得快,今天这村成立了大队部,明天那村也就安上了大锅。青年们把所有的枪支,把村中埋藏的、地主看家的、巡警局里抓赌的枪支,都弄了出来,背在肩上。

枪,成了最重要的、最必需的、人们最喜爱的物件。渐渐人们想起来:卡住这些逃跑的军队,留下他们的枪支。这意思很明白:养兵千日,用兵一时;大敌压境,你们不说打仗,反倒逃跑,好,留下枪支,交给我们,看我们的吧!

先是在村里设好圈套,卡一个班或是小队逃兵的枪;那常常是先摆下酒宴,送上洋钱,然后动手。

后来,有些勇敢的人,赤手空拳,站在大道边上就卡住了枪支;那办法就简单了。

这渡口上原有一只大船,现在河里没水,翻过船底,晒在河滩上。船主名叫尹廷玉,是个五十多的老头子,弄了一辈子船,落了个"车船店脚牙"的坏名儿,可也没置下产业。他有一个儿子刚刚十五岁,名叫原生,河里有水的时候,帮父亲弄弄船,现在船闲着,他也就整天跟着孩子们在河滩里看过逃兵,看过飞机,割芦苇草。

这一天,割满了草筐,天也晚了,刚刚要煞紧绳子往回里走,他听得背后有人叫了他一声。

"原生!"

他回头一看,是村西头的一个姑娘,叫秀梅的,穿着一件短袖破白褂,拖着一双破花鞋,提着小镰跑过来,跑到原生跟前,一扯原生的袖子,就用镰刀往东一指:东面是深深一片芦苇,正叫晚风吹得摇摆。

"什么?"原生问。

秀梅低声说:

"那道边有一个逃兵,拿着一支枪。"

原生问:

"就是一个人?"

"就是一个。"秀梅喘喘气咬咬嘴唇,"崭新的一支大枪。"

"人们全回去了没有?"原生周围一看,想集合一些同伴,可是太阳已经下山,天边只有一抹红云,看来河滩里是冷冷清清的没有一个人了。

"你一个人还不行吗?"秀梅仰着头问。

原生看见了这女孩子的两只大眼睛里放射着光芒,就紧握他那镰刀,拨动苇草往东边去了。秀梅看了看自己那一把弯弯的明亮的小镰,跟在后边,低声说:

"去吧,我帮着你。"

"你不用来。"原生说。

原生从那个逃兵身后过去,那逃兵已经疲累得很,正低着头包裹脚上的燎泡,枪支放在一边。原生一脚把他踢趴,拿起枪支,回头就跑,秀梅也就跟着跑起来,遮在头上的小小的白布手巾也飘落下来,丢在后面。

到了村边,两个人才站下来喘喘气,秀梅说:

"我们也有一支枪了,明天你就去当游击队!"

原生说:

"也有你的一份呢,咱两个伙着吧!"

秀梅一撇嘴说:

"你当是一个雀虫蛋哩,两个人伙着!你拿着去当兵吧,我要那个有什么用?"

原生说:

"对，我就去当兵。你听见人家唱了没：男的去当游击队，女的参加妇救会。咱们一块去吧！"

"我不和你一块去，叫你们小五和你一块去吧！"秀梅笑一笑，就舞动小镰回家去了。走了几步回头说：

"我把草筐和手巾丢了，吃了饭，你得和我拿去，要不爹要骂我哩！"

原生答应了。原生从此就成了人民解放军的战士，背着这支枪打仗，后来也许换成"三八"，现在也许换成"美国自动步"了。

小五是原生的媳妇。这是原生的爹那年在船上，夜里推牌九，一副天罡赢来的，比原生大好几岁，现在二十了。

那时候当兵，还没有"拖尾巴"这个丢人的名词，原生去当兵，谁也不觉得怎样，就是那登上自家的渡船，同伙伴们开走的时候，原生也不过望着那抱着小弟弟站在堤岸柳树下面的秀梅和一群男女孩子们，嘻嘻笑了一阵，就算完事。

这不像是离别，又不像是欢送。从这开始，这个十五岁的青年人，就在平原上夜晚行军，黎明作战；在阜平大黑山下沙石滩上艰苦练兵，在孟平听那滹沱河清冷的急促的号叫；在五台雪夜的山林放哨；在黄昏的塞外，迎着晚风歌唱了。

他那个卡枪的伙伴秀梅，也真的在村里当了干部。村里参军的青年很多，她差不多忘记了那个小小的原生。战争，时间过得多快，每个人要想的、要做的，又是多么丰富啊！

可是原生那个媳妇渐渐不安静起来。先是常常和婆婆吵架，后来就是长期住娘家，后来竟是秋麦也不来。

来了，就找气生。婆婆是个老好子人，先是觉得儿子不在家，害怕媳妇抱屈，处处将就，哄一阵，说一阵，解劝一阵；后来看着怎么也不行，就说：

"人家在外头的多着呢，就没见过你这么背晦的！"

"背晦，人家都有个家来，有个信来。"媳妇的眼皮和脸上的肉越发耷拉下来。这个媳妇并不胖，可是，就是在她高兴的时候，她的眼皮和脸上的肉也是松鬆得耷拉着。

"他没有信来，是离家远的过。"婆婆说。

"叫人等着也得有个头呀！"媳妇一转脸就出去了。

婆婆生了气，大声喊：

"你说，你说，什么是头呀？"

从这以后，媳妇就更明目张胆起来，她来了，不大在家里待，好在街上去坐，半天半天的，人家纺线，她站在一边闲磕牙。有些勤谨的人说她："你坐的落意呀？"她就说："做着活有什么心花呀？谁能像你们呀！"等婆婆推好碾子，做熟了饭，她来到家里，掀锅就盛。还常说落后话，人家问她："村里抗日的多着呢，也不是你独一份呀，谁也不做活，看你那汉子在前方吃什么穿什么呀？"她就说："没吃没穿才好呢。"

公公耍了半辈子落道，弄了一辈子船，是个有头有脸好面子的人，看看儿媳越来越不像话，就和老婆子闹，老婆子就气得骂自己的儿子。那几年，近处还有战争，她常常半夜半夜坐在房檐上，望着满天的星星，听那隆隆的炮响，这样一来，就好像看见儿子的面，和儿子说了话，心里也痛快一些了。并且狠狠地叨念：怎你就不回来，带着那大炮，冲着这刁婆，狠狠地轰两下子呢？

小五的落后，在村里造成了很坏的影响，一些老太太们看见她这个样子，就不愿叫儿子去当兵，说："儿子走了不要紧，留下这样娘娘咱搪不开。"

秀梅在村里当干部，有一天，人们找了她来。正是夏天，一群妇女在一家梢门洞里做活，小五刚从娘家回来，穿一身鲜鲜亮亮的衣裳，站在一边摇着扇子，一见秀梅过来，她那眼皮和脸皮，像玩独角戏一样，呱嗒就落下来，扭过脸去。

那些青年妇女们见秀梅来了，都笑着说：

"秀梅姐快来凉快凉快吧！"说着就递过麦垫来。有的就说：

"这里有个大顽固蛋，谁也剥不开，你快把她说服了吧！"

秀梅笑着坐下，小五就说：

"我是顽固，谁也别光说漂亮话！"

秀梅说：

"谁光说漂亮话来？咱村里，你挨门数数，有多少在前方抗日的，有几个像你的呀？"

"我怎么样？"小五转过脸来，那脸叫这身鲜亮衣裳一陪衬，显得多么难看，"我没有装坏，把人家的人挑着去当兵！"

"谁挑着你家的人去当兵？当兵是为了国家的事，是光荣的！"秀梅说。

"光荣几个钱一两？"小五追着问，"我看也不能当衣穿，也不能当饭吃！"

"是！"秀梅说，"光荣不能当饭吃、当衣穿；光荣也不能当男人，一块儿过日子！这得看是谁说，有的人窝窝囊囊吃上顿饱饭，穿上件衣裳就混得下去，有的人还要想到比吃饭穿衣更光荣的事！"

别的妇女也说：

"秀梅说得一点儿也不假，打仗是为了大伙，现在的青年人，谁还愿意当炕头上的汉子呀！"

小五冷笑着，用扇子拍着屁股说：

"说那么漂亮干什么,是'画眉张'的徒弟吗,要不叫你,俺家那个当不了兵!"

秀梅说:"哈!你是说,我和原生卡了一支枪,他才当了兵?我觉着这不算错,原生拿着那支枪,真的替国家出了力,我还觉着光荣呢!你也该觉着光荣。"

"俺不要光荣!"小五说,"你光荣吧,照你这么说,你还是国家的功臣呢,真是木头眼镜。"

"我不是什么功臣,你家的人才是功臣呢!"秀梅说。

"那不是俺家的人。"小五丝声漾气地说,"你不是干部吗?我要和他离婚!"

大伙都一愣,望着秀梅。秀梅说:

"你不能离婚,你的男人在前方作战!"

"有个头没有?"小五说。

"怎么没头,打败日本就是头。"

"我等不来,"小五说,"你们能等可就别寻婆家呀!"

秀梅的脸腾地红了,她正在说婆家,就要下书定准了。别人听了都不忿,说:"碍着人家了吗?你不叫人家寻婆家,你有汉子好等着,叫人家等着谁呀!"

秀梅站起来,望着小五说:

"我不是和你赌气,我就不寻婆家,我们等着吧。"

别的人都笑起来,秀梅气得要哭了。小五站不住走了。有的就说:"像这样的女人应该好好儿打击一下,一定有人挑拨着她来破坏我们的工作。"秀梅说:"我们也不随便给她扣帽子,还是教育她。"那人说:"秀梅姐!你还是佛眼佛心,把人全当成好人;小五要是没有牵线的,挖下我的眼来当泡踏!"

对于秀梅的事，大家都说：

"你真是，为什么不结婚？"

"我先不结婚。"秀梅说，"有很多人把前方的战士，当作打了外出的人，我给她们做个榜样。你们还记得那个原生不？现在想起来，十几岁的一个人，背起枪来，一出去就是七年八年，才真是个好样儿的哩！"

"原生倒是不错，"一个姑娘笑了，"可是你也不能等着人家呀！"

"我不是等着他，"秀梅庄重地说，"我是等着胜利！"

小五到村外一块瓜园里去。这瓜园是村里一个粮秣先生尹大恋开的。这人原是村里一家财主，现在村中弄了名小小的干部当着，掩藏身体，又开了个瓜园，为的是喝酒说落后话儿，好有个清净地方。

尹大恋正坐在高高的窠棚里摇着扇子喝酒，一看见小五来了就说：

"拣着大个儿的摘着吃吧，你那离婚的事儿谈得怎样了？"

小五拨着瓜秧说：

"人家叫等到打败日本，谁知道哪年哪月他们才能打败日本呀！"

"唉！长期抗战，这不是无期徒刑吗？喂，不是有说讲吗，五年没有音讯就可以。这是他们的法令呀，他们自己还不遵守吗？和他打官司呀，你这人还是不行！"

小五回来就又和公婆闹，闹得公婆没法，咬咬牙叫她离婚走了，老婆婆狠狠啼哭了一场。老头儿说："哭她干什么！她是我一副牌赢来的，只当我一副牌又把她输了就算了！"

自从小五出门走了以后，秀梅就常常到原生家里，帮着做活。看看水瓮里没水，就去挑了来，看看院子该扫，就打扫干净。伏天，帮老婆拆洗衣裳，秋天帮着老头儿收割打场。

日本投了降，秀梅跑去告诉老人家，老人听了也欢喜。可是过了好久，有好些军人退伍回来了，还不见原生回来。

原生的娘说：

"什么命呀，叫我们修下这样一个媳妇！"

秀梅说：

"大娘，那就只当没有这么一个媳妇，有什么活我帮你做，你不是没有闺女吗，你就只当有我这么个闺女！"

"好孩子，可是你要出聘了呢？"原生的娘说，"唉，为什么原生八九年就连个信也没有？"

"大娘，军队开得远，东一天，西一天，工作很忙，他就忘记给家里写信了。总有一天，一下子回来了，你才高兴呢！"

"我每天晚上听着门，半夜里醒了，听听有人叫娘开门哩，不过是想念的罢了。这么些人全回来了，怎么原生就不回来呀？"

"原生一定早当了干部了，他怎么能撂下军队回来呢？"

"为国家打仗，那是本分该当的，我明白。只是这个媳妇，唉！"

今年五月天旱，头一回耩的晚田没出来，大庄稼也旱坏了，人们整天盼雨。晚上，雷声忽闪地闹了半夜，才淅沥淅沥下起雨来，越下越大，房里一下凉快了，蚊子也不咬人了。秀梅和娘睡在炕上，秀梅说：

"下透了吧，我明天还得帮着原生家耩地去。"

娘在睡梦里说：

"人家的媳妇全散了，你倒成了人家的人了。你好好儿地把家里的活做完了，再出去乱跑去，你别觉着你爹不说你哩！"

"我什么活没做完呀！我不过是多卖些力气罢了，又轮着你这么嘟哝人！"

娘没有答声。秀梅却一直睡不着，她想，山地里不知道下雨不，山地里下了大雨，河里的水就下来了。那明天下地，还要过摆渡呢！她又想，小的时候，和原生在船上玩，两个人偷偷把锚起出来，要过河去，原生使篙，她掌舵，船到河心，水很急，原生力气小，船打起转来，吓哭了，还是她说：

"不要紧，别怕，只要我把得住这舵，就跑不了它，你只管撑吧！"

又想到在芦苇地卡枪，那天黑间，两个人回到河滩里，寻找草筐和手巾，草筐找到了，寻了半天也寻不见那块手巾，直等月亮升上来，才找到了。

想来想去，雨停了，鸡也叫了，才合了合眼。

起身就到原生家里来，原生的爹正在院里收拾"种式"，一见秀梅来了，就说：

"你给我们拉砘子去吧，叫你大娘旁耧。我常说，什么活也能一个人慢慢去做，唯独锄草和耩地，一个人就是干不来。"

秀梅笑着说：

"大伯，你拉砘子吧，我拿耧，我好把式哩！我们那几亩地，都是我拿的'种式'哩！"

"可就是，我还没问你，"老头儿说，"你那地全耩上没有？"

秀梅说："我前两天就耩上了，耩得'干打雷'，叫它们先躺在地里去求雨，我的时气可好哩！"

老头儿说：

"年轻人的时运总是好的，老了就倒霉，走吧！"

秀梅背上"种式"就走。她今天穿了一条短裤，光着脚，老婆子牵着小黄牛，老头子拉着砘子胡卢在后边跟着，一字长蛇阵，走出村来。

田野里，大道小道上全是忙着去种地的人，像是一盘子好看的走马灯。这一带沙滩，每到春天，经常刮那大黄风，刮起来，天昏地暗人发愁。现在大雨过后，天晴日出，平原上清新好看极了。

耩完地，天就快晌午了，三个人坐在地头上休息。秀梅热得红脸关公似的摘下手巾来擦汗，又当扇子扇，那两只大眼睛也好像叫雨水冲洗过，分外显得光辉。

她把道边上的草拔了一把，扔给那小黄牛，叫它吃着。

从南边过来一匹马。

那是一匹高大的枣红马，马低着头一步一颠地走，像是已经走了很远的路，又像是刚刚经过一阵狂跑。马上一个八路军，大草帽背在后边，有意无意挥动着手里的柳条儿。远远看来，这是一个年轻的人，一个安静的人，他心里正在思想什么问题。

马走近了，秀梅就转过脸来低下头，小声对老婆说："一个八路军！"老头子正仄着身子抽烟，好像没听见，老婆子抬头一看，马一闪放在道旁上的石砘子，吃了一惊，跑过去了。

秀梅吃惊似的站了起来，望着那过去的人说：

"大娘，那好像是原生哩！"

老头儿老婆全抬起头来，说：

"你看差眼了吧！"

"不。"秀梅说。那骑马的人已经用力勒住马，回头问："老乡，前边是尹家庄不是？"

秀梅一跳说：

"你看，那不是原生吗，原生！"

"秀梅呀！"马上的人跳下来。

"原生，我那儿呀！"老婆子往前扑着站起来。

"娘，也在这里呀！"

儿子可真的回来了。

爹娘儿女相见,那一番话真是不知从哪说起,当娘的嘴一努一努想把媳妇的事说出来,话到嘴边,好几次又咽下去了。原生说:

"队伍往北开,攻打保定,我请假家来看看。"

"哎呀!"娘说,"你还得走吗?"

原生笑着说:

"等打完老蒋就不走了。"

秀梅说:

"怎么样,大娘,看见儿子了吧!"

"好孩子,"大娘说,"你说什么,什么就来了!"

远处近处耩地的人们全围了上来,天也晌午了,又围随着原生回家,背着耧的,拉着砘子的。

刚到村边,新农会的主席手里扬着一张红纸,满头大汗跑出村来,一看见原生的爹就说:

"大伯,快家去吧,大喜事!"

"什么事呀?"

"大喜事,大喜事!"

人们全笑了,说:

"你报喜报得晚了!"

"什么呀?"主席说,"县里刚送了通知来,我接到手里就跑了来,怎么就晚了!"

人们说:

"这不是原生已经到家了!"

"哈,原生家来了?大伯,真是喜上加喜,双喜临门呀!"主席喊着笑着。

人们说:

"你手里倒是拿的什么通知呀？"

"什么通知？原生还没对你们大家说呀？"主席扬一扬那张红纸，"上面给我们下的通知：咱们原生在前方立了大功，活捉了蒋介石的旅长，队伍里选他当特等功臣，全区要开大会庆祝哩！"

"哈，这么大事，怎么，原生，你还不肯对我们说呀，你真行呀！"人们嚷着笑着到了村里。

第二天，在村中央的广场上开庆功大会。

天晴得很好，这又是个热天，全村的男女老少，都换了新衣裳，先围到台下来，台上高挂全区人民的贺匾："特等功臣。"

各村新农会又有各色各样的贺匾祝词，台上台下全是红绸绿缎，金字彩花。

全区的小学生，一色的白毛巾，花衣服，腰里系着一色的绸子，手里拿着一色的花棍，脸上擦着胭脂，老师们擦着脸上的汗，来回照顾。

区长讲完了原生立功的经过，他号召全区青壮年向原生学习，踊跃参军，为人民立功。接着就是原生讲话。他说话很慢，很安静，台下的人们说，老脾气没变呀，还是这么不紧不慢的，怎么就能活捉一个旅长呀。原生说，自己立下一点儿功；台下就说，好家伙，活捉一个旅长他说是一点儿功。原生又说，这不是自己的功劳，这是全体人民的功劳；台下又说你看人家这个说话。

区长说，老乡们，安静一点儿吧，回头还有自由讲话哩，现在先不要乱讲吧。人们说，这是大喜事呀，怎么能安静呢！

到了自由讲话的时候，台下妇女群里喊了一声，欢迎秀梅讲话，全场的人都嚷赞成，全场的人拿眼找她。秀梅今天穿一件短袖的红白条小褂，头上也包一块新毛巾，她正愣着眼望着台上，听得一喊，才转过脸东瞧瞧,西看看,两只大眼睛,转来转去好像不够使,脸飞红了。

她到台上讲了这段话:

"原生立了大功,这是咱们全村的光荣。原生十五岁就出马打仗,那么一个小人,背着那么一支大枪。他今年二十五岁了,打了十年仗,还要去打,打到革命胜利。

"有人觉得这仗打得没头没边,这是因为他没把这打仗看成是自家的事。人们光愿意早些胜利,问别人:什么时候打败蒋介石?这问自己就行了。我们要快就快,要慢就慢,我们坚决,我们给前方的战士助劲,胜利就来得快;我们不助劲,光叫前方的战士们自己去打,那胜利就来得慢了。这只要看我们每个人尽的力量和出的心就行了。

"战士们从村里出去,除去他的爹娘,有些人把他们忘记了,以为他们是办自己的事去了,也不管他们哪天回来。不该这样,我们要时时刻刻想念着他们,帮助他们的家,他们是为我们每个人打仗。

"有的人,说光荣不能当饭吃。不明白,要是没有光荣,谁也不要光荣,也就没有了饭吃;有的人,却把光荣看得比性命还要紧,我们这才有了饭吃。

"我们求什么,就有什么。我们这等着原生,原生就回来了。战士们要的是胜利,原生说很快就能打败蒋介石,蒋介石很快就要没命了,再有一年半载就死了。

"我们全村的战士,都会在前方立大功的,他们也都像原生一样,会带着光荣的奖章回来的。那时候,我们要开一个更大更大的庆功会。

"我的话完了。"

台下面大声地鼓掌,大声地欢笑。

接着就是游行大庆祝。

最前边是四杆喜炮,那是全区有名的四个喜炮手;两面红绸大旗:

一面写"为功臣贺功",一面写"向英雄致敬"。后面是大锣大鼓,中间是英雄匾,原生骑在枣红马上,马笼头马颈上挂满了花朵。原生的爹娘,全穿着新衣服坐在双套大骡车上,后面是小学生的队伍和群众的队伍。

大锣大鼓敲出村来,雨后的田野,蒸晒出腾腾的热气,好像是叫大锣大鼓的声音震动出来的。

到一村,锣鼓相接,男男女女挤得风雨不透,热汗齐流。

敲鼓手疯狂地抡着大棒,抬匾的柱脚似的挺直腰板,原生的爹娘安安稳稳坐在车上,街上的老头儿老婆们指指画画,齐连声说:

"修下这样好儿子,多光荣呀!"

那些青年妇女们一个扯着一个的衣后襟,好像怕失了联络似的,紧跟着原生观看。

原生骑在马上,有些害羞,老想下来,摄影的记者赶紧把他捉住了。

秀梅满脸流汗跟在队伍里,扬着手喊口号。她眉开眼笑,好像是一个宣传员。她好像在大秋过后,叫人家看她那辛勤的收成;又好像是一个撒种子的人,把一种思想,一种要求,撒进每个人的心里去。她见到相熟的姐妹,就拉着手急急忙忙告诉说:

"这是我们村里的原生,十五上就当兵去了,今年二十五岁,在战场上立了大功,胸前挂的那金牌子是毛主席奖的哩。"

说完就又跟着队伍跑走了。这个农民的孩子原生,一进村庄,就好把那放光的奖章,轻轻掩进上衣口袋里去。秀梅就一定要他拉出来。

大队也经过小五家的大门。一到这里,敲大鼓的故意敲了一套花点,原想叫小五也跑出来看看的,门却紧紧闭着,一直没开。

队伍在平原的田野和村庄通过,带着无比响亮的声音,无比鲜亮的色彩。太阳在天上,花在枝头,声音从有名的大鼓手那里敲打,这是一种震动人心的号召：光荣！光荣！

晚上回来，原生对爹娘说："明天我就回部队去了。我原是绕道家来看看，赶巧了乡亲们为我庆功，从今以后，我更应该好好儿打仗，才不负人民对我的一番热情。"

娘说："要不就把你媳妇追回来吧！"

原生说："叫她回来干什么呀！她连自己的丈夫都不能等待，要这样的女人一块儿革命吗？"

爹说："那么你什么时候才办喜事呢？以我看，咱寻个媳妇，也并不为难。"

原生说："等打败蒋介石。这不要很长的时间。有个一年半载就行了。"

娘又说："那还得叫人家陪着你等着吗？"

"谁呀？"原生问。

"秀梅呀！人家为你耽误了好几年了。"娘把过去小五怎么使歪造耗，秀梅怎样解劝说服，秀梅怎样赌气不寻婆家，小五走了，秀梅怎样体贴娘的心，处处帮忙尽力，原原本本说了一遍。

在原生的心里，秀梅的影子，突然站立在他的面前，是这样可爱和应该感谢。他忽然想起秀梅在河滩芦苇丛中命令他去卡枪的那个黄昏的景象。当原生背着那支枪转战南北，在那银河横空的夜晚站哨，或是赤日炎炎的风尘行军当中，他曾经把手扶在枪上，想起过这个景象。那时候，在战士的心里，这个影子就好比个流星，一只飞鸟横过队伍，很快就消失了。现在这个影子突然在原生心里鲜明起来，扩张起来，顽强粘住，不能放下了。

在全村里，在瓜棚豆架下面，在柳荫房凉里，那些好事好谈笑的青年男女们议论着秀梅和原生这段姻缘，谁也觉得这两个人要结了婚，是那么美满，就好像雨既然从天上降下，就一定是要落在地上，那么合理应当。

1948 年 7 月 10 日饶阳东张岗

麦 收

一九三九年，冀中解放区小麦黄梢的时候。

东房凉还有一尺来宽，天气就热上来了，毒辣辣的热，可是人们并不嫌，知道这是收割麦子的好天气。

秃大娘做好饭，端到大门过道里，放在一张小白木桌上，小桌旁边，放上两个麦秸编的蒲墩，自己却坐在那块捶布用的青石板上，等候二梅和她爷回来。

二梅还没有进门就尖着声喊：

"奶奶，饭熟了没有？"

奶奶站起来笑着说：

"熟了！有功的回来了。"

二梅和爷爷把背回来的麦个放在院里，一边擦着汗，坐在蒲墩上。她望一望饭碗，把小嘴一噘说：

"又是秫面饼！"

奶奶说：

"折死你！秫面饼还不好，你要吃什么？忘记那二年吃糠咽菜的日子了？"

"我想吃白饼。"二梅撒娇说。

爷爷指着院里的麦个说：

"后半天就叫你奶奶去打，先在碾子上推一点儿，吃一顿。"

二梅红着脸说：

"不，奶奶，我是说着玩哩。"

奶奶也看着自己的孙女儿笑了。是个好孩子，才多么大了呀，已经是村里的青妇部长。风吹过来，乌黑的头发往后面飘，孩子的脸多么丰满好看呀，这是奶奶从小一口水一口饭喂养大的啊！

急急忙忙吃了两个饼，二梅就站起来，跑到院里拿了一把铁铲，就往外走。

奶奶问：

"又干什么去？"

二梅说：

"集合人去破路么，保护麦收。"

奶奶说：

"这么热天，歇了晌再去！"

二梅说：

"歇了晌，鬼子要不歇晌就来了呢？"

说着就往外跑，奶奶死命往回叫她：

"二梅！你回来给我好好儿地再吃一个饼！"

爷爷说：

"你让她去吧！"

爷爷又向着外面喊：

"二梅，你要破不好路，叫鬼子抢走了我的麦子，你就别想吃白饼了！"

"好呀！"

二梅拉着长声答应。

二梅把铁铲扛在肩上,手里拿着一根高粱秆,一到街上,就掏出笛子吹起来:

"嘟,嘟,嘟嘟嘟!"

转过孙玉琴家的黑大门,孙玉琴的婆婆正歪在过道里看着孩子打盹儿,孩子光着屁股在她身边滚爬,二梅用力吹了一声笛子,老婆子睁开眼说:

"哟,部长,集合了吗,太热吧?"说着就抓起孩子往家里走,一边说,"快回家去吃奶奶,你娘就要去破路了,要等老半天哩!"

二梅在街上来回地吹着笛子。青年妇女们一个一个从自家大门里走出来。这不知道是什么风俗,冀中的妇女们,只要一出大门,只要是成群结队,也不管是去开会,去上学,去破路或是割电线,一个个打扮得全像走礼串亲一样。

一个个全换上新衣服,脸洗得干净,头发梳得平整,头上蒙了一块新毛巾,又可以遮太阳,又可以挡风。

她们站在那新刷写上晋察冀边区"双十纲领"的高房下面的大槐树荫凉里。她们简直是挤在一块,手里的铲镐,碰得叮当乱响,还夹着那清脆的说笑。

"俺刚说歇歇,就吹笛!"一个穿漂白小褂的说,她叫张秀玲。

"歇歇,鬼子来了烧了你的兔子窝,你歇个屁!啊,你还穿着袜子,多封建!"

"该死!"她骂着,却转过头来开别人的玩笑,"欢迎啊,欢迎孙玉琴来得晚啦!"

晚来的有些脸红,三步两步跑到群里来:

"她奶奶刚把孩子拖到家,吃了两嘴就来了。为什么人家……谁像你那么利落干净！"说着把扛着的铁铲往地上狠命一顿，站住。

二梅站在太阳地里，催着人们站队，脸上已经流着汗。这是她新从学校的先生那里学来的规矩。先生说：站队的时候，叫队伍站在荫凉里，你站在太阳地里。

队伍站得整整齐齐，风吹动树枝筛下阳光来，在她们的头上衣服上游动，染成各色各样的花。

二梅站在队前讲话的时候，说笑也停下来了。就是有几个想笑的，一看见她那绷得紧紧的脸，也就赶紧用牙齿咬住了嘴唇。这小姑娘可以在家里撒娇，担负起工作的时候，却非常严厉，她问：

"你们拿着家伙干什么去呀？"

"挖沟！"一齐大声地回答。

"对了。驻在咱村的队伍和青抗先，今天下午去打击敌人，这是为的保护咱的麦子。我们也不能落后，我们把接村路挖通！"

接着是小组和小组竞赛。队伍出发了，二梅走在前面。一出村堤口，就是无边的小麦地，一片金黄，中间也掺杂着几片浅绿：风嵌过来，小麦一齐低下头，风吹过去，那长大的穗子，又一齐挺起来在太阳里闪着光。

太阳是专为麦子来的，现在更加热了。

来到接村路上，二梅用高粱秆分好段，用铁铲划上印，说：

"来吧，两个人挖一杆，一把铁铲一把镐。"

大道是经过河水冲刷的，现在晒干了，有两寸多厚的硬皮，挖起来很费力气。几镐下去，那些新衣服就全叫汗湿透了，汗流得满脸满腮，粘住了头发。她们却谁也不肯直起腰来休息一下，你一镐我一铲地工作。二梅领着头唱：

是谁说

妇女不如男子汉？

人们就合起来：

挖沟破路

男人女人是一般。

二梅的奶奶秃大娘提着一把大锡壶来给她们送水，人们抢着喝，一边说：

"还是这老太太知心，这么热天来给我们送水。"

张秀玲说：

"她知心，她老废物啦，不送点水，还干什么抗日呢！"

人们全笑了，秃大娘却正正经经地看着大家，她说：

"我老啦，老废物啦，依我看，你们谁也不跟我有用，张秀玲更不行。"说到这里，她把话顿住，好集中大家的注意，为她那下文助威。真的大家停止了说笑，水也不喝了，听她说：

"我养活（生）了两个小子，都参加了八路军，大的在十六团，二的在二十二团，这不是我的力量吗？这比你们谁抗的不劲头大！你们谁比得上我，谁敢和我竞赛？张秀玲你多么没出息，嫁到我们村里三年了，一点儿贡献也没有，还说我哩！"

大家"哄"的一声笑了，张秀玲臊得低头跑了。有的就嚷：

"谁敢和这老太太比赛？"

"穿漂白小褂的敢！"

"你敢！你行了！"

二梅一直还在那里挖,这时才抬起头来说:

"奶奶,就是你,净耽误我们的时间!"

奶奶赶紧提起壶来说:

"你们看,俺家二梅又批评她奶奶了。你们还喝不喝?不喝了,我就回去啦,你们快挖吧!"

说着,提起壶来,又拐打拐打地走了。

这里的说笑伴着铁铲和镐的声音,从汗气热气里升起来。等到人影儿和身子一般长的时候,她们的工作就快完成了。

队伍上的指导员从一块麦地里走出来,后面跟着一个背大枪的矮个子通讯员。在村里住长了,他认识二梅;他说:

"部长领导得好,真积极!"

二梅也直起身子笑着说:

"指导员,我们破好了路,你要挡不住鬼子,叫他们冲过来,我们可批评你!"

指导员说:

"好,好,好。你听枪响吧!"

指导员穿进另一块麦地,他的衣服和麦子一个颜色,麦穗打到他腰里。那个通讯员却淹没在麦子里了,只有那黑黝黝的枪口露在外头。不久,这枪口也消失不见了。

一只布谷鸟像是受了惊,慌慌张张地从东边飞过来,一声连一声叫着:

莫黄莫割——莫黄莫割!

"嘎勾——"东边响了一声枪。妇女们拖着铁镐和铲从道沟里跳上来,向东边张望。枪声响得越来越密,越来越急,也越来越近了。二梅的脸有些青白。

东边卷起了一团烟,罩住了金黄的麦子。机枪声、炮声,好像压低了那里的麦子。炮弹炸碎我们的土地,土块飞到半天空,那里面有多少炸碎了的金黄的麦穗!二梅知道这是敌人的炮。在那里作战的同志们,是不是受了伤呢?

她喊叫:

"我们不要在这里傻站着了,快回去抬担架,预备鸡蛋和开水!"

当她们抬了几副担架回来,炮声停了,那一团烟也远了。但是枪声很响很急,二梅知道这是我们的军队追赶敌人了。她们很快地向那里跑去。

我们的军队把敌人赶回窠里,才停下来。二梅她们抬回受伤的指导员和他那矮矮的通讯员。这两个同志去夺敌人的重机枪,受了伤。她们把夺来的重机枪也放在一副担架上。

还空着一副担架。她们回来,路过二梅家的地边,爷爷正靠在一个捆了的牛腰粗的大麦个上等候,他担心他的孩子,眼望着东边的路。二梅说笑着回来了,看见爷爷,她说:

"把麦个放在担架上,我们给你抬回去!"

老头子听了孙女儿的话,真的把麦个放到担架上来,看着孙女儿和她的伙伴们抬起来,飞快地往村里去了。

第一副担架上是指导员,第二副是通讯员,第三副是重机枪,第四副是麦子。

老头子跟在后面,打着火抽着烟。太阳已经有一半落到远远的西山里去了,在它上面是一团团千变万化的云彩——那在老人的眼里,是一只虎,一只豹,一匹飞马,一只老鹰。

晚上,奶奶又把饭放在那里,小桌上却有了白面饼。爷爷回来,二梅回来,奶奶说:

"你今儿个更有功了,奶奶给你烙了白面饼,快点儿吃!"

二梅说:

"有功的是人家队伍上,有功的是指导员和他那通讯员,人家夺了敌人一挺重机枪,受了伤,先慰劳他们吧!"

二梅带了自家的饼还有别人家的鸡蛋到指导员那里去,指导员和通讯员的伤口全包扎好了,躺在院当中月亮地里的软床上。

田野里是收割麦子和打场的声音,风吹来薄薄的小麦的香味。二梅和她的两个小组长站在受伤人的床前,念着妇救会的慰问信。

二梅又念了她自己的慰问信。

她念着,她述说她自己原是这样一个孩子,从小死了娘,在野地里,春天挑野菜,秋天拾庄稼,冬天割柴草,风吹着,雨打着,长到十五岁。八路军来了,是正好的年岁,赶上了正好的年月。这样她就不再走奶奶的路,娘的路;一条完全新的道路,在她眼前打开了。

她的声音是那么庄严、热情和诚恳,感动得受伤的人硬支起身子来,严肃地听着。

孙犁、赵侠、铁彦集体创作

1945 年 7 月于延安

走出以后

南郝村虽然说不上什么山光湖色,有出奇的风景可看,却是大平原田园本色。围村一条堤,堤外接连不断已经收割起庄稼的田亩,杨柳树也很多。村西有一条大河绕过,隔河望去,又是一围村庄,一片田亩苇坑麻地。倘在夏秋两季,也一定有些风光景致。

正是冬天,快要过旧历年了,我在这村子住下。房东老伴儿两个,待我很好。那男的,属于乡村的要看女人眼色行事的那一种,但对熟人也能谈论一番。女的干净利落,能说会道,顶多半个男人,据说事变前有些"潦倒气",可也没有大不好,只是成成女人赌局,取乐抽头,现在连这个也免了。

房东只有个女儿,今年十八岁。从小娇惯,抗战以来,更当男孩子看待,说一不二。我们不久就熟起来。这姑娘,在多么生人面前也没红过脸,忸怩过。听说我又是一个乡亲同志,就更随便一些。

我的习惯,不喜欢女人那一种张狂,她却以张狂为能事,也是她的习惯。说话哼哼唧唧,不撇嘴就跺脚。我最不爱看她那走路的样子,特别在大街之上,两只手垂直,手心向后,稍稍外张,两个脚尖向里靠,两只眼睛看着脚尖前行，两手就急急摆动。远远望去，使人想到鸭子洑水，我一见，就笑。既然在空气里走动，为什么把两只手当作蹼来运动呢？难道以为人会在空气里沉底，害怕淹死吗？

她却交游很广，认识许多女孩子，不但本村，外村也有许多姐妹。同时，她的好处也很多。为人慷慨，大有母亲作风，对抗日工作热心，敢出头，所以也着实令人赞佩。

不久，她一定要去升学。我写了一封信，介绍她到抗属中学附设的卫生训练班去试试，却录取了。回来，和她母亲说了没三句话，搬起脚来叫我看看鞋底，说是磨破了；就跑到街上去，找她的伙伴们去了，气得她母亲埋怨半天。到夜晚回来，带来一个同她年岁差不多，比起她那细长个子，算个中等身材，比起她那尖长脸，算是圆脸，细眉大眼的女孩子来。说是她一个干妹妹，也要去升学，叫我写介绍信。

当时我不明底细，只随便谈了谈，房东姑娘却在一边笑。那个新来的叫王振中，自己说十七岁，家里愿意叫她出去。这个女孩子说话声音低，但听来很清楚响亮，老是微笑着，还有些害羞。说话和房东姑娘不同，很少流行的新名词，但是道理说得也很明白，叫人相信；只是在说话中间，有时神气一萎，那由勇气和热情激起的脸上的红光便晦暗下来，透出一股阴暗；两个眉尖的外梢，也不断簌簌跳跃，眼睛对人有无限的信赖。她把要说的说完，就要走；我也随便答应，明天再说，可以写个信去考考。

女房东是没事，也要一天找我谈上一个甚至两个钟头的。她的道理是：同志住在家里不分彼此，这样才显得亲近，何况我是一个乡亲，和别人就更不同些，有东西随便拿着吃就是了，她有什么话也就全告诉我，叫我出个主意。这回，王振中走了，她就过来，和我讲说了王振中的家：王振中是这村北头赶大车王六儿的女孩子，也是独生女，家里虽然穷，但也因为这孩子从小就仁义懂事，爹娘也娇养惯了的。前几年王六儿死在保定城了。她是从小许给本村在北平开店发家的黄清晨的儿子了，趁着那年荒乱，她母亲就把女儿送过婆家去，那时女婿不能回来，就叫小叔子代娶了一下，这样算交卸了为娘的责任。

但那婆家并不叫这女孩子应心满意。女孩子很要强，处处怕落在人后面，处处怕叫人说不好，经不起一个背后的指点；一句闲话，可以使她盖起被子哭上半夜。可是公公在村里名声最不好，没人愿意招惹。事变以前，仗着那座店，臭酸臭美不和凡人说话，没缝也要下蛆，霸人霸地全干过。年月变了，这就不时兴，可是架子放不下。先是明着说坏话，村里送了他一次公安局，回来就变了样，见了骑马的挂枪的，区里的县里的，就狗舔屁股突地奉承，背地里却还是冷言冷语，最瞧不起村干部；这样，在村里人缘坏透了，有名的顽固分子。

这孩子的苦处就多了，在家里怕他们，整天整夜听那些没盐没醋的淡话，又不能塞住耳朵；出门见人就害臊，这年月，年轻妇女又不能不见人，在那些会场上总是看着她不像别人那样舒展，可是对抗日工作很要强，小姐妹们也知道她好。她说起话来就要离开这个家。

果然第二天太阳还没出来，王振中就来了。换了一身黑棉袄棉裤，袄很长大可体，裤脚很瘦，头发修剪得更短了，脖里围一条新毛巾，按着冀中区流行的青年妇女打扮起来，抉了 个包裹。我说：

"信可以写，上学是好事，可是你和你婆家说好了没有？"

她红着脸说：

"这是我情甘乐意，谁也管不了我。我和他们讲好了。你看我才从婆家出来，这鞋还是在那里拿的呢。"

我终于写了封简单的信，叫她去试试。临走，我说用不着带包裹，这是去考啊，不一定能录取。但她没答话，便催着房东的女儿走了，从门前堤上跳过去,走得非常快。

第二天后半天我刚回到家里,就有那村的小学教员找来。是一个女教员,原也见过,但没说过话;一进门,她就哭丧着脸,一靠,坐在临隔扇门的炕沿上,吞吞吐吐地说:

"同志,我有个问题和你谈谈。"

"什么问题?"我靠在迎门橱上。

"杏花和王振中全是你介绍她们出去的吗?"

"我写了封介绍信去叫她们投考。"

"这有点儿不合组织系统吧?"

我说:

"杏花录取以后要去上学的时候,我叫她去和你、妇救会主任商量过,去考的时候,我问过村教委。我不会忘记组织系统。杏花走的时候,你还送她好远,不能说不知道。至于王振中,因为她走得匆忙,也不过是试一试,你不愿意让她去?"因为她是一个女同志,我竟有些气愤。

"我倒没什么,只是学校里,就是她两个大些,有些工作要她们做。还有王振中的婆婆,找我哭过好几次,我没法应付啊。"

"要那样,怎样办呢?"

结果倒是她先转悲为喜说:

"她出去很好,我还能拦着!只是来问问,请你不要误会。"

我把她送走,女房东又照例过来了。她说女先生也很明白,不过杏花和王振中和她很好,在校里也帮她做做饭做做针线,这一走,不免就像失了膀臂。可是抗日是件大事,谁也不该拦着啊。我听了这些话,想道:"倒是这老太太比这个女教员明白些。"自己就坐在炕上看起书来。不多一会儿,有一个小孩子脸从窗户的小玻璃镜往里一探,等我回过头来,他已经抱着房东那只新下的小黑羊羔跑出去了。

不到一顿饭工夫，就有一个三十多岁的女人来到院里。我从小镜子望出去，她头上罩着一条红色包头，像是新病起来，或是坐了月子。她先放轻脚步到房东屋里去，和女房东嘟哝了一会儿，就故意张扬着到我房子里来，一进门就是：

"主任在屋里吗？"

"我不是主任。"我说，让她坐。女房东也跟过来说：这是振中的婆婆。

那婆婆小心小意地挑拣着话说：

"我是说打听打听振中她们在哪村住，想去看看她。她走我也不拉她，你问问我这个嫂子，我是多么疼她。就不该走时连句话也不讲。"

女房东也就笑着插进来说：

"那天她竟没说，和她娘说到婆家去，到了婆家拿了一双鞋，又说娘身子不舒服，过几天再来长住，这样就走了，我也不知道她这样，杏花也不知道。这孩子捣鬼。"

我说：

"依我看，王振中同志的认识和她那程度，出去上上学好啊，比你们待在家里，一辈子围着锅台、磨台转不好？我们要看远一些，出去对她好，对国家也好。"

那婆婆挂着笑紧接上来：

"这道理我还不明白？你问她大娘，我可是不明白的？我们当家的以前糊涂，我还常劝他呢。对街面上的事，我可没落过后，就是俺当家的也不过嘴直心快，得罪了人，才出了那桩子事。抗日谁不赞成，八路军谁说不好，像主任……"

"我不是主任！"我再度申明。

"像你们这么斯文，好说话，谁不赞成？上级都好，我们家里也常住上级。只是，我们得罪了村里的人……我们当家的就吃了亏。"

"你们当家的为什么不来呢？"我问。

"他，他身子不舒服，也是想振中想的。他叫我来问问，求……你写封信，他去看看振中。"

我心里突然一紧缩，一冷。她却跟上前来，拿起我那蘸水钢笔：

"怎么你还使这个钢笔？现在就是那些村干部，大字认不到一升，也还使支有打水机的钢笔呢！"

"我使用惯了，也一样能写。"

"还是你们艰苦。"她叹口气，又摸摸我炕上铺的破棉被，"哎呀，你怎么就用这个铺盖，像你们这上过大学堂，走京串卫的人，丝绸被子也盖过不少了吧，这是从村公所借来的？"

"唔。"

她转身望望女房东：

"他大娘也不知道照应人！就该把咱家那拆洗过的被褥拿出来叫同志盖呀！我们家住了上级，我总是把待客用的被褥给他们。你们，还没个枕头，枕什么呀？"

"枕书，枕不惯枕头了。"

女房东显然有些不高兴，就说：

"俺家比不上你方便呀。可是对待同志，咱也没小气过，谁在俺家住过谁知道我这个人实在，只是不会花言巧语罢了。这同志来我也拿出过新拆洗的被子给他，他不要。"

好像那婆婆并没理会，就又拿起我那钢笔来左看右看，一会儿说：

"这也不丑啊，俺家那老二，非要他爹买支打水机钢笔，我看这也做得很精致。"紧接着就眼望着我恳求："你这里纸笔砚台既然这样方便，就给俺们写个信吧，要不就用——"她慌忙从怀里拿出一个红签信封，一张八行信纸，"俺们这个。"

我拒绝了她！我说我不知道那学校今天转移到哪里去了；再说王振中是去投考，考不上，就会回来。她却抓住了理：

"那俺们振中不是也没了踪影吗？"

"丢不了她，丢了我赔。"

"不过是为老人的瞎操心罢了。"

这样，我在南郝村过了旧年。正月间，冀中各地非常热闹，抗属中学驻的村子里，有五千个中学生参加大检阅，其中有一千七百个是女生。早晨，在会场上，我看见王振中穿了黑色棉军装，外罩一件长大的棉背心，背包、挂包、小碗、防毒口罩，一色齐全，和那些小同学一样站在队里。她的脸更红、更圆，已经洗去了那层愁闷的阴暗；两个眉梢也不再那样神经质地跳动，两片嘴唇却微微张开，露着雪白的牙齿，睁着大眼望着台上讲话的程子华同志的脸，那信赖更深了。

那个村庄，正在滹沱河和沙河之间。村边便是一片沙滩，上面一排高大的白杨树，道旁有一座小小的新建筑，长方形，青色石头的，本县阵亡烈士的纪念碑，上面题着新体诗句。一天早晨我正在杨树林里和一个老乡谈这一带的白菜和红薯的产量，王振中穿了护士的白布罩单和戴翻卷的白布单帽走过，手里还托了一个药瓶。看见我，大远跑来，敬了礼，问过我怎样到这里来，我的女房东身体好不好，小羊羔长大了没有，才微笑着听我对她的问话：

"听说你婆家从北平把你……叫回来，像有什么打算，来找过你吗？"

"找过。"她又红了脸，但随着就平静流利地谈下去，"他们一家人全来了，男兵女将，就是把北平来的打起埋伏，直找到队长跟前去，要我回去。起先队长还要我回去看看，等我把事情说明白，说回去了就不会再有王振中了,队长才说你自己解决吧。可不是我自己解决,我已经向县政府告了状,和他们离婚;不是离婚,是解除婚约。这就一干二净,再说我也还不到结婚年龄……"

临走时,她说今天是看护实习,刚给一个伤员上了药。我问她那是什么药,她用德文告诉我那药的名字。

1942年8月

丈　夫

今天是中秋节日,可是还有一场黑豆没打。上午,公公叫儿媳妇把场摊上,豆叶上满带着污泥,发着臭气。日本黑心鬼,偷偷放了堤,淹了老百姓,黑豆没长好,豆子是秕秕的。草不好,黄牛也瘦了。儿媳妇站在场里没精打采的。年景没有了,日子不好过,丈夫又没消息。去年,他还在近处,八月十三那天还抽空回家来看了看,她给他做了一件新棉袄,两个人欢天喜地。八月节,应该团圆团圆;她给他做了猪肉菜,很丰富。今年,鬼子从四月里翻天搅地,丈夫不知道到哪里去了。去年他留给她一个孩子,在地洞里生产下来,就死掉了。她没有力气,日子过着没心思。

吃过中午饭,她带着老二孩子,要去娘家看看,解解闷。和公公说了说,公公也没阻挡。只说早去早回来,路上不安静。她什么也没拿,拉起孩子的手,向东走去了。孩子去姥姥家,很高兴,有一句没一句地问娘:

"今个八月十五吗?娘。"

"是啊!"

"叫我吃什么？"

"什么也不叫你吃！"

她说过，又怜惜起孩子来。孩子才七岁，在炮火里跟着跑了四五年了，不该这么斥打她，就转过话来笑着说：

"还记得爹吗？"

"记得呀！"

"爹在哪里呢？"

"在铁道西啊！"

"在那里干什么？"

"打日本啊！"

娘笑了。丈夫在家就喜欢这个孩子，临走总嘱咐她好好教养着。她想，那个人倒不恋家，连对她也像冷冷地，对这个孩子却连住了心。就为这个，她竟觉着有保障了，又和孩子说：

"爹什么时候回来？"

"过年的时候回来。"

"你知道？"

"可不是，我知道。"

"爹回来干什么？"

"回来打日本。"

孩子念叨起爹那枪来。爹叫她看过枪，爹对她说枪是打日本的。她想现在日本很多了，常到村里来，爹该回来打日本了！这里日本多，不到这里打，到哪去打哩！

娘儿俩说着，就到了娘家村里，本来只离着三四里地。

到家里，姥姥正坐在炕上。

"你看人家多么热闹，人家也都是养儿养女的。"姥姥说，嘴角却有些讥笑。

"谁家？"女儿问。

"你婶子家。"

"热闹什么？"

"你大姐来了，她女婿也来了。"

"她女婿不是在这里当伪军？"

"现在人家敢出来了，三天一来，两天一来，来了就嘻嘻哈哈。"

姑娘想起她是和这个大姐一年出嫁的。她两个同岁，她大姐嫁了一个独生子，她也嫁了一个独生子。她大姐的女婿在绸缎店里当学徒，她的女婿在保府上中学。那年正月里，两个女婿来住丈人家，大姐的女婿好赌钱，整天在家里成局；自己的女婿好念书，整天在家里翻书本。她那时候还不高兴自己的女婿这么呆气，人家那么好玩，好说笑，街上的青年子弟都找人家去热闹，自己的女婿这么孤僻，整天没个人来，只有几个老头子称赞。她想，现在该是玩的，在学堂里有多少书念不了，倒跑到这里来用功？晚上，她悄悄地对他说：

"你也玩玩去，书里有什么好东西，你那么入迷？"

"你不知道。"

"不是我不知道，你看人家多快活？"

"你叫我和他们比呀？"

"和人家比比，你丢什么人，人家比你少什么？"

"你不懂事。"

丈夫睡了，她也不好意思再问，新婚的夫妻，她只有柔顺。夜半醒来，她又说：

"我说错了话吗？"

"你知道的事很少。"

"我怎么就知道得多了？"

"你念念书，可是来不及了。"

"我不念那个，可是，我要说错了话，你可别记在心里呀！"她靠近靠近他。

后来丈夫走了，很少家来，不在北平，就在上海。大姐的女婿却常来，穿得好，一来就住下，嘻嘻哈哈；她很羡慕大姐幸福，自己倒霉，埋怨丈夫不家来，忘了她。可是丈夫并没有忘了她，有时家来，也很爱她，她生了一个小孩儿，丈夫也很喜欢，只是怨她不识字，知道的事少。她说：

"你不会待在家里？"

"我不能。"

"怎么人家能呢？"

"谁？"

"大姐的女婿。"

"咳，你又叫我和他比！"

女婿又生气了。她就害怕他生气，赶紧解释：

"家里又不缺吃不缺穿，你非出去干什么？"

"你不知道。"

"你出去又不挣个大钱。"

"非挣钱不能出去吗？"

"家里不舒服？"

"不舒服。"

这回是生气了。家里不舒服，外边有什么舒服的事情？她疑心了。可是看看丈夫还是整天看书，书一箱一箱的，翻翻这本，又翻翻那本，破的就包上个皮，不嫌个麻烦。她觉得丈夫喜欢书，就像她喜欢布似的，她喜欢各色样花布，丝的，麻的，她把它们包在一个一个小包裹里，没事就翻着玩，有时找出一块来给孩子做件小衫裤，心里很高兴。她想，丈夫写字，念书，就和她找布做衣服一样。

抗战了，丈夫立时参加了军队。把洋布衣服脱下来，换上粗布军装。两条瘦腿，每天跑百八十里路，也有了劲了。她大姐的丈夫店铺叫日本鬼子抢了，也回到家来，守着女人孩子过日子，看看地，买买菜，抱抱孩子，烧烧火，替大姐做很多事。她可不明白自己的丈夫的心思，有一天她问他：

"为什么你出去受罪？"

"抗日是受罪？你真糊涂透了。"

"可是为什么人家不出去？"

"谁？"

"大姐的女婿。"

"呸，呸，你又叫我和他比。"

渐渐地，她也觉得丈夫不能和那个人比。村里人说自己的丈夫好，许多人找到家里来，问东问西。许多同志、朋友们来说说笑笑，她觉得很荣耀。日本鬼子烧杀，她觉得不打出去也没法子过。大姐的女婿在村里人缘很不好，一天夜里叫土匪绑了票，后来就不敢在家里待，跑到天津去了，大姐整天哭，没离开过丈夫，不知道怎么好。过了一年，那个人偷偷回来了。抽上了白面，还贩卖白面，叫八路军捉了，押了两个月，罚了一千块钱，他就跑到城里当了伪军，日本鬼子到他媳妇的娘家村里来抢东西，他也跟着来，戴着黑眼镜。后来，又反了正，坐在欢迎大会的戏台上看戏，戴着黑眼镜，喝着茶水，吃花生。

那天她也去看戏，有人指给她说：

"你看见那个人吗？"

"谁？"

"你大姐夫啊！你都不认识了！"

"呀，那是他？"

她脸上红红的了。

自己的丈夫越来越忙，脸孔虽然黑了，看来，倒壮实了些。仗打得越紧，她越恨日本鬼子了，他也轻易不家来了。她守着孩子过日子，侍候着公公。上冬学，知道了一些事，其中就有她以前不知道的丈夫的心里的事，现在才知道了些。

今年，日本鬼子占了县城附近的大村镇，听到她的大姐夫又当了伪军。从此，她就更瞧不起他，这是个什么人呀！今天，娘却提到了他。正提到了他，大姐就来了。大姐听说妹子来了，姐妹好几年不见面，来看望她，手里托着一包点心。身上穿着花丝葛，脸孔白又胖，挺着大肚子，乍一见面很亲热，大姐说：

"你家他爹可有信？"

"没有啊！"

"说起来，人家他有志气，抗日光荣，可是留下了这些孩子们。"大姐说着就拉过孩子，叫孩子吃点心，问孩子：

"你想爹吗？"

"想啊！"

"快叫娘把他叫回来。"

"叫回来，打日本吧！"孩子兴奋地说。

大姐立时没话说，脸也红红的，像块生猪肝。姥姥也笑了。

"听说你女婿又来了。"

"早走了。"

"怎么这么快就走了？"

"有事。"大姐坐不住，告辞了出去。走到屋门口又回来，小声说：

"大妹子,你家他爹回来,你顺便和他学学,就说俺家他爹是不得已,还想出来的。"说过就慌慌地走了。

姥姥说:

"看起这个来可就不光荣。准是又有什么风声吓走了。"

天已经晚了,姑娘带着孩子回来,在路上,她看见一小队人背着枪过去了。她知道一到天晚,就是自己的人;也不害怕,带着孩子走过去。后来回头一看,那一小队人进了她娘家的村了。

到了村头,大孩子正在村边等,见了娘就跑上来小声说:

"大队长到咱家来了!"

"哪个大队长?"

"县游击大队长,黑脸大个子老李呀,娘忘了,去年和爹一块来拿过书,吃过羊肉饺子的。"

"说什么来?"

"有爹的信,爷正看哩。"

母子两个人赶紧到了家里,公公正坐在场里碌碡上,戴着花镜念信,儿媳妇回来,就说:

"信来得巧,今年的节我又过痛快了!"

媳妇当然更快活,快活了一晚上,竟连那圆圆的月亮也忘了看。

1942 年中秋节夜记于阜平

黄敏儿

黄敏儿原来不是豹子营的人,他的爹娘全到延安去了,临走把他托给一个老朋友,已经有三年了。自从敌人来了,他整天待在家里,实在闷得慌。书没的读了,歌也不许唱,以前玩耍的木刀木枪,他坚壁了;又不能像大人一样,面对着墙壁发闷,盖上被子睡觉,他很想到外面去玩玩,换换空气。他看见灶户前面的柴火少了,就对老师说:

"我到地里去拾些柴火来烧吧!"

"你还是好好地在家里待待吧!"老师说。

"我到远些的地方去。"

"远了,我就更不放心了。"

可是,家里实在缺柴烧了,黄敏儿又请求,师母就准许了他。他背上一个柴筐,在腰里束上一条麻绳,到野外去了。

过去,他走起路来,像他爹和娘的样子,两条腿左右分开点,迈着大步,好像一个将军刚刚从飞跑很久的马上跳下来走在大街上的样子。他把两手插在衣服两边的口袋里,黑白分明的大眼睛望着前面,长长的头发散在宽宽的明亮的前额上,薄薄的通红的嘴唇闭得很紧。现在他是按着一个拾柴割草的孩子的样子走路,好像饿了两顿没吃饭了,右手拿着的镰刀,有意无意地打着路上的土块儿。

正是春天，遍地是荒草，地里的人也很少。他走到河边，举眼看见的是土黄的、像支架起来的坟头一样的炮楼。公路在地上横插过去，一条又一条。

他原来是想到野地来唱个歌儿什么的，结果也没唱好。拾了不到半筐柴，就回去了。快进村的时候，后面有一个穿着黑细布长衫，戴着黑色礼帽，黑黄脸的中年人追上来：

"喂！别走！我问你一句。"

黄敏儿回头一看说：

"有话到维持会去问吧，我家里等着柴火做饭哩。"

"我就是问你！"那人上前捏住黄敏儿的手，怒冲冲地。

黄敏儿把手一抬，眼眉竖起来：

"你是干什么的？这么凶！"

"陈青湖到底在家里没有？"那人低声问。

黄敏儿想了一想说：

"他呀？没有在家，他爹和他媳妇，倒是很想他，谁也不知道他到哪里去了。你准和他不错吧，也费心给打听着点，他爹和他媳妇一定要知你的情哩！"

"你敢和我说谎？"

"为什么就不敢和你说谎，你知道现在的情形，汉奸有这么多，我知道谁是汉奸哩！"

"他妈的！"那个人甩开黄敏儿的手走了。

"你他妈的！"黄敏儿也骂着就家去了。他对老师学说了一遍，老师说：

"汉奸是吃硬不吃软的。"

话还没说完，枪响了。

敌人把村里的男女老幼全圈到街中央那个大池子边上去，一个军官模样的鬼子讲了一大篇话，翻译官侧着耳朵听着，翻译着，最后几句是：

"老婆子们站出来，皇军中队长大人要看看你们跳秧歌舞！"

乍听到"秧歌舞"三个字，黄敏儿心里一跳，可是立时就又沉下去了，还有些痛。

翻译官吆喝着，老婆子们不站出来，也不跳。一个鬼子骂着，拉出他身边的一个中年妇人推到水池里去。翻译官说：

"皇军大人要看你们洑水。"

军官模样的又喊了一声。翻译官说：

"皇军大人要青年妇女全体下水！"

鬼子们拖着插刺刀的枪，转到女村民们后面去，用脚踢着。正在这个时候，黄敏儿看见他那天遇见的那个穿黑细布长衫的人也来了。他一闪闪到老师的背后去，可是那个人好像早就看见他了，跑过来，拉出黄敏儿说：

"你先洑一下，给你的婶母大娘姑姑姐姐们试试深浅。"

黄敏儿望望池子的水，把眼皮微微一抬，望到池子那边，他说：

"好，我脱了衣服就来洑。"

他站到人们前面去，立在大池子的边沿，鬼子们也都向他这里看着。他很快地脱去衣服，露出一个红色的圆润的小身体，把衣服卷了卷，回身抛给他的老师，就跳进水里去，一个水花翻上来，人不见了；水花渐渐扩大，水波击打着水岸，什么也寂然无声了。

他的老师心里像插上了一把刺刀，叫了一声，呆呆地望着平静的池水。很久很久，对面的水上却又打起一个水花，黄敏儿从水里钻了出来，抹一把脸，望望这边，他那长头发上淋着水，跳上岸去，拐过一个胡同跑了。

汉奸绕过池子去追他,又招手叫了两个鬼子一同去。全村的男女为黄敏儿担心,鬼子中队长坐在椅子上休息了。几个被推进水里的青年妇女爬上岸来,低头弄着湿透的衣服。很久,他们把黄敏儿带回来,汉奸提了一个明亮的铁铲,在水池旁边挖好一个坑,把黄敏儿推到那里。老师的脸黄得像一张金纸。

全村的人向汉奸恳求,汉奸并不答话。他望望黄敏儿,黄敏儿低着头望着那个坑。他那因为逃跑气喘鼓动着的胸脯,渐渐平静下来,嘴也能够闭紧了。汉奸把铁铲扬起来说:

"进去!"

"你要活埋我?"黄敏儿抬起头来,他的原来黑白分明的眼,现在烧成了一团暗雾。

"这怨你自作自受!"

黄敏儿跳进坑里,全村的人向汉奸哭号着哀告。汉奸掘起一铲泥,连看也不看地抛进坑里。黄敏儿就从坑里一弹,跳出来,他把眉毛一扬,两眼死盯在汉奸手里的铁铲柄上,嘴角露出一种难解的笑容说:"你当真要埋我么?"

这句话竟使那个汉奸咧开嘴笑了。村民们趁机会又来哀求他说,无论如何留这孩子一条活命。汉奸把铁铲一丢就转身走了。以后,只有黄敏儿的老师看见从他的学生的眼里,像骤雨一样滴下一串热泪,因为很快,黄敏儿就把它擦干了。

敌人决定把黄敏儿带到据点里。黄敏儿穿上老师送来的衣服,望一望老师,就跟在他们身后走了,又把两只手插进上衣两边的口袋里,用他那有些蹒跚,像一个将军刚从他奔跑的马上跳下来走路的姿势走路。到了槐林镇,天就黑了,敌人把他关到一间临时改造成的监狱里面。

那房子原是一个财主家的上房客厅，靠北山墙埋上一排木柱，就形成一个宽大的木笼。黄敏儿坐在地下，把上身靠在木柱上，两只手交叉在膝盖上，把头放上去。

这一夜过得很慢。天明了，有三个小孩子闪进来，小声喊：

"黄敏儿，小黄！"

黄敏儿一瞥眼看清是槐林镇的三个同学，原先常在一起玩的，立时把头转回来对着墙。

一个孩子跑过来，伸进手去拉住黄敏儿的衣服，说：

"小黄，你这是干什么？"

另一个说：

"他以为我们全是汉奸了？小黄，我们是他们抓来当勤务的，我们谁也不是汉奸！"

黄敏儿回过头来说：

"你们不是汉奸是什么呢？"

三个人同时回答：

"我们是抗日的儿童团！"

这时候，那个穿黑细布长衫的人也进来了。黄敏儿不知道这个人给敌人当的什么差事，好像哪里都有他。他吆喝着三个孩子走了，说是中队长已经起来了，还不快去；又对黄敏儿说：

"回来就提你，你有能耐和鬼子施展吧，可是我绝不害你。"

是在中队长的房子里过的堂。黄敏儿两只手插在口袋里，微微斜仰着头；中队长坐在一张黑漆椅子上，桌子上摆满了吃过的饭菜。中队长问：

"说，你是谁的儿子？"

这时候，一个小勤务走进来，走到中队长的身边说：

"中队长,赵八庄又送了几只大红公鸡来了。"

中队长笑了笑,小勤务把桌子上的饭盒子、菜盘子拿了下去。中队长又问:

"你说,谁是你的爸爸?"

这时候,另一个小勤务走进来,走到中队长的身边说:

"中队长,翻译官那个好看的媳妇过来了,正在院子里。"

中队长赶快立起来,走到窗口的小玻璃上一看,回过头来瞪着眼说:"哪里?"

小勤务说:

"到东屋里去了。"

中队长坐不下去了。他叫小勤务先把这个小犯人带到笼子里去。两个孩子走出来,从此,就谁也不知道黄敏儿和那三个小勤务到哪里去了。有的人为黄敏儿一天一夜没吃饭担心,可是他却不会饿着,他们带走了中队长剩下来的那些饭菜。

第二天,鬼子和汉奸们到豹子营搜捕他老师的家。可是就在那天夜里,老师和他的女人也一同不见了,谁也不知道他们跑到哪里去了。只有一天,一个抗日干部带着黄敏儿写给他父母亲的一封信,里面也有那个老师给他的老朋友的信,带过路西,带到那在黄敏儿想来是非常遥远的延安去了。

1943 年春

杀 楼

一

　　五柳庄炮楼，修在一个宽广的高岗上面。这原是老年时候的一家宅院，后来不知道怎么拆毁了，就成了一个荒岗。敌人来了，看着这个地方地势高，可以控制村庄，看护汽车路，又可以免得滹沱河涨水时候冲刷，就决定在这里修炮楼。炮楼的样子，远远望去像一个圆塔，走近一看，它的墙壁却是突出缩进，错成棱角。炮楼高有五丈，圆周直径约有两丈五尺，全是卧板砖灌石灰垒起，分成三层。从下面铁板小门进去，有一个矮矮的扶梯。中间一层，就是小队长的卧室，日本兵的床铺。周围有四个方向的枪眼兼做窗户，机枪就支在上面；步枪挂在墙壁上，掷弹筒扔在脚头起。顶上层是瞭望哨，上有铅铁顶棚，周围有垛口。

　　紧靠炮楼外面，盖起几间平房，当中一间现在住着翻译官和他的太太，一间是伪军的营房，一间是厨房仓库。

　　在这平房外面才是沟墙、障碍、荆棘、铁丝。进入里面要经过一个吊桥。

　　秋收完毕，转眼就到了中秋节。虽说兵荒马乱，人们不能像平常那么心里干干净净地过节，可是因为近来围困炮楼，鬼子既不敢轻易下来，再加上庄稼也收割得差不多了，想一想这一年过得真不容易，格外愿意热热闹闹。差不多的人家全买了猪肉月饼，穷些的也置些鸭梨葡萄过节。炮楼上的鬼子伪军看得眼红，馋得流涎，不敢下来抢，城里又没接济，实在苦恼。就三番两次托人捎信给"维持村长"柳老新，说无论如何，八月十五这天，给送点儿东西上来。

十四这天夜里，有一队穿便衣的队伍开到五柳村庄里来了。轻轻叫开一家的大门，进去住了。

十五这天，吃了早饭，柳老新置备了二十斤梨、五只杀好的鸡、十斤月饼、十五斤葡萄，装好四个大篮子、两个小篮子，派了四个年轻人提着大篮子，他和十三岁的小星提了小篮子到炮楼上去送节礼。

街上有的人就念说：

"鬼子不敢下来就算了，又去招引他干什么？"

提大篮子的四个人，有两个像贫苦庄稼汉，粗手大脚，破衣烂裳，还带着满脑袋高粱花子；有两个像是财主家，手脚干净，穿着长袍大褂。街上的人说：

"前面那两个是咱村的，后面这两个怎么不认得呀？"

"敢是柳老新雇的短工吧！"

"瞎说，送礼还用雇短工？"接着就小声说，"听说昨天夜里来了队伍。"

"有多少？"

"一连。"

"我看有一团。"

一个老头子走过来说：

"哎，你们少说些闲话吧！"

柳老新和小星先走了一步，到炮楼跟前，打了个照面。炮楼上的鬼子伪军一见柳老新带着人来送礼，心里早就高兴得不得。鬼子的脾气，见你顺服了他，又拿架子了，小队长金田在炮楼上嚷道：

"什么的干活？"

柳老新说：

"给皇军送过节礼的干活。"

鬼子把吊桥放下来，让柳老新和小星先过去，鬼子獭尾上来，气势汹汹地把他两个浑身上下搜了一遍，又把篮子翻上翻下地搜查一遍，看看没有暗藏武器，才抓了一把葡萄，一边往嘴里塞，一边说：

"为什么好久不来送东西？"

柳老新说：

"不是我不来送，是八路军活动得要紧，送也送不到啊！"

獭尾说：

"怎么今天送来了？"

柳老新说：

"别说了，今天是看了一个空子，八路走远了，才敢送来。快收下吧！"

金田在上面招呼柳老新快上去。柳老新回头一看，那四个人跟上来了，就指挥着说：

"这两篮子是给警备队先生们吃的。"说着把他和小星手里的两个小篮子，放在地下。平房里的伪军赶紧出来，拿回去吃，獭尾也跟进平房里去。柳老新这才带着四个人上楼。在楼顶上站岗的木田，看见小星送东西来了，一个劲招呼小星上去。小星在篮子里抓了一些葡萄和月饼捧着，一边说："木田，我给你送果子来了！"上楼顶去了。

柳老新领着四个青年人到了炮楼上，对金田说：

"小队长，你看看吧，今天送来的东西，都是好成色。你先看看这几只鸡肥不肥？"

那个提鸡篮子的青年赶紧把鸡提到金田面前，拿出一只来叫金田过目。金田一看，果然好肥鸡，杀洗得又干净，忍不住脸上的笑容。金田以外，楼上还有四个鬼子。柳老新指挥着，叫皇军们看梨子好吃不好吃，尝尝月饼，再看看葡萄甜不甜。鬼子们有的守着一个篮子往嘴里塞梨，有的守着一个篮子往嘴里塞月饼，有的守着一个篮子往嘴里填葡萄。提篮子的青年又不断拣好的往他们手里送，嘴里放，一边说道：

"皇军，吃这一个。"

鬼子们狼吞虎咽，嘴角上说话：

"好，好吃，甜，香！"

柳老新大声笑着说：

"今年这个中秋节，你们可过美了！"

一句话没了，只见提鸡的那个青年，不知道从什么地方抽出一把明亮亮、冷森森的宰猪刀来，左手揪住金田的衣领，右手一按一抹，金田的半个脖子已经下来。那青年一面轻轻把金田放倒，回头一看，只见他的三个伙伴也已经把四个鬼子杀倒在地，简直没出一点儿声音。大家赶紧把楼上的枪支武器收好，就见小星于里拿着一支三八枪从楼顶跑下来，木田嚼着月饼在后面紧追；进屋一看，并排放着四个鬼子的死尸，吓得回头就跑，一个青年上去把他一抓，杀猪刀在他脸上一晃，说：

"乖乖的，不要动！"

木田也实在动不了了，就立在那里。两个青年和小星在炮楼看守，两个青年搬着一挺轻机枪轻轻走下楼来，对准伪军的平房。这时候柳

老新已经上到楼顶放哨的地方,呐喊一声,说道:

"伪军弟兄们,八路军已经把金田和上面的鬼子全杀了,你们快快反正,把獭尾捉住,我保你们安全。谁反抗谁就倒霉!"

伪军们正在房里抢东西,抢得天昏地暗,一听这话,往外就跑,咯、咯、咯、咯,一阵机枪扫射,把他们打回去。一齐嚷:"我们反正,我们反正!"

忽然獭尾端着枪从平房里蹿出来,没命地往外跑,机枪一扫没扫住,他跑过吊桥,奔着城里跑去了。

柳老新在楼顶上对伪军喊道:

"你们怎么让鬼子跑了?那你们就出来站队吧!"

这些警备队一个一个走到院子里,站好队伍,一报数,正好十个人。

这时就听见炮楼南面的野地里响了一枪。柳老新望着那里拍手大笑说:

"我估计你这兔崽子就跑不脱!"

二

原来埋伏在村里的正规军,全开出来截击城里出来的敌人。队伍在街上这么一走,站在街上的人们才看出,领队的就是本村那个在十十团当连长,父亲叫鬼子杀死的柳英华。再往队伍里看看,很多是他们的子弟。众人一哄就围了上去,这个说:

"这不是俺家二小吗?"

那个说:

"那不是咱家三坏吗?"

"你们来到家里了,怎么不露面?"

"二小,咱家闲院里又盖起一座房!"

"三坏,你大姐出嫁了!"

"嘿呀,你可长得高多了,这衣裳是发的吗?"

"嘿呀!我那孩子!你打过几回仗?"

这些青年子弟,原是抗战开始就参加八路军的,已经几年不回家来了,现在爹娘、叔伯、妻子、姐妹一见,问长问短,拉住说话。柳英华笑着说:

"叔叔大伯、婶子大娘们,我们这是去打仗,回来再说吧。"

一个中年妇女笑着说:

"英华,别看你当了连长做了官了,就拿打仗来吓唬我们!你知道,我们也是见过大阵势的了。"

新月带领那十几个游击组也开出来,全是一色小打扮,乍一看这一队游击组的年纪、精神、服装、步法,简直和前面这一队子弟兵不相上下,只是武器差些。那些看热闹的人们就说了:

"新月,别看你箍的手巾那么漂亮,你们的武器可比不上人家呀,你看人家那机枪、掷弹筒!"

新月笑着说:

"他们也不是外人哪,咱还怕他们笑话?"

又有人说:

"根生,这回拿下炮楼,把你那支哑巴枪换换吧!"

根生红一红脸说:

"别闹玩笑,咱这枪一见鬼子就会说话了!"

人们正说笑着,只见工会主任青元赶着一辆单套大黑骡子车,从他东家的大梢门里跑出来。那骡子,就像惊了一样,在街上飞跑过来。青元右手掌鞭,左手提着盒子枪,紧跟几步,一欠身就坐在车辕条上去!

人们说：

"青元，你这是干什么去？"

青元说：

"去把炮楼上的东西拉回来。"

队伍已经走出村去，人们就跟在后面，都说：

"走，去看咱们的子弟兵打鬼子去。"

队伍从道沟里向炮楼包围过去，村里的人就立在堤坡上观看。鬼子獭尾蹿出来，观阵的正在着急，埋伏在公路两旁的子弟兵，一枪把他打死，人们一齐拍手叫起好来。

三

到了晚上，大圆大亮的月亮升起来，五柳庄的人们和他们的子弟兵，就在那祠堂门前广场上开了一个庆祝会。在五年前，柳英华率领了全村二十个青年伙伴，参加了我们的队伍，冀中有名的十七团。这些青年成分好，进步快，几年部队生活，改变了他们幼小时的样子，站在爹娘面前，爹娘只有目不转睛地微笑着望着他们。祠堂门前这片广场，抢秋的时候，碾成了一个大场，四边堆着一大堆的秸、豆秸、棒子，子弟兵就靠在上面休息了。在三个月以前，炮楼上的鬼子屠杀了五柳庄的人，就在这个广场上刀砍柳英华年老的父亲，枪挑死他七岁的孩子，推进那广场旁边的死水坑里，只剩下孩子的母亲整天在家里哭泣。几个长辈劝英华家去看看，都说：

"英华，家去看看吧。你家里不知道你负着这么大责任，也不好意思来叫你。自从你爹和那孩子叫鬼子杀了，她够难受的了差不多的还不想疯了吗？你家去劝解劝解她们也好。"

英华苦笑着说：

"虽说拿了炮楼，明天的情况还不能估计。外面又放着哨，不时要有事情，今天我不家去了，以后再说吧！"

老人们也只好叹气称赞。

夜深了，柳英华把队伍整理好，就命令靠在柴火堆上休息。家里的人都恋恋不舍，可也不好再去麻烦他们；今天打了一天仗，明天还要打仗呀，叫他们好好儿睡觉吧！大家也就散了。在回家的路上，那些母亲说：

"孩子就睡在露天里，不潮湿吗？我家去盖着被子也睡不着。"

那些父亲就劝她们说：

"算了吧，他们是这样惯了的，你今天给他送条被子来，明天你到哪里去送呀？孩子就像小鸟，长全了毛出了窝，你就叫他随便到处飞去吧！"

真的，他们的孩子们，背靠着那绵软的柴火，怀抱着上好子弹的枪支，不久就舒舒服服地睡着了，睡得那么香甜。月亮转到西北角，落到村边大柳树的阴影里去了，银河斜斜地横在他们的头顶，把半夜以后的清凉的露水，慢慢滴下来，落在他们的脸上、衣服上、枪膛上，他们也没有觉得……

英华也靠在一边，但他没有睡，他睁大着眼睛，望着天空，忽然小星跑到他的身边小声说：

"英华哥，你家俺嫂子想和你说句话，就在那池子边上。"

英华走过去，女人说：

"你也不家去看看！"

英华看见自己的女人，又黄又瘦，心里一酸，忍着眼泪说：

"你看我能离开吗？"

女人的泪忍不住，唰唰流下来，呜咽着说：

"爹和小俊就是在这池子里死的呀！"

英华说：

"我知道。"

女人说：

"你知道！他们死的时候不能见你一面，你可是有说有笑的。"

英华没说话，过了一会儿，女人又说：

"我知道你给他们报了仇。"

英华说：

"我有任务在身上，哪能离开队伍到家里？全是女人的见识！"

女人说：

"我看你像忘了他们一样。"说罢就痛哭起来。

英华说：

"我心里难过，我把眼泪往肚子里吞，我好好执行上级的命令，去消灭鬼子！我为什么到人们面前去啼哭呢？"

正说着，侦察员回来报告情况，英华对女人说：

"家去吧！不要净啼哭，啼哭有什么用？自己的身子要紧。我不能多照顾你们，我已经托付了老新叔和新月，有什么困难就和他们说。"

女人赶紧抹着眼泪转身走了。

1945 年 4 月于延安

村落战

是个阴天,刮着点西北风。天发亮,敌人两辆铁甲汽车,装着五十多个鬼子,配合着二十匹马队,路过阎家集,向五柳庄方面进攻。

汽车走得很慢,活像乡下的老牛破车,马队不得不紧紧提着缰绳,不然马就跑过汽车去了。一来是道儿不好走,坑坑洼洼;二来是怕地雷。走得虽然很慢,威风却尽量施展,汽车一路呜呜乱叫,离五柳庄还有二里地,汽车就停住,马匹散开,鬼子下车,伏在两旁沟里,向村里开炮。村里没有动静,堤坡上的柳树正在迎风摇摆。

鬼子重新上车上马,望着村里走,村里真是一点儿动静也没有,街口也没有一个人。这时鬼子的马队像飞一样,向村南村北包剿下去,汽车还是一步一步往街里开,鬼子们紧紧贴着车厢端着枪望着前面,这时已经走到大街里,街道窄了,两旁全是大户人家的高房,墙垛口,临街更楼。汽车一路走着,呜呜地叫,两边的高墙,就发出呜呜的回声。看看快到了十字街口,忽然从路北一家梢门里拐出一辆牛车,那匹老黄牛,拉着多半车烂砖头,一看见汽车过来,它就横在街上不动了。前头一辆汽车站住,三个鬼子往下跳,刚刚跨到车皮上,就看见一个小小的黑东西从天空飞下来,像燕子掠水一样,扑到车厢里——"轰!"

汽车跳了三尺来高,跨在车皮上的三个鬼子翻到外面去了,车厢里就全部开了花。这时从两边高房的更楼上,手榴弹接二连三甩下来,机关枪向后面那辆汽车射击,那辆汽车拼命往后退,退,退。鬼子们从车上跳下来往回跑,一到村外,就伏在堤坡后面去了。

鬼子重新布置着向村里开炮,马队配合着向村里开枪,可是村里又没有一点儿动静了。

连长柳英华就站在街当中路南高升店房上。身边有两个通讯员,一班战士,一挺轻机枪。一个头发黑黑的,穿一件干净利落的黑色短夹袄的孩子正趴在垛口上,往下看炸毁了的汽车和一地的死鬼,那是小星。英华告诉通讯员,去通知村里的游击组,找空子往外撤,去打马队的屁股;他又对小星说:

"小星,你也和他们撤出去吧,过一会儿情况会紧急。"

小星回过头来说:

"我不去,我和你在一块吧,我道路熟。"

通讯员房跳房地告诉了游击组长新月,新月打一声呼哨,两边房上的游击组就跟他跳下房来,在下面院子里集合好,提着枪,冲到街上。新月提着盒子枪走在前面,贴着墙根往西走,路过那坏了汽车的地方,新月招呼着人们,捡起一些武器,往南一拐,从一条小胡同走了。

高升店是五柳庄街上最高的房子,在上面可以控制村子的东西两面。英华伏在一个垛口后面,不久就看见又有三辆汽车从阎家集那边开过来,埋伏在阎家集村边的我们的队伍,向汽车开了枪,汽车没命地冲过来,奔着五柳庄,在那破坏过的汽车路上,一颠一窜地跑。这三辆比刚才那两辆开得快多了,先头的给它们踏好了道,没有地雷,放心走吧。

可是一到村边,"轰"的一声,前头一辆像受惊的马一样,打个立桩,车上的鬼子全飞了出来,跌到三丈开外才落地。后面两辆一时停不住,闯上去，这样一来三辆汽车就成了一个弓腰桥一样，车上的鬼子像掷骰子一样在车厢里乱碰乱撞起来。

英华看见汽车炸翻，倒吃了一惊，他纳闷：是谁这样手快去埋上雷？

小星说：

"一准是青元，别人手有这样快，也没有这个胆量。"

村外敌人的炮火很猛，好像已经发现这座高房是目标了。英华叫把机枪往西边转移一下，离开那小小的更楼，又叫小星监视着南北两个街口。

炮弹不断在高房周围落，炸塌了几间房，敌人几次想从东街口冲进来，我们的机枪就安在垛口缝里，敌人不冲不扫，再冲再扫，有五个敌人顺着墙根爬过来，英华用盒子枪瞄着打死了两个，剩下的三个又跑回去了。

英华对战士们说：

"敌人是来报复的，管他火力怎样猛，我们不能让他们进村。敌人一进来要狠狠烧杀，我们昨天的胜利就完了！"

说话间，敌人一炮瞄准这座小小更楼，小更楼整个栽到街上去了。

天阴惨惨的，时间是快晌午了，小星不知什么时候到下面去拿上一些饼来，扔到机枪手和战士们的身边。英华说：

"快爬到那边去，不要动。"

枪炮一直响着。小星说：

"英华哥，刚才下去，洞里的婶子大娘们叫我告诉你，怎么也不要让敌人冲进街里来。她们说：这些大人小孩儿的命全交给你了！"

一个通讯员爬过来，英华说：

"你想法冲出去，给二排长送命令，叫他解决了阎家集炮楼，就赶紧进攻县城北关。你从南街口出去，那里有一个小交通壕。"

小星赶紧说：

"不行了，敌人已经把南街口堵住。"他从地上站起来，"英华哥，我去送这个命令。我从这里下去，那西房后面有条小夹道，里面就是地道口，我可以钻到村外去，敌人看不见。"

一个炮弹飞过来，打翻两个垛口。英华说："好。还是叫通讯员跟你去，你下去就告诉洞里的人，说敌人进不来，叫她们安安生生待在洞里，不要慌张。"

小星答应了一声，像一只小猴子一样，从高房跳到低房，又从墙角上溜下去，通讯员跟在后面。下去就是一条窄口的夹道，两边黄泥土墙，地下全是烂柴败叶，小星侧着身进去，走到中间，看了看，就背过身子，轻轻在墙上一靠，就不见了。通讯员一看那墙还是一色黄泥土墙，连一个纹丝也没有，吃了一惊，赶紧叫：

"小星同志！"

小星在墙里面说：

"不要嚷么！你也背过身子来在墙上靠一下，可要轻轻地。"通讯员靠了一下，只觉得身不由己地随着进去了，里面是伸手不见掌的黑屋子，通讯员站脚不稳就栽了一跤，小星赶快把他扶住说：

"不要冒冒失失的么！"

然后小星跳进一个洞里，不知道是和哪里的人说话，只听他说：

"三大娘！"

也不知道从哪里来了一个嗡嗡的声音：

"怎么咧，小星？敌人进村了吗？"这声音像是从地里来的，又像是从天空来的，像是神仙的指引，又像是电台上的无线电收音。只听小星又说：

"没有。鬼子一辈子也进不来，英华哥说等不到天黑就把他们打退了，叫你们不要怕。"

那个蚊子一样飞来的声音就念了一声：

"阿弥陀佛！"

这时，小星才对通讯员说：

"下来吧！弯腰往左拐！"

通讯员费了很大力气，才钻到洞里，摸了半天，才摸到左边那个道上，等他摸着小星的衣服了，他喘着气说：

"小星同志！走慢点，我跟不上，失了方向可就坏了。"

小星在前面猫腰走着，那孩子活像一条欢跳的小蛇一样，走得很快，通讯员使劲弯着身子，走了几步，已经满头大汗，只得叫道：

"小星同志！我跟不上，我带着枪不好走哩！"

小星说：

"这样吧，你把枪递过来，我拉着走吧，你走得这样慢，天黑也出不去。"

这样，小星像拉算卦的瞎子一样拉着通讯员。

小星心里有些埋怨英华，为什么非叫他跟来，不然，这个时候，他快把命令送到了。

小星硬拉着通讯员往前走，左拐右拐，后来道路宽敞些了，通讯员也走得快些了。忽然他们听见枪炮就在他们头顶上响，后来好像有几个人在他们头顶上跑过去了。小星小声说：

"同志，不要讲话了，已经到了村外。"

又走了一会儿，小星把枪放下，蹲下身子，咕咚咕咚的像拆房子一样，立刻就有一线光亮照到洞里来。小星说：

"好，可以出去了！你小心些，下面是井！"

小星先钻出去，两手抠着井框，两只脚叉开，看着砖缝上去了。

通讯员也钻出来，把枪背在肩上，照样攀登上去。他往下一看，是浓绿清凉，不知有多么样深的一口水井，水平如镜，照见他和小星浑身泥土，这时，他才发觉自己已是满身大汗。

小星探头在井口四面一望，爬出去，通讯员也爬出来，已经是村南一里地的野外，这时庄稼全收割了，没有割的也因为风吹雨打扑倒在地上。天还是阴着，敌人的炮火像刮风一样往村里打，整个五柳庄上面的天空，叫烟、土、乌云罩住了。

在村里在房顶上也不觉怎样，现在回头一看，小星才觉得英华他们危险，忍不住向通讯员说：

"你看英华哥能抵挡得住吗？"

通讯员说：

"我们柳连长最重视政治影响，他既是那么说，就是剩下他一个人，守着那挺机关枪，鬼子也掉不了猴！"

他们就听见从街里，发出一阵机枪声，听来是那样急，那样狠，扫开云雾、烟尘，向正南方向射击。小星看见南街口的鬼子一阵乱，他判断一下方向，说：

"鬼子想从南街口进去，好，英华哥也转到高升店的正房上去了，那里正对南街口，他们怎样跳过去的呀？"

小星和通讯员在地里半爬半走往东南方向奔去。在一条小交通沟里，碰见他村里一个游击组员叫秋河的，敞着怀跑过来。小星一见就说：

"你还不去打仗，瞎跑什么？"

秋河说：

"你看见我瞎跑来？我去集合人来着，五毛营、赵家庄、阎家集的游击组全开来了。我们包围着敌人打。"

小星说：

"这就好了,我也是去送命令,叫二排长攻城,你告诉新月哥,叫他们好好儿打吧!"

小星把命令送到二排长那里的时候,二排已经把阎家集的炮楼解决,接到命令,跑步去奔袭城关。天已快黑了,五柳庄村外的敌人,无心恋战,就用那剩下的两辆汽车载着鬼子往城里退。一路上,我们的地雷枪炮一齐响,打得鬼子三步一停,两步一歇,桑木大队长着了急,从汽车上蹦下来,骑上一匹白色洋马,往野地里蹿了。

工会主任青元这一天埋好很多地雷,正伏在汽车旁边一条横沟里休息。桑木的马,跑到沟边,马原是惊了的,桑木一看前面是沟,用皮鞋下死劲一踢马肚子,那马把头一抬,前腿一曲就跳过去。青元顺手一枪,正打中马肚子,那马痛得难忍,浑身一抖,就直直地立了起来,桑木骑不住,闪了下来。完全掉下来也好,但却是一只脚挂在镫里,那洋马没命地奔向城里跑去,桑木头朝下,两只手在地上乱抓,一路上尽是豆楂楂高粱地,擦得他头破血流……

1945 年 6 月于延安

碑

赵庄村南有三间土坯房，一圈篱笆墙，面临着滹沱河，那是赵老金的家。这老人六十几岁了，家里只有一个五十多岁的老伴和一个十六七岁的姑娘。姑娘叫小菊，这是一个老生子闺女，上边有两个哥哥全没拉扯大就死了。赵老金心里只有两件东西：一面打鱼的丝网和这个女孩子。天明了，背了网到河边去打鱼，心眼手脚全放在这面网上；天晚了，身子也疲乏了，慢慢走回家来，坐在炕上暖脚，这时候，心里眼里，就只有这个宝贝姑娘了。

自从敌人在河南岸安上炮楼，老人就更不干别的事，整天到河边去，有鱼没鱼，就在这里待一天。看看天边的山影，看看滹沱河从天的边缘那里白茫茫地流下来，像一条银带，在赵庄的村南曲敛了一下，就又奔到远远的东方去了。看看这些景致，散散心，也比待在村里担惊受怕强，比受鬼子汉奸的气便宜多了。

平常，老头子是个宽心人，也看得广。一个人应该怎么过一辈子，他有一套很洒脱很乐观的看法。可是自从敌人来了，他比谁也愁眉不展，比谁也咬牙切齿，简直对谁也不愿意说话，好像谁也得罪了他，有了不可解的仇恨似的。

那个老伴却是个好说好道好心肠的人。她的心那么软，同情心那么宽，比方说东邻家有了个病人，她会吃不下饭，睡不好觉。西邻家要娶媳妇了，她比小孩子还高兴，黑夜白日自动地去帮忙。谁家的小伙子要出外，她在鸡叫头遍的时候就醒来，在心里替人家打点着行李，计算着路程，比方着母亲和妻子的离别的心，暗暗地流泪。她就是这样一个热心肠的人。事变后，她除去织织纺纺，还有个说媒的副业。她不要人家的媒人钱和谢礼，她只有那么一种癖病，看见一个俊俏小伙子，要不给他说成一个美貌的媳妇，或是看见一个美貌的姑娘，不给她找一个俊俏的丈夫，她就像对谁负了一笔债，连祖宗三代也对不起似的。当她把媒说成了，那个俊俏的和美貌的到了一家，睡到一条炕上了，她会在意想不到的时候，就是在那年轻夫妇最从心里感到自己的幸福的时候，突然驾临他们那小小的新房，以致使新郎新妇异口同声地欢呼道：

"哎呀，大娘来了！"

在这样情形下面，她坐下来，仰着脸看看那新媳妇，一直把那新人看得不好意思起来，她才问道：

"怎么样，我给你说的这婆家好不好？"

因为对这媒人是这么感激，新人就是不想作假，也只能红着脸答应一个"好"字。她又问那个当丈夫的，自然丈夫更爽快利落地感谢了她。这样老婆子破口一笑，心满意足了。

一九四二年"五一"事变以前，晋察冀边区《双十纲领》一颁布，她就自动放弃了这个工作。遇到那二十上下的男子，十八帮近的姑娘们，她还是热心地向他们提说提说，不过最后她总是加个小注，加一段推卸责任的话，那意思就像我们常常说的："这不过是我个人的意见，提出来请你参考，你自己考虑考虑吧。"

至于那个叫小菊的姑娘，虽说从小娇生惯养，却是非常明理懂事。

她有父亲一样的安静幽远，有母亲一样的热情伶俐。从小学会了织纺，在正发育的几年，恰好是冀中的黄金时代，呼吸着这种空气，这孩子在身体上、性情上、认识上，都打下了一个非常宝贵非常光彩的基础。三间土坯北房，很是明亮温暖，西间是一家人的卧室，东间安着一架织布机，是小菊母女两个纺织的作坊，父亲的网也挂在这里。屋里陈设虽说很简单，却因为小菊的细心好强，拾掇得异常干净。

"五一"以后，这一间是常住八路军和工作人员的。大娘的熟人很多，就是村干部也不如她认识人多。住过一天，即便吃过一顿饭，大娘就不但记住了他的名字，也记住了他的声音。

这些日子，每逢赵老金睡下了，母亲和女儿到了东间，把窗户密密地遮起来，一盏小小的菜油灯挂在机子的栏杆上，女儿登上机子，母亲就纺起线来。

纺着纺着，母亲把布节一放，望着女儿说：

"八路军到哪里去了呢？怎么这么些日子，也不见一个人来？"

女儿没有说话，她的眼睛还在随着那穿来穿去的梭流动，她听清了母亲的话，也正在想着一件事情，使她茫然得有些希望，却也茫然得有些忧愁的事情。

母亲就又拾起布节纺起来，她像对自己说话一样念叨着：

"那个李连长，那年我给了他一双白布夹袜。那个黑脸老王，真是会逗笑啊！他一来就合不上嘴。那个好看书写字的高个子，不知道他和他那个对象结了婚没有？"

现在是十月底的天气，夜深了，河滩上起了风，听见沙子飞扬的声音。窗户也呼打呼打地响。屋里是纺车嗡嗡和机子挺啪挺啪的合奏，人心里，是共同的幻想。

母亲忽然听见窗户上啪啪地响了两下，她停了一下纺车，以为是风吹的,就又纺起来。立时又是啪啪啪的三下,这回是这么清楚,连机子上的女儿也听见了,转眼望着这里。

母亲停下来小声地对女儿说:

"你听听,外面什么响?"

她把耳朵贴到窗纸上去,外面就有这么一声非常清楚、熟悉又亲热的声音:

"大娘!"

"哎呀!李连长来了!"母亲一下就出溜下炕来,把纺车也带翻了。女儿又惊又喜地把机子停止,两手按着杼板,嘱咐着母亲:

"你看你,小心点儿。"

母亲摘下灯来,到外间去开了门,老李一闪进来,随手又关了门,说:

"大娘进来吧!小心灯光射出去。"

大娘同老李到了屋里,老李手里提了一把盒子,身上又背一棵大枪,穿一件黑色短袄黑色单裤,手榴弹子弹袋缠满了他的上半截身子。他连坐也没顾得坐,就笑着对大娘说:

"大伯在家吗?"

"在家里。干什么呀,这么急?"大娘一看见老李那大厚嘴唇和那古怪的大鼻子,就高兴地笑了。

"我们有十几个人要过河,河里涨了水,天气又凉不好泅。看见河边有一只小船,我们又不会驶,叫起大伯来帮帮忙。"

小菊听着,连忙从机子上下来到西间去了。

"十几个人,他们哩?"大娘问。

"在外边。我是跳墙进来的。"老李说。

看见老李那么急得站不住脚,大娘看定了老李,眼里有些酸。

"你知道你们这些日子没来,我是多么想你们呀!"

老李心里也有很多话要说，可是他只能笑着说：

"我们也想你，大娘。我们这不是来了吗？"

"来了，做点儿吃的再走。"大娘简直是求告他，见有机会就插进来。

"不饥。"

"烧点儿水？"

"不渴，大娘。我们有紧急的任务。"老李就转眼望着西间。

"那你就快点儿吧！"大娘叹息地向着西间喊了一声。

"来了。走吧，同志。"老金已经穿好衣服，在外间等候了。

老金在院里摸着一支篙。大娘开了篱笆门送了他们出去。她摸着在门外黑影里等候着的人们说：

"还有我认识的不？"

"有我，大娘。"

"大娘，有我。"

有两个黑影子热情激动地说着，就拉开队走了。

大娘掩好门，回到屋里，和女儿坐在炕上。她听着，河滩里的风更大了，什么声音也听不见。但是她还是听着，她在心里听见，听见了那一小队战士发急的脚步，听见了河水的波涛，听见了老李受了感动的心，那更坚强的意志，战斗的要求。

娘儿俩一直听着，等着。风杀了，一股寒气从窗子里透进来。

小菊说：

"变天了。娘，地下挺冷，我换上我那新棉裤吧！"

"你换去吧！谁管你哩。"

小菊高兴地换上她那新做的，自己纺织自己裁铰的裤子。窗纸上已经结上了一团团的冰花。老金回来了，他的胡子和鬓角上挂着一层霜雪。他很忧愁地说：

"变天了，赶上了这么个坏天气！要是今黑间封了河，他们就不好过来了。"

一家三口，惦记着那十几个人，放心不下。

早晨，天没亮，大娘就去开了门。满天满地霜雪，草珠上、树枝上全挂满了。树枝垂下来，霜花沙沙地飘落。河滩里白茫茫什么也看不见。

当大娘正要转身回到屋里的时候，在河南边响起一梭机枪。这是一个信号，平原上的一次残酷战斗开始了。

机枪一梭连一梭，响成一个声音。中间是清脆沉着的步枪声。一家人三步两步跑到堤埝上，朝南望着。

枪声越紧也越近，是朝着这里来了。村里乱了一阵，因为还隔着一条河，又知道早没有了渡口，许多人也到村南来张望了。只有这一家人的心里特别沉重，河流对他们不是保障，倒是一种危险了。

树枝开始摇动，霜雪大块地往下落。风来了，雾也渐渐稀薄。枪声响到河南岸，人们全掩藏到堤后面去了。

他们这叫观战。长久的对战争的想望，今天才得到了满足。他们仔细地观察，并且互相答问着。

雾腾起，河流显出来，河两边水浅的地方，已经结了冰，中间的水流却更浑浊汹涌了。

他们渐渐看见一小队黑衣服的战士，冲着这里跑来。他们弯着身子飞跑，跑一阵就又转回身去伏在地上射击。他们分成了三组，显然是一组对付着一面的敌人。敌人也近了，敌人从三个方向包围上来，形成了一个弓背。这一小队黑衣服的战士就是这个弓的弦，是这弦牵动着那个弓背，三面的敌人迅速地逼近他们。

"那穿黑衣裳的是我们八路军！夜里才过去的。"小菊兴奋又担心地,大声告诉她身边的人。

这一小队人马,在平原上且战且走。他们每个人单独作战,又联结成了一个整体,自己留神是为的保护别人。在平原上初冬清晨的霜雾里,他们找到每一个可以掩蔽自己的东西:小壕沟、地边树、坟头和碑座,大窑疙瘩和小树林。他们在那涂满霜雪的小麦地里滚过来了。

这自然是败退,是突围。他们一个人抵挡着那么些个敌人。三面的敌人像一团旋转的黄蜂,他们飞上飞下,迫害着地面上的一条蜈蚣。蜈蚣受伤,并且颠抖了一下,但就是受伤的颠抖,也在观战人的心里形成了悲壮的感觉。

人们面前的土地是这样的平整和无边际。一小队人滚动在上面,就像一排灿烂的流星撞击在深夜的天空里,每一丝的光都在人们的心上划过了。

战争已经靠近河岸。子弹从观战人们的头顶上吱吱地飞过去。人们低下头来,感到一种绝望的悲哀。他们能渡过这条河吗?能过来可就平安了。

赵老金忘记了那飞蝗一样的子弹,探着身子望着河那边。他看见那一小队人退到了河边。当他们一看出河里已经结了冰,中间的水又是那么凶的时候,微微踌躇了一下。但是立刻就又转过身去了,他们用河岸作掩护,开始向三面的敌人猛烈地射击。

老金看出来:在以前那么寡不敌众,那么万分危险的时候,他们也是节省了子弹用的。现在他们好像也知道是走到一条死路上来了。

他们沉着地用排枪向三面的敌人射击。敌人一扑面地压过来,炮火落到河岸上,尘土和泥块,掩盖了那一小队人。

老金看见就在那烟火里面,这一小队人钻了出来,先后跳到河里去了。

他们在炮火里出来,身子像火一样热,心和肺全要爆炸了。他们跳进结冰的河里,用枪托敲打着前面的冰,想快些扑到河中间去。但是腿上一阵麻木,心脏一收缩,他们失去了知觉,沉下去了。

老金他们冒着那么大的危险跑到河边,也只能救回来两个战士。他们那被水湿透的衣裳,叫冷风一吹,立时就结成了冰。他们万分艰难地走到老金的家里。村北里也响起枪来,村里大乱了。母女两个强拉硬扯地给他们脱下冻在身上的衣服,小菊又忙着到东间把自己的新棉裤换下来,把一家人过冬的棉衣服叫他们穿上,抱出他们的湿衣服去,埋在草里。

大娘含着两眼热泪说:

"你们不能待着,还得走,敌人进村了!"

她送他们到村西的小交通沟里,叫他们到李庄去。到那里再暖身子吃饭吧。她流着泪问:

"同志!你们昨晚上过去了多少人?"

"二十个。就剩我们两个人了!"战士们说。

"老李呢?"

"李连长死在河里了。"

这样过了两天,天气又暖和了些。太阳很好,赵老金吃过午饭,一句话也不说,就到河边去了。他把网放在一边,坐在沙滩上抽一袋烟。河边的冰,叫太阳一照,乒乓地响,反射着太阳光,射得人眼花。老金往河那边望过去,小麦地直展到看不清楚的远地方,才是一抹黑色的树林,一个村庄,村庄边上露出黄色的炮楼。老金把眼收回来。他好像又看见那一小队人从这铺满小麦的田地里滚过来,纵身到这奔流不息的水里。

他站立起来,站到自己修好的一个小坝上去。他记得很清楚,那两个战士是从这个地方爬上岸来的。他撒下网去，他一网又一网地撒下去，慢慢地拉上来，每次都是叹一口气。

他在心里祝告着，能把老李他们的尸首打捞上来就好了，哪怕打捞上一支枪来呢！几天来只打上一只军鞋和一条空的子弹袋。就这点儿东西吧，他也很珍重地把它们铺展开晒在河滩上。

这些日子，大娘哭得两只眼睛通红。小菊却是一刻不停地织着自己的布，她用力推送着机子，两只眼狠狠地跟着那来往穿送的梭转。她用力踏着蹬板，用力卷着布。

有时她到河岸上去叫爹吃饭，在傍晚的阳光里，她望着水发一会儿呆，她觉得她的心里也有一股东西流走了。

老金固执得要命，每天到那个地方去撒网。一直到冬天，要封河了，他还是每天早晨携带一把长柄的木槌，把那个小渔场砸开："你在别处结冰可以，这地方得开着！"于是，在冰底下憋闷一夜的水，一下就冒了上来，然后就又听见那奔腾号叫的流水的声音了。这声音使老人的心平静一些。他轻轻地撒着网。他不是打鱼,他是打捞一种力量，打捞那些英雄们的灵魂。

那浑黄的水，那卷走白沙又铺下肥土的河，长年不息地流，永远叫的是一个声音，固执的声音，百折不回的声音。站立在河边的老人，就是平原上的一幢纪念碑。

1946年春于冀中

"藏"

这一家就住在村边上。虽然家里不宽绰,新卯从小可是娇生惯养,父亲死得早,母亲拧着纺车把他拉扯大,真是要星星不给月亮。现在他已经是二十五岁的人,娶了媳妇,母亲脾气好,媳妇模样好,过的是好日子。媳妇叫浅花,这个女人,好说好笑,说起话来,像小车轴上新抹了油,转得快叫得又好听。这个女人,嘴快脚快手快,织织纺纺全能行,地里活赛过一个好长工。她纺线,纺车像疯了似的转;她织布,挺啪乱响,梭飞得像流星;她做饭,切菜刀案板一齐响。走起路来,两只手甩起,像扫过平原的一股小旋风。

婆婆有时说她一句:"你消停着点儿。"她是担心她把纺车抢坏,把机子碰坏,把案板切坏,走路栽倒。可是这都是多操心,她只是快,却什么也损坏不了。自从她来后,屋里干净,院里利落,牛不短草,鸡不丢蛋。新卯的娘念了佛了。

刚结婚那二年,夫妇的感情好像不十分好。母亲和别人说:"晚上他们屋里没动静,听不见说说笑笑。"那二年两个人是有些别扭,新卯总嫌她好说,媳妇在心里也不满意丈夫的"话贵"和邋遢。但是很快就好了,夫妻间容易想到对方的好处,也高兴去迁就。不久新卯的话也多些了,穿戴上也干净讲究了。

浅花好强,她以为新卯不好说不算什么,只要心眼实在,眉里眼里有她也就够了。而且看来新卯在她跟前话也真是不少。她只是嫌他当不上一个村干部。年上冬天,新卯参加了村里的工作,并且人们全说他是个顶事的干部,掌着大权,是村里的"天拿"。可是他既不是村长,又不是农会主任,不是治安员也不是调解委员。浅花问他他不说,晚上问,他装睡着了,呼呼地打鼾睡。浅花有气:"什么话这样贵重,也值得瞒着我?"她暗施一计:在黑暗里自言自语地说:"唉,八路军领导的这是什么世道啊!""你说这是什么世道,八路军哪一点对不起你?"新卯醒了,他狠狠地给她讲了一番大道理,上了一堂政治课,粗了脖子红了脸,好像面对着仇人。浅花暗笑了,她说:

"你是这里边的虫,好坚决,和我也不说实话。"

"你嘴浅。"新卯说。

他又转过身去睡了,这样常常气得浅花一直睁眼到天明。今年春天,春耕地耘上了,出全了苗,该锄头遍了,新卯却什么活也不愿意去做。在家里的时候更少了,每天黑更半夜才家来,早晨天一亮,就披上袍子出去了,家不像他的家,家里的人见他的面也难。浅花又是六七个月的身子,饭熟了还得挺着大肚子满街去找他,也不一定找得来,找回来像赴席一样,喝上一碗饭,将筷子一摆,就披上那件破棉袍子出去了。一顿饭什么话也不说。他的母亲虽然心疼儿子,可是对他近来的行动也不满意,只是存在心里不说;浅花可憋着一肚子气等机会发泄。她倒不是怨他不到地里去做活,她伤心的是近来对家里的人太冷淡,他那嘴像封起来的,脸上满挂着霜,一点儿笑模样也看不见。半夜人家睡醒一觉了,他才家来,什么也不说,倒头便睡,你和他念叨个家长里短吧,他就没好气地说:

"你叫人歇一下子吧,我累。"

浅花说：

"你累什么呀？水你不挑，柴你不抱，地你不锄，草苗快一般高了！"

"你不知道我有工作？"

他倒发火了。浅花只好冷冷地一笑，过半天自己又忍不住地小声问道：

"你近来做什么工作呀？"

"你没听说风声不好？"

"风声不好，我看又是谣言。就是吧，你也得照顾自己的身子呀，你近来脸色不好，身上又瘦多了。"

这时她才心疼起他来。他近来吃饭很少，眼都陷了下去，叫他睡觉吧，她不言语了。

又过了两天，他竟连夜不家来睡觉，天明了才家来，累得不像个人样子，进家就睡了，睡上多半天才起来；可是天一擦黑便又精神起来，央告着说：

"给我做点儿好吃的吧。"

母亲听见了便说：

"你给他炒个鸡蛋烙张饼。"

媳妇虽然不高兴他出去，却也照样给他做了，看着他一边吃，她一边问：

"吃了好东西干什么去？"

他咧着油光的大厚嘴唇说：

"这可不能告诉你！"

乡下的夫妇，有这么三天五天不在一条炕上，浅花就犯了疑心。她胡猜乱想，什么工作呀，夜间出去白天回来？她家住在顶南头村外，不常有人来；她想，村里干部多着呢，别人不一定这样。这一天，大

街上刘喜的媳妇来借梭来,浅花就问她:

"大嫂子,你听见说敌人又要出来'扫荡'吗?"

"没听见说呀!'扫荡'怕什么呀,我就不怕。"

"可是俺家他爹没事忙,现在连黑夜间也不家来睡觉了!"

"哈!不家来睡觉,到哪里睡呀?"这女人大吃一惊,张着嘴问。

"谁知道,有这么三四宿了,人家说工作忙。"浅花叹了一口气。

"准是工作忙呗!"那女人说着,却撇了撇嘴,"工作忙,一天家是男女混杂,咱也不知道那是干什么工作!"

"大嫂子,你听见什么风声了吗?"浅花直着眼问。

"没有,你家他爹很老实,不像那些流氓蛋,你们夫妻的感情又不错!不过你要留点儿神,年轻的人说变心可快哩!街上那些小狐狸们可能勾引着哩!说句不嫌你见怪的话吧,哪一个不比你年轻。"

这一晚浅花留上心,心里也顶生气。做晚饭了,丈夫从炕上爬起来眯着眼走出来说:

"擀点儿白条子吃吧?"

浅花的脸唰地拉下来,嘴噘得可以拴一匹小驴,脸上阴得只要有一点儿风吹就可滴下水来;半天才丧声丧气地说:

"吃好的吧,你是有了功的了!"

"有功没功,反正尽自己的责任。"丈夫认真地说。

"瓮里没水!"浅花把手里的空水瓢往瓮里一丢,大声地说。

"我去担。"丈夫不紧不慢地担起水桶出去了。

等他担了水来,浅花还是生气,在灶火前低着头,手里撕着一根柴火叶。丈夫说:

"快烧吧,你也知道发愁?别发愁,只要我们有准备,多么困难的环境也能通过去。"

浅花越听越没有好气,她想,你念什么咒呀!她打起火来,可是手有些颤,火镰凿在火石上,火星却落不到火绒上。丈夫接过去给她打着了,咧着大嘴笑了笑说:

"真笨。"

"我们是笨。"浅花把火点着,一手拉动风箱,"你去找精灵的去啊!"丈夫也听不出头绪,他以为女人也正在不高兴,他就坐在台阶上去,看着野外的高粱在晚风里摇摆。近来天旱,高粱长得才一尺来高,他想,下场透雨吧,高粱长起来,就是敌人"扫荡"也就不怕了。他望着那里发呆,浅花又忍不住,她扭转头来问:

"你别又装傻,我问你,这几日夜里你出去干什么来?"

"搞工作。"丈夫回过头来,还是心平气和地说。

"什么工作?"

"抗日工作。"

"你不用和我花马掉嘴,你好好儿地告诉我没事!"

女人是那么横,直眉瞪眼脸发青,丈夫也有些恼了。恼的是女人为什么这么糊涂,这么顽固,这么不知心,这么不心疼人!我黑间白日累个死,心里牵挂着这些事,她不知道安慰我,还净找斜喳!他也嚷着说:

"我不能告诉你!你为什么这么横?你审我吗?"

母亲听见他们吵嘴,赶紧出来说了两句,两人才都不言语了。这一顿晚饭,一家人极不痛快,谁也没说话。

等新卯吃完饭,母亲将他叫到屋子里说:

"你整天整夜忙的什么,也不在家里照顾照顾。"

新卯没有说话,守着母亲坐了一会儿。天已经大黑了,他走到外间屋里,想出去,浅花正在门帘外慎着,一伸手就把他拉到自己屋里来;

她在炕沿上一坐，哭着说：

"今黑夜你就不能出去，你出去我死在你手里！"

新卯瞪了瞪眼，想发火，但转眼看了看她，他忍下去了。他在屋里转了一会儿，浅花汪着两眼泪盯着他，他叹了一口气说道：

"我再出去一晚上。"

"不行！"

"你行行好，我算向你告假。"

"不行。"

浅花转过脸去啼哭起来，那脸在灯光下是那样的黄，过了一会儿，转动那笨重的大肚子仄到炕上去了。新卯又在屋里转了半天，他一边脱衣裳一边向媳妇解释：

"听你的话茬，好像我在外边有男女关系。绝没有那回事，你怎么这样猜疑呢，我是那样的人吗？"

浅花转过脸来说：

"没有那回子事，为什么净夜里出去，为什么一出去就是一宿，一回来就是那么乏，还向我要好的吃，我没那些个好东西来养着你！"

新卯说：

"你不信就罢，这反正和你说不着。"他钻进被窝睡去了。浅花爬起来脱了衣服吹灭灯也睡了。外面起了风，吹得窗户纸响，外边的柴火叶子也飞着。不久，浅花翻过身夫呼呼地睡着了。

新卯静静地躺着，静静地坐起来，穿好衣服。下炕来，摸到外间，轻轻地开了门。外面很黑，风很大，但是春天的风吹到脸上是暖的，叫这样的风吹着，人的身上也懒起来，身子轻飘飘的，反倒有些睡意了。他集中了一下精神，振作了一下，奔着村南走去。他顺着那条窄窄的通到菜园子的小道走去，野外也很黑，但他可以看见那一望无边的高梁地在风里滚动,在远处柳树林的风很大,呼呼地响。

在他后面,浅花像一片轻轻的叶子从门里飘出来。她的身上虽然很笨重,但是她提着一口气走得很轻妙,她的两只眼什么也顾不得看,只望定了前边的黑影子紧跟着。她怕他一回头看见,又轻轻地躲闪,她走几步就停一下,常常很快地蹲下去,又很快地站起来。她心里又糊涂又害怕,他是到哪里去呢?

她看见新卯走到菜园子里站住了。她一闪就进了高粱地,坐下去,一尺高的高粱,正好遮住她的身子,但遮不住她的眼睛,她看见他冲着井台走过去了。她心里猛然跳了一下,半夜三更他到井边去干什么?要浇园白天浇不了吗?他又没带着水斗子,莫非有什么发愁的事或者是生了我的气要寻短见?这个人可是死心眼。她一挺就立起来。他真的一转身子掉到井里去了。

浅花叫了一声奔着井沿跑去,她心里一冷,差一点儿没有栽到地上死过去。她想,竟来不及拉他一把,自己也跳到井里去吧。忽然新卯从井内把头伸出来,举着一只手大声问:"你是谁?"浅花没听清他说的什么,她哭着喊着跑过去,拉住自己丈夫的那只手,他手里抓着一支橛枪。她紧紧地攥他的手,死力往上拉,她哭着说:"你不能死,你先杀了我吧!"新卯一把推了她三尺远,耸身跳出来,狠狠地压低声音说道:"你这是干什么?"浅花又跑过去拉住他不放,她躺在新卯的怀里,哭得是那么伤心,那么动情,以致使新卯的心热起来,感觉到在这个女人心里,他竟是这么重要。他的嘴唇动了两动,真想把真情实话告诉给她,但他心里一转想道:一个女人在你身边滴这么几点泪,就暴露了秘密,那还算什么人?可是,告诉她不是告诉别人,她不会卖我;假如她叫敌人抓住了呢,能够在刺刀前面,烈火上面也不说出这个秘密吗?谁能断定?这样一想他又把嘴闭紧了。他说:

"我不死,你回去吧。"

"你和我一起回去。"

"你看你又是这样,你总是这么缠磨我,耽误我的工作,那我就不再见你了。"

浅花待在黑影里,好像也看见丈夫那生了气的老实样子。她是聪明人,她想到了一些来由,她轻轻笑了,擦了擦眼泪,坐正了说:

"你不对我说,我不怪你。该知道的就知道,不该知道的我也不强要你告诉我。"

"这才算明白人!"新卯肯定地说。

"你也得早些回去。"女人站起来要走,她转眼又看了看丈夫,忽然心里一酸。她觉得自己是错怪了他,他是为了工作,才不回家吃饭,不进家睡觉,夜里一个人在地里偷偷地干活。她觉得丈夫有这么一个别人赶不上、自己也赶不上的大优点。她好像上到了摩天的高山,走进了庄严的佛殿,听见了煽动的讲演,忽然觉得自己的心胸也一下宽阔了,忘记了自己,身上好像来了一股力量,也想做那么一些工作,像丈夫一样。

"我能帮助你吗?"她立定了问。

"不用,你看你那么大肚子。"丈夫催她走了。

浅花转身走了几步。既然知道丈夫夜间出来不是为了男女关系,倒是为了抗日工作,不觉涌出了一种放下了心的愉快,一种因为羞愧引起的更强烈的爱情,一种顽皮的好奇心。她走到丈夫看不到的地方停了一会儿,又轻轻绕了回来,走到井边,已经看不见丈夫了。

她一个人坐在井台上。风渐渐小了,天空渐渐清朗,星星很稀,那几颗大的星星却很亮。她探望井里,井虽然深,但可以看见那像油一样发光,像黑绸子一样微微颤抖的泉水。一颗大星直照进去,在水里闪动，使人觉得水里也不可怕，那里边另有一个小天地。

田野里没有一点声音，村里既然没有狗叫，天还早也没有鸡鸣。庄稼地里吹过来的风，是温暖的，是干燥的，是带着小麦的花香的。浅花坐在井台上，静静地听着想着。

一个在这里等着想着，那一个却在远远的一块小高粱地里，一棵小小的柳树下面，修造他避难和斗争的小道口。他把几夜来掘出的土，匀整地撒到更远的地里去。在洞口，他安好一块四方的小石板；然后他倚在那小柳树上休息了。他赤着膀子，叫春天的夜风吹着，为工作的完成高兴，为同志的安全放宽了心，为那远远的胜利日子急躁，为那就要来到的大"扫荡"不安。

然后他把那方小石板掀开，伏下身像条蛇一样钻了进去。他翻上翻下弯弯曲曲地爬着，呼吸着里面湿潮的土气，身上流着汗。他在那个大堡垒地方休息了一会儿,长好的草上已经汪着一层水。他又往前爬，这里的洞，更窄更细了，他几乎拉细了自己的身子，才钻到了那最后一个横洞。他抽开几个砖，探身出来，看见了那碧油油的井水，不觉用力吸了一口清凉的空气，两只脚蹬着井砖的错边，上了井口。那一个还在那里发呆，没有发觉哩。

"怎么你还没走？"

"我守着你。"

"你这人！"丈夫唉了一声。

"我知道了。你这里是个洞，叫谁藏在里面？"浅花笑着问。

丈夫不高兴，他说：

"你问这些事干什么，想当汉奸？"

浅花还是笑着说：

"我想起了一件事，自己的事得自己结记着，你是不管的。"

丈夫披上他的衣服没有答声。

"我快了，要是敌人'扫荡'起来，能在家里坐月子？我就到你这洞里来。"

"那可不行，这洞里要藏别的人。"新卯郑重地说，"坐月子我们再另想办法。"

以后不多几天，这一家就经历了那个一九四二年五月的大"扫荡"。这残酷的战争，从一个阴暗的黎明开始。

能用什么来形容那一月间两月间所经历的苦难，所眼见的事变？心碎了，而且重新铸成了；眼泪烧干，脸皮焦裂，心脏要爆炸了。

清晨，高粱叶黑豆叶滴落着夜里凝结的露水，田野看来是安静的。可是就在那高粱地里豆棵下面，掩藏着无数的妇女，睡着无数的孩子。她们的嘴干渴极了，吸着豆叶上的露水。如果是大风天，妇女们就把孩子藏到怀里，仄下身去叫自己的背遮着。风一停，大家相看，都成了土鬼。如果是在雨里，人们就把被子披起来，立在那里，身上流着水，打着冷颤，牙齿嘚嘚响，像一阵风声。

浅花的肚子越沉重了，她也得跟着人们奔跑，忍饥挨饿受惊怕。她担心自己的生命，还要处处留神肚里那个小生命。婆婆也很担心浅花那身子，她计算着她快生产了，像这样整天逃难，连个炕席的边也摸不着，难道就把孩子添在这潮湿风野的大洼里吗？

在一块逃难坐下来休息的时候，那些女伴们也说：

"你看你家他爹，就一点儿也不管你们，要男人干什么用呀！这个时候他还不拉一把扯一把！"

浅花叹了一口气说："他也是忙。"

"忙可把鬼子打跑了哇，整天价拿着破橛枪去斗，把马蜂窝捅下来了，可就追着我们满世界跑，他又不管了。"一个女伴笑着说，"现在有这几棵高粱可以藏着,等高粱倒了可怎么办哩?"

"我看我恐怕只有死了!"浅花含泪道。

"去找他!他还能推得这么干净……"女同伴们都这样撺掇她。

浅花心里明白,现在她不能去麻烦丈夫,他现在正忙得连自己的命也不顾。只有她一个人知道新卯藏在小菜园里,每天下午情况缓和了,浅花还得偷偷给他送饭去。

和丈夫在一块的还有一个年轻的人,浅花不认识,丈夫也没介绍过。刚见面那几天,这个外路人连话也不说,看见她来送饭,只是笑一笑,就坐下来吃。浅花心里想,哪里来的这么个哑巴;后来日子长了,他才说起话来,哇啦哇啦的是个南蛮子。

从浅花眼里看过去,丈夫和这个外路人很亲热。外路人说什么,丈夫很听从。浅花想:真是,你要这么听我说也就好了。

这天她又用布包了一团饭,揣在怀里,在四外没有人走动的时候,跑进了对面的高粱地,从一人来高密密的高粱里钻过去,走到自家的菜园。高粱地里是那样的闷热,一到了井边,她感觉到难得的舒畅和凉快。

太阳光强烈地照着,园子里放散着黑豆花和泥土潮热的香甜味道。

这小小的菜园,就做了新卯和那个人退守的山寨。他们在井台上安好了辘轳,还带了一把锄,将枪掖在背后的腰里,这样远远看去,他们是两个安分的农夫,大大的良民。虽然全村广大的土地都因为战争荒了,这小小的菜园却拾掇得异常出色。几畦甜瓜快熟了,懒懒地躺在太阳光下面。

人还没有露面,这沉重凸胀的大肚子先露了出来。新卯那大厚嘴唇就动了动,不知道因为是喜爱还是心疼。

"那边没事吗?"他问。

浅花说："没有。"

新卯和那人吃着饭，浅花坐在一边用褂子襟扇着汗，那个人问：

"这几天有人回家去睡觉了？"

"家去的不少了，鬼子修了楼，不常出来，人们就不愿再在地里受罪了。"浅花说。

"青年人有家去的吗？"那人着急地问。

"没有。"新卯说，"我早下了通知。"

那个人很快地吃完饭，站起身来，望望她的肚子笑着说：

"大嫂子，快了吧，还差多少日子？"

浅花红了脸看着丈夫。那人又问新卯，新卯说：

"谁闹清了她们那个！"

"你这个丈夫！"那个人说，"要关心她们么！我考虑了这个问题，在家里生产不好，就到这洞里来吧，我们搬到上面来睡，保护着你，你说好不好？"

浅花笑着说：

"那不成了耗子吗？"

"都是鬼子闹的么！"那个人愤愤地说。

新卯吃完了饭，跑去摘了几个熟透了的大甜瓜，自己吃着一个，把那两个搬到浅花面前，他说：

"还是这个玩意儿省事，熟透了不用摘，一碰自己就掉下来了。"

浅花狠狠地斜了他一眼。

她回到家里，心里犹豫着，她不愿去扰乱丈夫，又在家里睡了。

这一晚上，敌人包围了他们。满街红灯火仗，敌人把睡在家里的人都赶到街上去，男男女女哆里哆嗦走到街上，慌张地系着扣子提上鞋。

敌人指名要新卯，人们都说他不在家，早跑了。敌人在人群里乱抽乱打，要人们指出新卯家的人，人们说他一家子都跑了。那些女人们，跌坐在地上，身子使劲往下缩，央告着前面的人把自己压在下面。当母亲的用衣襟盖住孩子的脸，用腿压住自己的女儿。在灯影里，她们尽量把脸转到暗处，用手摸着地下的泥土涂在脸上。身边连一点儿柴火丝也没有，有些东西掩盖起自己就好了。

敌人不容许这样，要人们直直地跪起来，把能找到的东西放在人们的手里，把一张铁犁放在一个老头儿手里，把一块门扇放在一个老婆手里，把一根粗木棍放在一个孩子手里，命令高高举起，不准动摇。

敌人看着人们在那里跪着，托着沉重的东西，胳膊哆嗦着，脸上流着汗。他们在周围散步，吸烟，详细观看。

浅花托着一个石碌子，直着身子跪着，肚子里已经很难过，高举着这样沉重的东西，她觉得她的肠子快断了。脊背上流着冷汗，一阵头晕，她栽倒了。敌人用皮鞋踢她，叫她再跪好，再高举起那东西来。

夜深了，就是敌人也有些困乏，可是人们还得挣扎着高举着那些东西。

灯光照着人们。照在敌人的刺刀上，也照在浅花的脸上，一点儿血色都没有，流着冷汗。她知道自己就要死了，她想思想点什么，却什么也不能想。

她眼里冒着金星，在眼前飞，飞，又落下，又飞起来。

谁来解救？一群青年人在新卯的小菜园集合了，由那外路人带领，潜入了村庄，趴在房上瞄准敌人脑袋射击。

敌人一阵慌乱，撤离了村庄。

他们把倒在地下的浅花抬到园子里去。

不久，她就在洞里生产了。

洞里是阴冷的、潮湿的，那是三丈深的地下，没有一点儿光，大地上的风也吹不到这里面来。一个女孩子在这里降生了,母亲给她取了个名,叫"藏"。

女孩子的第一次哭声只有母亲和那深深相隔不远的井水能听见,哭声是非常悲哀和闷塞的。

在外面的大地里,风还是吹着,太阳还是照着,豆花谢了结了实,瓜儿熟了落了蒂,人们还在受着苦难,在田野里进行着斗争。

1946年10月重改于河间

第二辑 荷花淀

琴和箫

去年,我回到冀中区腹地的第三天,就托了一个可靠的人到河间青龙桥去打听那两个孩子的消息。过了一个星期,送信人回来说,她姐妹两个在今年春天就参加了分区的剧社,姐姐已经登台演奏过,妹妹也会跳舞。社长很喜欢她们。抚养她们的衰老的外祖父,也带给我一封用旧账篇写的信,谢过我的费心,好像很愉快。在信的末尾他又想起死去的姑爷,久不通音讯的女儿……泪痕还可以辨认。但是那总的感情,我看出来,老人是很振奋的。

这老人也是个音乐爱好者。直到今天他还领导着本村的音乐队。他钟爱自己独生的女儿,和钟爱他那笙笛胡琴一样。他竭力供给女儿上学,并且鼓励她要和一个音乐能手结婚,哪怕是一个穷光蛋,只要十个手指能够拨弄好丝弦,两片嘴唇能吹好竹管。这样我那朋友钱智修就入选了。

接到老人的信,我也长出一口气,这代表我自己,也代表我那死去的朋友。这样他可以瞑目了。而我也像那老人了却一件挂心事一样,甚至不想去看看她们。我想她们既是入了这个园地,就会有人浇灌培养,热情和关照不会比我差。人多,伙伴多,一定比我还要周到。算来,大的孩子已经十三岁,小的是十一岁了。

我同她们的父亲虽然是同乡，但是在抗战刚开始，家乡正在混乱的时候才搅熟了。那时候，我闷在家里得不到什么消息就常到他那里去，一去就谈上半天，不到天晚不回家。在那些时候，我要求几次，他才肯把挂在墙上的旧南胡，拉去布套，为我，在他也许是为他自己，奏几支曲子。在那些时候，女人总是把一个孩子交到我的怀里，从床头上拉出一支黑色的竹箫来吹。我的朋友望着他那双膝间的胡琴筒，女人却凝视着丈夫的脸，眼睛睁得很大，有神采随着音韵飘出来。她那脸虽然很严肃，但我详细观察了，总觉得在她的心里和在那个男人的心里，有一种共同的东西在交流。女人的脸变化很多，但总叫微笑笼罩着。

他们之间，看来已经养成这样一种习惯，女人与其和丈夫诉说什么，是宁可拉过箫来对丈夫吹一支曲子的。丈夫也能在这中国古老的乐器的音节里了解到爱人的要求和心情。这样把生活推演下去。但是，过去的二十八年里，他们的生活如同我的生活一样，是很少有激情奔放的时候。现在，生活才像拔去了水闸的河渠一样，开始激流了。所以，我的友人不愿意再去拉那只能引起旧日苦闷的回忆的胡琴。

不久，他就参加了那风起云涌一样的游击队。女人却留在家里一个时期，因为还有两个孩子，就是现在我说的大菱和二菱。那个女人比起我的朋友来，更沉默些，但关于她的孩子的事，是很爱谈论的。就在那些时候，我去拜访他们，也常从孩子的病说到奶的不够用，说到以后的日子。她很少和我谈音乐上的事，因为我虽然常自称很懂得音乐并且也非常爱音乐，她总不相信。她说一个人爱什么早就应该学习了，早就应该会唱会奏了，不会唱不会奏，那就是不爱。

有一次，我指着怀里的大孩子说：

"你说大菱爱好音乐么？"

"爱！"

"她也不会唱不会演奏啊。"

"好，这么大人和孩子比。"

我也觉得这孩子将来能够继承父母的爱好，也能吹唱。她虽然才八岁，当母亲吹箫的时候，她就很安静，眼里也有像她母亲那样的光辉放射出来了。

那母亲说的，爱好什么就该去做什么。不久，她就同丈夫一同到军队里去了。把孩子送到河间的年老的父亲那里去。大菱爱好音乐不久也证明了，那时已经丧失了南胡的演奏者，孩子们还不能即刻去射击，但也知道爱好复仇的战争了。

敌人进攻我们的县城，我的朋友同他的部队在离县城十五里地的沙滩迎击，受伤殒命。那时正是春天。孩子们的母亲赶回来，把他埋葬了。在我看来，这样一个丈夫对她是不能失去，失去就不能再有，甚至连她也就失去了生活的主持，在心里失去了主张。她把孩子们接来，又到家里整理了一下我的朋友的遗物。她和我商议，把大菱交给我看管，她带着二菱去。因为孩子们要受教育了。临走，她把那个布满灰尘的南胡给我们留下，她和二菱带走了箫。我想箫对她或者有用。至于胡琴只是在第一个夜晚，大菱从梦里醒来，哭着叫妈的时候，我扯去布套，拉了几声，哄她上床去睡。

等到大菱和我熟惯了以后，一天夜晚，或者是什么中秋节日，我给她讲了一个故事，虽然说在教育心理学上，我不应该用这样的撕裂人的心肺的悲哀的故事，去刺那样稚小的孩子的心灵，但我终于讲完了。我努力看进她的眼睛，当看到从那小眼睛里逐渐升起了怨恨的火，我才抱起她到临街的窗前。

"珂叔叔，你把爹的南胡放到哪里了？"

孩子找到了南胡。我帮她定好弦,安放在她那小膝盖上,孩子就也望着那胡琴筒开始演奏了,但那声音简直是泣不成声,我支持不住自己,转过身去,探身窗外,月色多么皎洁,天空多么清冷啊!

　　冬天,母亲带了二菱来看我们。母亲已经能够镇静,只是当从包裹里拿出一双白色的小鞋给大菱换上的时候,她才哭了。

　　我叫大菱拉南胡给母亲听。母亲大大惊异地望着我,半天没说出话来。当她又从包裹里拉出那支箫来,交给二菱,那九岁的孩子就慢慢地送到微微突起的嘴边去,我才知道她为什么那样惊异了。但我想,只是这样来叫孩子们纪念父亲吗?

　　这一次,母亲又把二菱强留给我,说是要到延安去了。箫交在二菱的手里。那时,村庄后面就是一条河。我常带她们到河边去,讲一些事情给她们听。我说人宁可以像一棵水里的鸡头米,先刺那无礼的人一手血,不要像荷花那样顺从,并且拿美丽的花朵来诱人采撷。两个孩子高兴听我讲,我也愿意她们完全愉快。有时甚至感觉,虽然我不到三十岁,在这上面,已经有些唠叨了!

　　不久,我只得把她们又送到河间去,因为我要到别处去工作。

　　今年五月,敌人调集了有四五万兵力,说要用"拉网战术"消灭我们。我用了三个夜晚的时间,跳过敌人在滹沱河岸的封锁,沙河的封锁,走过一条条的白色蛇皮一样的汽车路,在炮楼前面蹑过去。我想,叫敌人去拉滹沱河和沙河里的鱼吧,我可是提着驳壳枪在他们身边走过来了。每逢在雨露寒冷的夜间踏上一条汽车路,我就想:敌人像一个愚呆恶毒的蜘蛛,妄想用那个肚子里拉出来的脆弱的残网,绞杀有五年幸福生活的人民和有五年战斗历史的子弟兵吗?我看见敌人那些炮楼在夜色里摇摇欲倾,因为它们没有根底。

我们又在白洋淀里集合了。已经是秋初，稻子比往年分外好，漫天漫野的沉重低垂的稻穗。在田埂上走过，稻穗扫着我的腿，我就像每逢跳到那些交通沟里一样，觉到振奋了。

我重新看见了那无底洞一样的苇地，一丈多高的苇子全吐出荻花，到处有苇喳子鸟的噪叫，我们那些把裤脚卷得高高的，不分昼夜在泥泞里转动、战斗的士兵们，静静地机警地在那里面出没，简直没有声响，苇叶划破他们的脸皮，蔓延的草绊住了腿脚，他们轻轻地把它挪开了。

一个夜晚，我和一个专摆渡游击战士的船夫约好，到淀北边一个偏僻的小庄子上去，我顺着羊肠小道摸到了泊船的处所，对好口令、暗号，跳了上去。借助星光和经验，我知道那是一只以前放鱼鹰捉鱼的尖底的小艇，只能坐两三个人。我倒坐在艇的前面，船夫站在后尾上撑起篙来。

船夫默默地拨弄着小艇前进，离了岸到水深处就加快起来。

十几天来，在炮火毒气里工作，已经使我十分的神经质，身体的各部分受到一个近似枪炮呼喊的声音，就立时反应动作起来，每一条神经像多日因为焦躁失眠的人一样，简直容纳不了什么刺激，对什么刺激，也立刻会有本能的抵抗。现在坐在船上了，眼前是一片茫茫的水，船划过荷茎菱叶，嚓嚓地响，潮气浸到眼皮上来，却更有些清醒了。我开始想到这也是和大菱二菱旧游之地，现在淀不是闲游处所，我们就要在这里和敌人决战了。我忽然小声问：

"同志，你这是只鹰船吧？"

"是啊！"他的声音更小。

"白天还放鹰吗？"

"看事。有了抗日的事儿，别的全二五眼！"

"鱼还多吗？"

"多个屁,鬼子一来,人间百物全都晦气,鱼鹰,他们看见了全要抢去杀掉,捉鱼儿弄屁!"

他即刻制止了我说话,他用篙尖敲了敲我,连船划水的声音全寂然了。一会儿,我看见在西边远处,一个火亮一闪,就是一梭机枪。

"我们的队伍。"他低低地讲了一句。

当船将要靠近北岸的时候,他告诉我说:

"就在这个地方,"他用篙触一触一个久已作废的渔人撒网站立的棚台架,"两个女孩子死得好惨。"

他说过,身子很像就站不稳,船也摇摆起来,他继续说:

"同志,我也是五十岁的人了,也伤过几个儿女,可是没比这次伤了我的老心。她们,就坐着我的船啊。刚上船来,你没见过那股欢喜劲儿,她们大的也不过十三四岁,那小的也就有十岁,还有像你这样一个同志带领她们。一上船那大孩子就说:可不怕了,在这里我们就不怕他们。你知道,那些孩子也是和我们一样,在敌人的炮火里爬过来跳过去啊。那孩子说了就趴在船帮上洗了一个脸,把一个多月小脸上带着的烟火气汗土,眼上的泥污,全洗了个干净。那带她们的大同志还说不要洗脸,战斗没完啊,那孩子不管,把头发也洗了洗。我没见过那样俊气的孩子,我看见了这样可爱的孩子,我就忘去了我那死去的孩子了。我也高兴,就说洗吧,咱们不怕他们。可是就在这个地方,没提防岸上那片苇地里一小队鬼子跑出来,就用机枪向我们扫射,那大同志把那个小女孩子拉到自己怀里,卧倒下去,他是第一个死的。当我赶紧拨转船想跑,那大女孩子就直栽到水里去了,临死我还见她那新洗过的俊气的脸。就是我这老没死的倒钻到水里逃了命。"

我听下去,无数我认识的孩子们的脸就一一出现在眼前,我检阅着她们,我也一一检阅自己的心、志气。我在孩子们的脸上,像那老船夫的话，我只看见了一股新鲜的俊气，这俊气就是我的生命的依据。从此，我才知道自己的心、自己的志气，对她们是负着一个什么样誓言的约束，我每天要怎样在这些俊气的面孔前面受到检查。

那老船夫最后一篙把船撑到岸上，临别他又说一句：

"就为了这两个孩子，我也要干到底啊！"

我在岸上停了一刻，看见他急转回船去，箭似的走了。我再看看那久已作废的渔人撒网站立的棚台架，但已经不能辨认，我从那茫茫的一片水里像看见了大菱和二菱。

我走向那约定工作的小庄子上去，我甚至忘记了那附在我裸露的腿上像马蝇一样厉害的蚊虻，我不是设想那殉了难的就是大菱姐妹，那也许是她们，也许不是她们，但那对我是一样，对谁也是一样，像那老船夫说的。

当然，我想起那些死去的同志和死去的那朋友。但是这些回忆抵不过目前的斗争现实。我想，我不是靠过去的回忆活着，我是靠眼前的现实活着。我们的眼前是敌人又杀死了我的同志们、朋友们的孩子。我们眼前是一个新局面，我们将从这个局面上，扫除掉一切哀痛的回忆了。

我，整天就在那一个小庄子上工作，一股力量随时来到我的心里。无数花彩来到我的眼前。晚间休息下来的时候，我遥望着那漫天的芦苇，我知道那是一个人帐幕，力量将从其中升起。忽然，我也想起在一个黄昏，不知道是在山里或是平原，远远看见一片深红的舞台幕布，飘卷在晚风里。人们集齐的时候，那上面第一会出现两个穿绿军装的女孩子，一个人拉南胡，一个人吹箫，演奏给人们听。

1942年8月25日晨

荷花淀

——白洋淀纪事之一

月亮升起来,院子里凉爽得很,干净得很,白天破好的苇眉子潮润润的,正好编席。女人坐在小院当中,手指上缠绞着柔滑修长的苇眉子。苇眉子又薄又细,在她怀里跳跃着。

要问白洋淀有多少苇地?不知道。每年出多少苇子?不知道。只晓得,每年芦花飘飞苇叶黄的时候,全淀的芦苇收割,垛起垛来,在白洋淀周围的广场上,就成了一条苇子的长城。女人们,在场里院里编着席。编成了多少席?六月里,淀水涨满,有无数的船只,运输银白雪亮的席子出口,不久,各地的城市村庄,就全有了花纹又密、又精致的席子用了。大家争着买:

"好席子,白洋淀席!"

这女人编着席。不久在她的身子下面,就编成了一大片。她像坐在一片洁白的雪地上,也像坐在一片洁白的云彩上。她有时望望淀里,淀里也是一片银白世界。水面笼起一层薄薄透明的雾,风吹过来,带着新鲜的荷叶荷花香。

但是大门还没关,丈夫还没回来。

很晚丈夫才回来了。这年轻人不过二十五六岁,头戴一顶大草帽,

上身穿一件洁白的小褂,黑单裤卷过了膝盖,光着脚。他叫水生,说:

"我是村里的游击组长,是干部,自然要站在头里,他们几个也报了名。他们不敢回来,怕家里的人拖尾巴。公推我代表,回来和家里人们说一说。他们全觉得你还开明一些。"

女人没有说话。过了一会儿,她才说:

"你走,我不拦你,家里怎么办?"

水生指着父亲的小房叫她小声一些。说:

"家里,自然有别人照顾。可是咱的庄子小,这一次参军的就有七个。庄上青年人少了,也不能全靠别人,家里的事,你就多做些,爹老了,小华还不顶事。"

女人鼻子里有些酸,但她并没有哭。只说:

"你明白家里的难处就好了。"

水生想安慰她。因为要考虑准备的事情还太多,他只说了两句:

"千斤的担子你先担吧,打走了鬼子,我回来谢你。"

说罢,他就到别人家里去了,他说回来再和父亲谈。

鸡叫的时候,水生才回来。女人还是呆呆地坐在院子里等他,她说:

"你有什么话嘱咐嘱咐我吧。"

"没有什么话了,我走了,你要不断进步,识字,生产。"

"嗯。"

"什么事也不要落在别人后面!"

"嗯,还有什么?"

"不要叫敌人汉奸捉活的。捉住了要和他拼命。"这才是那最重要的一句,女人流着眼泪答应了他。

第二天,女人给他打点好一个小小的包裹,里面包了一身新单衣,一条新毛巾,一双新鞋子。那几家也是这些东西,交水生带去。一家人送他出了门。父亲一手拉着小华，对他说：

"水生，你干的是光荣事情，我不拦你，你放心走吧。大人孩子我给你照顾，什么也不要惦记。"

全庄的男女老少也送他出来，水生对大家笑一笑，上船走了。

女人们到底有些藕断丝连。过了两天，四个青年妇女集在水生家里来，大家商量：

"听说他们还在这里没走。我不拖尾巴，可是忘下了一件衣裳。"

"我有句要紧的话得和他说说。"

水生的女人说：

"听他说鬼子要在同口安据点……"

"哪里就碰得那么巧，我们快去快回来。"

"我本来不想去，可是俺婆婆非叫我再去看看他，有什么看头啊！"

于是这几个女人偷偷坐在一只小船上，划到对面马庄去了。

到了马庄，她们不敢到街上去找，来到村头一个亲戚家里。亲戚说：你们来得不巧，昨天晚上他们还在这里，半夜里走了，谁也不知开到哪里去。你们不用惦记他们，听说水生一来就当了副排长，大家都是欢天喜地的……

几个女人羞红着脸告辞出来，摇开靠在岸边上的小船。现在已经快到晌午了，万里无云，可是因为在水上，还有些凉风。这风从南面吹过来，从稻秧苇尖上吹过来。水面没有一只船，水像无边的跳荡的水银。

几个女人有点儿失望，也有些伤心，各人在心里骂着自己的狠心贼。可是青年人，永远朝着愉快的事情想，女人们尤其容易忘记那些不痛快。不久，她们就又说笑起来了。

"你看说走就走了。"

"可慌（高兴的意思）哩，比什么也慌，比过新年，娶新——也没见他这么慌过！"

"拴马桩也不顶事了。"

"不行了，脱了缰了！"

"一到军队里，他一准得忘了家里的人。"

"那是真的，我们家里住过一些年轻的队伍，一天到晚仰着脖子出来唱，进去唱，我们一辈子也没那么乐过。等他们闲下来没有事了，我就傻想：该低下头了吧。你猜人家干什么？用白粉子在我家映壁上画上许多圆圈圈，一个一个蹲在院子里，托着枪瞄那个，又唱起来了！"

她们轻轻划着船，船两边的水哗，哗，哗。顺手从水里捞上一棵菱角来，菱角还很嫩很小，乳白色。顺手又丢到水里去。那棵菱角就又安安稳稳浮在水面上生长去了。

"现在你知道他们到了哪里？"

"管他哩，也许跑到天边上去了！"

她们都抬起头往远处看了看。

"哎呀！那边过来一只船。"

"哎呀！日本，你看那衣裳！"

"快摇！"

小船拼命往前摇。她们心里也许有些后悔，不该这么冒冒失失走来；也许有些怨恨那些走远了的人。但是立刻就想，什么也别想了，快摇，大船紧紧追过来了。

大船追得很紧。

幸亏是这些青年妇女，白洋淀长大的，她们摇得小船飞快。小船活像离开了水皮的一条打跳的梭鱼。她们从小跟这小船打交道,驶起来，就像织布穿梭,缝衣透针一般快。

假如敌人追上了,就跳到水里去死吧!

后面大船来得飞快。那明明白白是鬼子!这几个青年妇女咬紧牙制止住心跳,摇橹的手并没有慌,水在两旁大声的哗哗,哗哗,哗哗哗!

"往荷花淀里摇!那里水浅,大船过不去。"

她们奔着那不知道有几亩大小的荷花淀去,那一望无边际的密密层层的大荷叶,迎着阳光舒展开,就像铜墙铁壁一样。粉色荷花箭高高地挺出来,是监视白洋淀的哨兵吧!

她们向荷花淀里摇,最后,努力地一摇,小船蹲进了荷花淀。几只野鸭扑棱棱飞起,尖声惊叫,掠着水面飞走了。就在她们的耳边响起一排枪!

整个荷花淀全震荡起来。她们想,陷在敌人的埋伏里了,一准要死了,一齐翻身跳到水里去。渐渐听清楚枪声只是向着外面,她们才又扒着船帮露出头来。她们看见不远的地方,那宽厚肥大的荷叶下面,有一个人的脸,下半截身子长在水里。荷花变成人了?那不是我们的水生吗?又往左右看去,不久各人就找到了各人丈夫的脸,啊,原来是他们!

但是那些隐蔽在大荷叶下面的战士们,正在聚精会神瞄着敌人射击,半眼也没有看她们。枪声清脆,三五排枪过后,他们投出了手榴弹,冲出了荷花淀。

手榴弹把敌人那只大船击沉,一切都沉下去了。水面上只剩下一团硝烟火药气味儿。战士们就在那里大声欢笑着,打捞战利品。他们又开始了沉到水底捞出大鱼来的拿手戏。他们争着捞出敌人的枪支、子弹带,然后是一袋子一袋子叫水浸透了的面粉和大米。水生拍打着水去追赶一个在水波上滚动的东西,是一包用精致纸盒装着的饼干。

妇女们带着浑身水,又坐到她们的小船上去了。

水生追回那个纸盒,一只手高高举起,一只手用力拍打着水,好使自己不沉下去。对着荷花淀吆喝:

"出来吧,你们!"

好像带着很大的气。

她们只好摇着船出来。忽然从她们的船底下冒出一个人来,只有水生的女人认得那是区小队的队长。这个人抹一把脸上的水问她们:

"你们干什么去呀?"

水生的女人说:

"又给他们送了一些衣裳来!"

小队长回头对水生说:

"都是你村的?"

"不是她们是谁,一群落后分子!"说完把纸盒顺手丢在女人们船上,一泅,又沉到水底下去了,到很远的地方才钻出来。

小队长开了个玩笑,他说:

"你们也没有白来,不是你们,我们的伏击不会这么彻底。可是,任务已经完成,该回家去晒晒衣裳了。情况还紧得很!"

战士们已经把打捞出来的战利品,全装在他们的小船上,准备转移。一人摘了一片大荷叶顶在头上,抵挡正午的太阳。几个青年妇女把掉在水里又捞出来的小包裹,丢给了他们,战士们的三只小船就奔着东南方向,箭一样飞去了。不久就消失在中午水面上的烟波里。

几个青年妇女划着她们的小船赶紧回家,一个个像落水鸡似的。一路走着,因过于刺激和兴奋,她们又说笑起来,坐在船头脸朝后的一个噘着嘴说:

"你看他们那个横样子,见了我们爱搭理不搭理的!"

"啊,好像我们给他们丢了什么人似的。"

她们自己也笑了,今天的事情不算光彩,可是:

"我们没枪,有枪就不往荷花淀里跑,在大淀里就和鬼子干起来!"

"我今天也算看见打仗了。打仗有什么出奇,只要你不着慌,谁还不会趴在那里放枪呀!"

"打沉了,我也会洑水捞东西,我管保比他们水式好,再深点儿我也不怕!"

"水生嫂,回去我们也成立队伍,不然以后还能出门吗!"

"刚当上兵就小看我们,过二年,更把我们看得一钱不值了,谁比谁落后多少呢!"

这一年秋季,她们学会了射击。冬天,打冰夹鱼的时候,她们一个个登在流星一样的冰床上,来回警戒。敌人围剿那百顷大苇塘的时候,她们配合子弟兵作战,出入在那芦苇的海里。

1945年5月于延安

芦花荡

——白洋淀纪事之二

夜晚，敌人从炮楼的小窗子里，呆望着这阴森黑暗的大苇塘，天空的星星也像浸在水里，而且要滴落下来的样子。到这样深夜，苇塘里才有水鸟飞动和唱歌的声音，白天它们是紧紧藏到窠里躲避炮火去了。苇子还是那么狠狠地往上钻，目标好像就是天上。

敌人监视着苇塘。他们提防有人给苇塘里的人送来柴米，也提防里面的队伍会跑了出去。我们的队伍还没有退却的意思。可是假如是月明风清的夜晚，人们的眼再尖利一些，就可以看见有一只小船从苇塘里撑出来，在淀里，像一片苇叶，奔着东南去了。半夜以后，小船又漂回来，船舱里装满了柴米油盐，有时还带来一两个从远方赶来的干部。

撑船的是一个将近六十岁的老头子，船是一只尖尖的小船。老头子只穿一件蓝色的破旧短裤，站在船尾巴上，手里拿着一根竹篙。

老头子浑身没有多少肉，干瘦得像老了的鱼鹰。可是那晒得干黑的脸，短短的花白胡子却特别精神，那一对深陷的眼睛却特别明亮。很少见到这样尖利明亮的眼睛，除非是在白洋淀上。

老头子每天夜里在水淀出入,他的工作范围广得很:里外交通,运输粮草,护送干部;而且不带一支枪。他对苇塘里的负责同志说:你什么也靠给我,我什么也靠给水上的能耐,一切保险。

老头子过于自信和自尊。每天夜里,在敌人紧紧封锁的水面上,就像一个没事人,他按照早出晚归捕鱼撒网那股悠闲的心情撑着船,编算着使自己高兴也使别人高兴的事情。

因为他,敌人的愿望就没有达到。

每到傍晚,苇塘里的歌声还是那么响,不像是饿肚子的人们唱的;稻米和肥鱼的香味,还是从苇塘里飘出来。敌人发了愁。

一天夜里,老头子从东边很远的地方回来。弯弯下垂的月亮,浮在水一样的天上。老头子载了两个女孩子回来。孩子们在炮火里滚了一个多月,都发着疟子,昨天跑到这里来找队伍,想在苇塘里休息休息,打打针。

老头子很喜欢这两个孩子:大的叫大菱,小的叫二菱。把她们接上船,老头子就叫她们睡一觉,他说:什么事也没有了,安心睡一觉吧,到苇塘里,咱们还有大米和鱼吃。

孩子们在炮火里一直没安静过,神经紧张得很。一点儿轻微的声音,闭上的眼就又睁开了。现在又是到了这么一个新鲜的地方,有水有船,荡悠悠的,夜晚的风吹得长期发烧的脸也清爽多了,就更睡不着。

眼前的环境好像是一个梦。在敌人的炮火里打滚,在高粱地里淋着雨过夜,一晚上不知道要过几条汽车路,爬几道沟。发高烧和打寒噤的时候,孩子们也没停下来。一心想:找队伍去呀,找到队伍就好了!

这是冀中区的女孩子,大的不过十五,小的才十三。她们在家乡的道路上行军,眼望着天边的北斗。她们看着初夏的小麦黄梢,看着中秋的高粱晒米。雁在她们的头顶往南飞去,不久又向北飞来。她们长大成人了。

小女孩子趴在船边,用两只小手淘着水玩。发烧的手浸在清凉的水里很舒服,她随手就舀了一把泼在脸上,那脸涂着厚厚的泥和汗。她痛痛快快地洗起来,连那短短的头发。大些的轻声吆喝她:

"看你,这时洗脸干什么?什么时候啊,还这么爱干净!"

小女孩子抬起头来,望一望老头子,笑着说:

"洗一洗就精神了!"

老头子说:

"不怕,洗一洗吧,多么俊的一个孩子呀!"

远远有一片阴惨的黄色的光,突然一转就转到她们的船上来。女孩子正在拧着水淋淋的头发,叫了一声。老头子说:

"不怕,小火轮上的探照灯,它照不见我们。"

他蹲下去,撑着船往北绕了一绕。黄色的光仍然向四下里探照,一下照在水面上,一下又照到远处的树林里去了。

老头子小声说:

"不要说话,要过封锁线了!"

小船无声地,但是飞快地前进。当小船和那黑糊糊的小火轮站到一条横线上的时候,探照灯突然照向她们,不动了。两个女孩子的脸照得雪白,紧接着就扫射过一梭机枪。

老头子叫了一声"趴下",一抽身就跳进水里去,踏着水用两手推着小船前进。大女孩子把小女孩子抱在怀里,倒在船底上,用身子遮盖了她。

子弹吱吱地在她们的船边钻到水里去,有的一见水就爆炸了。

大女孩子负了伤,虽说她没有叫一声也没有哼一声,可是胳膊没有了力量,再也搂不住那个小的,她翻了下去。那小的觉得有一股热

热的东西流到自己脸上来,连忙爬起来,把大的抱在自己怀里,带着哭声向老头子喊:

"她挂花了!"

老头子没听见,拼命地往前推着船,还是柔和地说:

"不怕。他打不着我们!"

"她挂了花!"

"谁?"老头子的身体往上蹿了一蹿,随着,那小船很厉害地仄歪了一下。老头子觉得自己的手脚顿时失去了力量,他用手扒着船尾,跟着浮了几步,才又拼命地往前推了一把。

她们已经离苇塘很近。老头子爬到船上去,他觉得两只老眼有些昏花。可是他到底用篙拨开外面一层芦苇,找到了那窄窄的入口。

一钻进苇塘,他就放下篙,扶起那大女孩子的头。

大女孩子微微睁了一下眼,吃力地说:

"我不要紧。快把我们送进苇塘里去吧!"

老头子无力地坐下来,船停在那里。月亮落了,半夜以后的苇塘,有些飒飒的风响。老头子叹了一口气,停了半天才说:

"我不能送你们进去了。"

小女孩子睁大眼睛问:

"为什么呀?"

老头子直直地望着前面说:

"我没脸见人。"

小女孩子有些发急。在路上也遇见过这样的带路人,带到半路上就不愿带了,叫人为难。她像央告那老头子:

"老同志,你快把我们送进去吧,你看她流了这么多血,我们要找医生给她裹伤呀!"

老头子站起来，拾起篙，撑了一下。那小船转弯抹角钻入了苇塘的深处。

这时那受伤的才痛苦地哼哼起来。小女孩子安慰她，又好像是抱怨，一路上多么紧张，也没怎么样，谁知到了这里，反倒……一声一声像连珠箭，射穿老头子的心。他没法解释：大江大海过了多少，为什么这一次的任务，偏偏没有完成？自己没儿没女，这两个孩子多么叫人喜爱？自己平日夸下口，这一次带着挂花的人进去，怎么张嘴说话？这老脸呀！他叫着大菱说：

"他们打伤了你，流了这么多血，等明天我叫他们十个人流血！"

两个孩子全没有答言，老头子觉得受了轻视。他说：

"你们不信我的话，我也不和你们说。谁叫我丢人现眼，打牙跌嘴呢！可是，等到天明，你们看吧！"

小女孩子说：

"你这么大年纪了，还能打仗？"

老头子狠狠地说：

"为什么不能？我打他们不用枪，那不是我的本事。愿意看，明天来看吧！二菱，明天你跟我来看吧，有热闹哩！"

第二天，中午的时候，非常闷热。一轮红日当天，水面上浮着一层烟气。小火轮开得离苇塘远一些，鬼子们又偷偷地爬下来洗澡了。十几个鬼子在水里泅着，日本人的水式真不错。水淀里没有一个人影，有只一团白绸子样的水鸟，也躲开鬼子往北飞去，落到大荷叶下面歇凉去了。从荷花淀里却撑出一只小船来。一个干瘦的老头子，只穿一条破短裤，站在船尾巴上，有一篙没一篙地撑着，两只手却忙着剥那又肥又大的莲蓬，一个一个投进嘴里去。

他的船头上放着那样大的一捆莲蓬，是刚从荷花淀里摘下来的。

不到白洋淀,哪里去吃这样新鲜的东西?来到白洋淀上几天了,鬼子们也还是望着荷花淀瞪眼。他们冲着那小船吆喝,叫他过来。

老头子向他们看了一眼,就又低下头去。还是有一篙没一篙地撑着船,剥着莲蓬。船却慢慢地冲着这里来了。

小船离鬼子还有一箭之地,好像老头子才看出洗澡的是鬼子,只一篙,小船溜溜转了一个圆圈,又回去了。鬼子们拍打着水追过去,老头子张皇失措,船却走不动,鬼子紧紧追上了他。

眼前是几根埋在水里的枯木桩子,日久天长,也许人们忘记这是为什么埋的了。这里的水却是镜一样平,蓝天一般清,拉长的水草在水底轻轻地浮动。鬼子们追上来,看看就抓上了船。老头子又是一篙,小船旋风一样绕着鬼子们转,莲蓬的清香,在他们的鼻子尖上扫过。鬼子们像是玩着捉迷藏,乱转着身子,抓上抓下。

一个鬼子尖叫了一声,就蹲到水里去。他被什么东西狠狠咬了一口,是一只锋利的钩子穿透了他的大腿。别的鬼子吃惊地往四下里一散,每个人的腿肚子也就挂上了钩。他们挣扎着,想摆脱那毒蛇一样的钩子。那替女孩子报仇的钩子却全找到腿上来,有的两个,有的三个。鬼子们痛得鬼叫,可是再也不敢动弹了。

老头子把船一撑来到他们的身边,举起篙来砸着鬼子们的脑袋,像敲打顽固的老玉米一样。

他狠狠地敲打,向着苇塘望了一眼。在那里,鲜嫩的芦花,一片展开的紫色的丝绒,正在迎风飘撒。

在那苇塘的边缘,芦花下面,有一个女孩子,她用密密的苇叶遮掩着身子,看着这场英雄的行为。

1945 年 8 月于延安

新安游记

在端村，人们对新安的印象是：那里的人好吃懒做，闹排场，男人们坐茶馆，女人们梳妆打扮。在端村的旧货摊上，我见过华贵的屋内陈设的木器和华丽的妇女们穿过的衣服，据说也是从新安清算出来的。有些人过着这样的生活，就该有一些人过着另外一样生活。

我到了新安。它四面被水包围，人们串亲也坐着拖床。街道很长，但已经看不见这里繁华的痕迹。街上没有什么茶馆，也看不见穿绸挂缎的妇女。新安只剩下了一条大街，此外的房舍，全部被敌人烧毁成为瓦砾。

我顺着拆毁的城墙走到东北角上，城外水很深，并且有船只停泊，想是一个渡口。城墙里面一道深沟，过去是一处高大的宅院，这宅院选择的地势十分险要。河边，一个十五六的女孩子正在擦抹着她家的船只。经她指点，我才知道这就是大汉奸恶霸熊万东的住宅。那时候，新安的除奸团很厉害，可是除不了熊万东。他深宅大院，房后就是城墙，前院驻扎着日本宪兵队。

老汉奸以为是保了险的，整天不出大门一步。

八月十五晚上，老汉奸酒足饭饱，坐在客厅里赏月，一把盒子枪放在他手边的乌漆八仙桌上。后院里，他的儿媳妇正陪着日本宪兵队长打牌取乐，嘻嘻哈哈的声音，不时传过来。老汉奸以为他的江山，简直是万世的基业了。

忽然帘子一动，闪进一个人来。老汉奸一抓盒子问：

"谁？"

"是我，大伯。"进来的人安静地低声说。

老汉奸并没放松，他把身子一闪，就要射击，但在月亮底下，他看得清清楚楚，他的侄儿手里什么东西也没有，并且低着头，非常温顺。老汉奸又喝道：

"你来找死？"

"愿意把我打死也可以。"他侄儿显得十分可怜地说，"全凭大伯。我在外面也实在混不了！"

"为什么混不了？你不是参加了除奸团，很红吗？"

"我怎么也斗不过大伯。日本人到处抓我，逼得我走投无路，我还是得回来求大伯你。"

"求我干吗？去求你的上级呀！"

"我决心不干了。新安这地方，我不能站脚，我想到天津去，求大伯给我一点儿盘费。"

"我一个大子也没有！"老汉奸退回来，坐在椅子上，忽然大声喊："你掏什么？"

侄儿从腰里抽出一把盒子，笑着说："我带来了一支盒子，这是一支顶好的枪，送给大伯。大伯有钱，也难淘换这么一件家伙！"

他倒拿着枪，交给他的大伯：

"我求大伯看在这支枪面子上，借给我五十块钱。"

老汉奸把侄子的枪拿过来，走到钱柜那里去，他想把枪支藏起，叫他滚蛋。

他一猫腰,他的脑袋掉下来,砸在钱柜上。一把明亮的刀在黑影里一闪。那个侄儿把两支枪带好,就到了上房。

在上房,他一刀砍死日本宪兵队长,又用枪逼着他的堂弟和堂弟妹来到客厅,他命令:

"张包!"

他堂弟扯起大衣襟,他在钱柜上抓起一件东西放进去:

"走!"

"大哥,我爹哩?"

"不要找他!走!上房!你哭,我砍了你!"他对他堂弟妹说。

他带着两个汉奸男女上房,下房,过壕沟上城墙。

城墙外边有一只小船等在那里,他们来到船上。

"大哥,我爹哩?"

"你看包里是什么?"汉奸兄弟解开包一看,皓月当空照见他爹的人头,他哎呀一声。小船箭一样开走了。

这就是有名的熊氏三杰的英雄故事中间的一个。

"他为什么杀了他的大伯?"在解放区,是没人发这样糊涂的问题的。这位英雄不久牺牲在新安城下。他吃醉了酒,受了奸人的骗:"要拿新安了!"他跳下炕来就奔着县城跑去,他爬上城墙,敌人打中了他,翻身跌了下来。伙伴说:"你挂了彩,我背你回去!"

他一摆手,说:"不用!我是没用的人了。这样也就够本了!"他举枪打死了自己。

其实,敌人只打折了他的左腿。

关于他的两条腿,有很多传说,新安一带,都说他是飞毛腿。有人说,飞毛不飞毛不知道,反正他走路特别溜撒,孩童的时候,常见他沿着城墙垛口飞跑。

也许有人要问：为什么只坏了一条腿就打死自己？这问题就很难答复。为什么不残废地活着？我好像听说，有一只鹰，非常勇猛，损坏了一根羽翎，它就自己碰死在岩石上。为什么它要碰死？

冰连地结的新安，有一种强烈的悲壮的风云，使人向往不止。

1947年3月

采蒲台

越过平原，越过一条大堤，就是白洋淀水乡了。

这里地势低下，云雾很低，风声很急，淀水清澈得发黑色。芦苇万顷，俯仰吐穗。

自从敌人在白洋淀修起炮楼，安上据点，抢光白洋淀的粮食和人民赖以活命的苇，破坏一切治渔的工具，杀吃了鹅鸭和鱼鹰；很快，白洋淀的人民就无以为生，鱼米之乡，变成了饿殍世界。

正二月间，正是环境残酷，白洋淀的人们没法生活的时候，县里派我到这一带组织渔民斗争，就住在采蒲台。

采蒲台是水淀中央的一个小村庄，平常敌人"扫荡"不到。这里，房屋街道挤得像蜂窠，一条条的小胡同，窄得两个人不能并肩行走，来往相遇，只能侧身让过。一家家的小院落，飘着各色各样的破布门帘，满街鸭子跑，到处苇花飞。

家家墙上张挂渔网，墙角安放锅灶，堆着鱼篮虾篓和打死的水鸭子；院里门前，还要留下一块地方，碾苇和编席。

支部书记把我领到紧靠水边的曹连英家去住下。曹连英四十来岁了，老婆比他小几岁，一个姑娘十七岁了，名叫小红。

连英不好说话,一心做活,手里总是不闲着。媳妇是个活泼敞快的人,好说好笑;女孩子跟娘一样。

支部书记把我安置下了,就要回去。连英的媳妇跟出去,小声说:

"叫同志吃什么呀?"

支部书记说:

"你们吃什么,他就跟着吃什么吧,他知道我们这里的困难。"

"我们,"连英的媳妇笑笑说,"我们光吃地梨。"

支部书记低头想了想说:

"先熬几天,等开了凌再说。"说完就出门走了。

每天,天不明,这一家人就全起来了。曹连英背上囤子,沿着冰上的小路,到砸好的冰窟窿那里去掏鱼。他把那有两丈多长的竿子,慢慢推进冰底下,掏着捞着拉出来,把烂草和小鱼倒在冰上……

小红穿一件破花布棉袄,把苇放在院里,推动大石滚子来回碾轧。她整天在苇皮上践踏,鞋尖上飞破,小手冻得裂口。轧完苇,交娘破着,她提上篮子去挖地梨。直等到天晚了才同一群孩子沿着冰回来,嘴唇连饿带冻,发青发白,手指头叫冰凌扎得滴着血。娘抬头看见,眼里含着泪说:

"孩子饿了,先去吃块糠饼子吧!开了凌,我们拿上席到端村去卖,换些粮食。"

小姑娘嚼着冰硬的饼子说:

"粮食,粮食,什么时候我们才有粮食吃呀!"说完,她望着我。

娘笑着说:

"对,跟同志要吧,他是咱们的一个指望,他来了,我们就又快过好日子了!"

我看在眼里,也酸酸地难过,就说:"开了凌,我们去弄些吃喝来!"

说着，连英也背着回子回来了，把鱼倒在筛子里。媳妇赶紧接过来，拿到门口水边去淘洗干净，又喊女孩子生火做饭，给爹烤干那湿透的裤子。

曹连英说：
"淀里起风了，凌就要开！"

这一晚上，我听见小红和两个青年妇女(她们的丈夫全参军去了)在外间屋地下编席。她们编着歌儿唱，一边在竞赛着。我记得这样三首：

快快编，快快编，
我小红编个歌儿你看看。
编个什么歌儿呀，
眉子细，席子白，
八路同志走了你还要来。
这些日子，你睡的谁家的炕，
他家的席子
可有我们的白？

你们什么时候来？
你们什么时候来？
我思念你们，应该不应该？
你们远出在外，
敌人，就上咱的台阶！
你快快打回来，
你快快打回来！

这样艰难的日子,
我们实在难挨。

我的年纪虽然小,
我的年纪虽然小,
你临走的话儿
记得牢,记得牢:
不能叫敌人捉到,
不能叫敌人捉到!
我留下清白的身子,
你争取英雄的称号!

风越刮越大,整整刮了一夜。第二天,我从窗口一看,淀里的凌一丝也不见,全荡开了,一片汪洋大水,打得岸边噼噼啪啪地响。

这天正是端村大集,各村赶集的小船很多。

小红和她母亲,也要带着编好的席、织好的网,到集上去换粮食,我也愿意跟着到集上看看。自家的小船就系在门口,迈过矮矮的篱笆,小红抱过席捆来,放在船上,娘儿俩摇船走了。到了端村,各处来的小船全泊在村当中那个小港里,小红卖网,娘去卖席,我到各处去转转,约好早些回来。

端村是水淀有名的热闹地方,三面叫水围着。顺水可以下天津,上水通着几条河路;北面一条大堤,通到旱地上的大村镇。

赶集的人很多,那些老乡们都是惊惊惶惶的,鬼子汉奸浪荡女人,在街上横行乱撞。过了木桥,便是网市,有两排妇女对坐着在那里结网卖网。她们把织好的丝网,张挂在墙上,叫太阳一照,耀眼光亮,把回子网兜放在怀里,抖搂着叫过往的人看。小红坐在里面,她对那些过往的渔夫们说:

"你们谁买了这一合?我保管你们发大利市,净逮大鱼!"

一个青年渔夫翻翻看看,就又放下了,苦笑着说:

"网是好网,借你的吉幸,也能捞大鱼。可是有什么用啊,鱼比屎还贱,粮食比金子还难,白费那个力气去干什么!想些别的办法活命吧!"

另一个青年人说:

"这是打鱼的家伙,我倒想买件逮那些王八的家伙,叫他们把我们的水淀搅浑了!"

两个人狠狠地说着走了。

随后过来两个老年渔夫,小红又说:

"你们谁买了这一合网,保管你净逮大鱼!"

一个老人看了看说:

"喂!真是一副好网。"

另一个老人说:

"天好,现在也不买那个。能安安生生打鱼吗?"

小红眯着眼问:

"明年哩?"

"明年就能安生?"老人笑了。

"你以为他们要在这里待一辈子吗,你这大伯,真是悲观失望!"小红说着笑了,"这里是我们的家,不是他们的家,这里不是他们的祖业。这里是,这里是,"小红低声说,"是他们王八狗日的坟茔地!不出今年!我看你还是买了这副网吧,好日子总归不远!"

两个老人全笑了说：

"好，听你的，孩子。要多少钱呀？"

小红说：

"你看着吧！我们是有些紧用项，要不还留着自己使用哩！"

老人说：

"我知道，现在粮食困难，我给你量半斗米的票！"

我看着小红卖了网，就到席市去。

走过一处洼地，上了堤头。堤上净是卖席篓子的，那些老大娘们守着一堆大大小小的篓子，见人过来，就拦住说：

"要篓子吧！你买了吧！"

"你买了吧，我去量点儿粮食！"

没有一个人答声。

再过去，是一片场院，这是席市。席一捆一捆地并排放着，卖席的妇女们，站在自己席子头起。她们都眼巴巴望着南边大梢门那里，不断地有人问：出来了没有？还有的挤到门口去张望。那是敌人收席的地方，她们等候着那收席的汉奸出来。

很久不见有人出来，巳牌时以后，人们等得极不耐烦了，那个收席的大官员，本街有名的地主豪绅冯殿甲家的大少，外号"大吉甲"，才前呼后拥地出来。他一手拿着一个丈量席子的活尺，一手提着黑色印桶。一见他露头，卖席的人们就活动起来，有的抱了自己的席，跑到前边去，原来站在前边的就和他争吵起来，说："这是占坟地呀，你抢得这么紧？"那人又只好退回来。有人尽量把自己的席子往前挪一挪。

收席的，开始看梢门口边头一份席，那是小红娘的，不知道她怎么能占得那样靠前。她像很疲累了，弯着腰一张一张掀开席，叫收席的人过眼看成色，量尺丈。收席的像员大将，站在席边，把尺丈一抛，抓起印板就说：

"五百！"

小红的娘吃了一惊，抬起头来说：

"先生，这样的席五百一领呀？"

收席的说：

"这是头等价钱！"

"啊呀！这还是头等价钱！"小红的娘叹口气说，"先生，你说小米子多少钱一斗啊？"

"我买的是你的席，我管你小米子多少钱一斗？"收席的睖着眼说，"不卖？好，看第二份！"

他从她的席上踏过，就来看第二家的席。小红的娘呆呆地坐在自己的席上。

第二家卖席的是个年轻人，五百一领，他哭丧着脸答应了，收席的就啪啪地在席上打上印记，过去了。年轻人一边卷着自己的席，一边回头对小红的娘说：

"谁愿意卖呀？不卖你就得饿死，家里两集没有粮食下锅了，你不卖就是死路一条。除了他这里，你没有地方去买苇，他又不让别的客人来收席！大嫂！我看你停会儿还是卖了吧！"年轻人弯腰背起他那一捆席，到梢门口里去换票去了。

小红的娘低着头说：

"我不卖！"

一开了盘，那些围上来探听的人们，都垂头丧气地回到自己席子那里去了，一路咳声叹气："五百，头份五百！"干脆就躺倒在自己的席上。

背进席去的人,手里捏着一沓票出来换苇或是换米去了。太阳已经过午。小红的娘抬头看见了我,她许是想起家里等着她弄粮食回去,就用力站起来,一步一步挪到收席的汉奸那里说:

"你收了我那一份席吧!"

"你是哪一份?"汉奸白着眼说。

"就是那头一份。"

"你不是说不卖吗?怎么样,过了晌午,肚子里说话了吧,生成的贱骨头!"

小红的娘卖了席,背进去换了一沓票出来。

我到梢门口那里一望,看见院里和河码头上,敌人收的苇席,垛得像一座座的山。我心里想:这一捆捆的、一张张的席都是这一带的男女老幼,不分昼夜,忍饥挨冻,一尺一寸织成了的。敌人收买席子的办法是多么霸道!自己从小也赶过不少集,从没见过买卖是这样做的!这些卖席的人,竟像是求告乞讨,买席的一定要等到他们肚里饿得不能支持的时候,才肯成交。他妈的,这还不如明抢明夺!他们设下一层层的圈套拴得老百姓多么紧!

我正要骂出声来,听见收席的汉奸,正调笑一个年轻的妇女:

"你们看人家这个,多白多细!"

那妇女一张一张掀给他看;他又说:

"慢点儿哪,别扎破你那——小手指头呀!"

我恨不得过去,把那汉奸枪毙了!忍着气同小红娘俩上船回来。

晚上,就召集人们开会。

支部书记说:

"同志,你知道,我们这里村子不大,却是个出鱼米的富庶地方。自从敌人在端村、关城、同口一带安上据点炮楼,扒大堤破坏了稻田,人们就没有粮食吃。我们这里出产好苇,有名的大白皮、大头栽,远近驰名,就是织席编篓,也吃穿不尽。敌人和傍虎吃食的汉奸们又下令,苇席专收专卖,抢了席子去,压低席的价钱,就把人们逼到绝路上来了。端村大街,过去是多么繁华热闹?现在一天要饿死几口人!再有一年工夫,我们这水淀里就没有人了!"

我说:

"我们要组织武装,寻找活路。我们把村里的枪支修理一下,找几只打水鸭的小船,组织一个水上游击队,先弄敌人的粮食,有了粮食,什么也就好办了。这村里能打枪驶船的有多少人?"

连英说:

"驶船的,人人都会。打枪的,要在船上,除非是那些打水鸭的来得准当。"

我说:

"先不要人多,最好是同志们。"

"那也有二十几个。"支部书记说。

游击小队组织起来,一共有十只小船,二十个人。我们就在村南一带去年没有收割的大苇塘里驻扎,每天拂晓和黄昏演习。

就有一天,小红在淀里顺着标志收鱼篓,看见敌人一只对艚大船过来,她绕着弯飞快地来告诉我们。我们在大苇塘附近,第一次袭击了敌人,夺回一大船粮食,分散给采蒲台的人们吃。

直到现在,白洋淀还流行着这首描写了真实战斗情况的歌:

运粮船来到,

弟兄好喜欢;

王队长的盒子往上翻,

打得小猴水里钻；

队长下命令，

弟兄往前冲，

不怕流血

不怕牺牲。

冲到了大船上，

白脖要还枪，

三小队的手榴弹扔在了大船舱，

打得他们见了阎王。

死的见阎王，

活的缴了枪，

盒子大枪敛了一大舱；

嘿！

一大船粮食送进大苇塘！

1949 年

嘱　咐

水生斜背着一件日本皮大衣，偷过了平汉路，天刚大亮。家乡的平原景色，八年不见，并不生疏。这正是腊月天气，从平地上望过去，一直望到放射红光的太阳那里，他深深地吸了一口气。把身子一挺，十几天行军的疲劳完全跑净，脚下轻飘飘的，眼有些晕，身子要飘起来。这八年，他走的多半是山路，他走过各式各样的山路：五台附近的高山，黄河两岸的陡山，延安和塞北的大土圪垯山。哪里有敌人就到哪里去，枪背在肩上，拿在手里八年了。

水生是一个好战士，现在已经是一个副教导员。可是不瞒人说，八年里他也常常想到家，特别是在休息时间，这种想念，很使一个战士苦恼。这样的时候，他就拿起书来或是到操场去，或是到菜园子里去，借游戏、劳动和学习，好把这些事情忘掉。

他也曾有过一种热望，能有个机会再打到平原上去，到家看看就好了。

现在机会来了。他请了假，绕道家里看一下。因为地理熟，一过铁路他就不再把敌人放在心上。他悠闲地走着，四面八方观看着，为的是饱看一下八年不见的平原风景。铁路旁边并排的炮楼，有的已经拆毁，破墙上撒落了一片鸟粪。铁路两旁的柳树黄叶子，随着铁轨伸展到远远的北方。一列火车正从那里慢慢地过来，惨叫，吐着白雾。

一时，强烈的战斗要求和八年的战斗景象涌到心里来。他笑一笑，想，现在应该把这些事情暂时地忘记，集中精神看一看家乡的风土人情吧。他信步走着，想享受享受一个人在特别兴奋时候的愉快心情。他看看麦地，又看看天，看看周围那像深蓝淡墨涂成的村庄图画。这里离他的家不过九十里路，一天的路程。今天晚上，就可以到家了。

不久，他觉得这种感情有些做作。心里面并不那么激动。幼小的时候，离开家半月十天，当黄昏的时候走近了自己的村庄，望见自己家里烟囱上冒起的袅袅的青烟，心里就醉了。现在虽然对自己的家乡还是这样爱好、崇拜，但是那样的一种感情没有了。

经过的村庄街道都很熟悉。这些村庄经过八年战争，满身创伤，许多被敌人烧毁的房子，还没有重新盖起来。村边的炮楼全拆了，砖瓦还堆在那里，有的就近利用起来，垒了个厕所。在形式上，村庄没有发展，没有添新的庄院和房屋。许多高房，大的祠堂，全拆毁修了炮楼，幼时记忆里的几块大坟地，高大的杨树和柏树，也砍伐光了，坟墓暴露出来，显得特别荒凉。但是村庄的血液，人民的心却壮大发展了。一种平原上特有的勃勃生气，更是强烈扑人。

水生的家在白洋淀边上。太阳平西的时候，他走卜了通到他家去的那条大堤，这里离他的村庄十五里路。

堤坡已经破坏，两岸成荫的柳树砍伐了，堤里面现在还满是水。水生从一条小道上穿过，地势一变化，使他不能正确地估计村庄的方向。

太阳落到西边远远的树林里去了，远处的村庄迅速地变化着颜色。水生望着树林的疏密，辨别自己的村庄，家近了，就进家了，家对他不是吸引，却是一阵心烦意乱。他想起许多事。父亲确实的年岁忘记了，是不是还活着？父亲很早就是有痰喘的病。还有自己女人，正在青春，一别八年,分离时她肚子里正有一个小孩子。房子烧了吗?

不是什么悲喜交加的情绪,这是一种沉重的压迫,对战士的心的很大的消耗。他在心里驱逐这种思想感情,他走得很慢,他决定坐在这里,抽袋烟休息休息。

他坐下来打火抽烟,田野里没有一个人,风有些冷了,他打开大衣披在身上。他从积满泥水和腐草的水洼望过去,微微地可以看见白洋淀的边缘。

黄昏时候,他走到了自己的村边,他家就住在村边上。他看见房屋并没烧,街里很安静,这正是人们吃完晚饭,准备上门的时候了。

他在门口遇见了自己的女人。她正在那里悄悄地关闭那外面的梢门。水生亲热地叫了一声:

"你!"

女人一怔,睁开大眼睛,咧开嘴笑了笑,就转过身子去抽抽搭搭地哭了。水生看见她脚上那白布封鞋,就知道父亲准是不在了。两个人在那里站了一会儿。还是水生把门掩好说:"不要哭了,家去吧!"他在前面走,女人在后面跟,走到院里,女人紧走两步赶到前面,到屋里去点灯。水生在院里停了停。他听着女人忙乱地打火,灯光闪在窗户上了,女人喊:"进来吧!还做客吗?"

女人正在叫唤着一个孩子。他走进屋里,女人从炕上拖起一个孩子来,含着两眼泪水笑着说:

"来!这就是你爹,一天价看见人家有爹,自己没爹,这不现在回来了。"说着已经不成声音。水生说:

"来!我抱抱。"

老婆把孩子送到他怀里,他接过来,八九岁的女孩子竟有这么重。那孩子从睡梦里醒来,好奇地看着这个生人,这个"八路"。女人转身拾掇着炕上的纺车线子等等东西。

水生抱了孩子一会儿,说:

"还睡去吧。"

女人安排着孩子睡下,盖上被子。孩子却圆睁着两眼,再也睡不着。水生在屋里转着,在那扑满灰尘的迎门橱上的大镜子里照看自己。

女人要端着灯到外间屋里去烧水做饭,望着水生说:

"从哪里回来?"

"远了,你不知道的地方。"

"今天走了多少里?"

"九十。"

"不累吗?还在地下溜达?"

水生靠在炕头上。外面起了风,风吹着院里那棵小槐树,月光射到窗纸上来。水生觉着这屋里是很暖和的,在黑影里问那孩子:

"你叫什么?"

"小平。"

"几岁了?"

女人在外边拉着风箱说:

"别告诉他,他不记得吗?"

孩子回答说:

"八岁。"

"想我吗?"

"想你。想你,你不来。"孩子笑着说。

女人在外边也笑了,说:

"真的!你也想过家吗?"

水生说:

"想过。"

"在什么时候?"

"闲着的时候。"

"什么时候闲着?"

"打过仗以后,行军歇下来,开荒休息的时候。"

"你这几年不容易呀?"

"嗯,自然你们也不容易。"水生说。

"嗯?我容易。"她有些气愤地说着,把饭端上来,放在炕上。"爹是顶不容易的一个人,他不能看见你回来……"她坐在一边看着水生吃饭,看不见他吃饭的样子八年了。水生想起父亲,胡乱吃了一点儿,就放下了。

"怎么?"她笑着问,"不如你们那小米饭好吃?"

水生没答话。她拾掇了出去。

回来,插好了隔山门。院子里那挤在窝里的鸡们,有时转动扑腾。孩子睡着了,睡得是那么安静,那呼吸就像泉水在春天的阳光里冒起的小水泡,愉快地升起,又幸福地降落。女人爬到孩子身边去,她一直呆望着孩子的脸。她好像从来没有见过这个孩子,孩子好像是从别人家借来,好像不是她生出,不是她在那潮湿闷热的高粱地,在那残酷的"扫荡"里奔跑喘息,丢鞋甩袜抱养大的,她好像不曾在这孩子身上寄托了一切,并且在孩子的身上祝福了孩子的爹:"那走得远远的人,早一天胜利回来吧!一家团聚。"好像她并没有常常在深深的夜晚醒来,向着那不懂事的孩子,诉说着翻来覆去的题目:

"你爹哩,他到哪里去了?打鬼子去了……他拿着大枪骑着大马……就要回来了,把宝贝放在马上……多好啊!"

现在,丈夫像从天上掉下来一样。她好像是想起了过去的一切,还编排那准备了好几年的话,要向现在已经坐到她身边的丈夫诉说了。

水生看着她。离别了八年,她好像并没有老多少。她今年二十九岁了,头发虽然乱些,可还是那么黑。脸孔苍白了一些,可是那两只眼睛里的光,还是那么强烈。

他望着她身上那自纺自织的棉衣和屋里的陈设。不论是人的身上,人的心里,都表现出是叫一种深藏的志气支撑,闯过了无数艰难的关口。

"还不睡吗?"过了一会儿,水生问。

"你困你睡吧,我睡不着。"女人慢慢地说。

"我也不困。"水生把大衣盖在身上,"我是有点儿冷。"

女人看着他那日本皮大衣,笑着问:

"说真的,这八九年,你想起过我吗?"

"不是说过了吗?想过。"

"怎么想法?"她逼着问。

"临过平汉路的那天夜里,我宿在一家小店,小店里有个鱼贩子是咱们乡亲。我买了一包小鱼下饭,吃着那鱼,就想起了你。"

"胡说。还有吗?"

"没有了。你知道我是出门打仗去了,不是专门想你去了。"

"我们可常常想你,黑夜白日。"她支着身子坐起来,"你能猜一猜我们想你的那段苦情吗?"

"猜不出来。"水生笑了笑。

"我们想你,我们可没有想叫你回来。那时候,日本人就在咱村边。可是在黑夜,一觉醒了,我就想:你如果能像天上的星星,在我眼前晃一晃就好了。可是能够吗?"

从窗户上那块小小的玻璃上结起来冰花,夜深了,大街的高房上有人高声广播:

"民兵自卫队注意！明天，鸡叫三遍集合。带好武器，和一天的干粮！"

那声音转动着，向四面八方有力地传送。在这样降落霜雪严寒的夜里，一只粗大的喇叭在热情地呼喊。

"他们要到哪里去？"水生照战争习惯，机警地直起身子来问。

"准是到胜芳。这两天，那里很紧！"女人一边细心听，一边小声地说。

"他们知道我们来了。"

"你们来了？你要上哪里去？"

"我们是调来保卫冀中平原，打退进攻的敌人的！"

"你能在家住几天？"

"就是这一晚上。我是请假绕道来看望你。"

"为什么不早些说？"

"还没顾着啊！"

女人呆了。她低下头去，又无力地仄在炕上。过了好半天，她说："那么就赶快休息休息吧，明天我撑着冰床子去送你。"

鸡叫三遍，女人就先起来给水生做了饭吃。这是一个大雾天，地上堆满了霜雪。女人把孩子叫醒，穿得暖暖的，背上冰床，锁了梢门，送丈夫上路。出了村，她要丈夫到爹的坟上去看看。水生说等以后回来再说，女人不肯。她说：

"你去看看，爹一辈子为了我们。八年，你只在家里待了一个晚上。爹叫你出去打仗了，是他一个老年人照顾了咱们全家。这是什么太平日子呀？整天价东逃西窜。因为你不在家，爹对我们娘俩，照顾得唯恐不到。只怕一差二错，对不起在外抗日的儿子。每逢夜里一有风声，他老人家就先在院里把我叫醒，说：水生家起来吧，给孩子穿上衣裳。

不管是风里雨里,多么冷,多么热,他老人家背着孩子逃跑,累得痰喘咳嗽。是这个苦日子,遭难的日子,担惊受怕的日子,把他老人家累死。还有那年大饥荒……"

在河边,他们放下冰床。水生坐上去,抱着孩子,用大衣给她包好脚。女人站在床子后面,撑起了竿。女人是撑冰床的好手,她逗着孩子说:

"看你爹没出息,当了八年八路军,还得叫我撑冰床子送他!"

她轻轻地跳上冰床子后尾,像一只雨后的蜻蜓爬上草叶。轻轻用竿子向后一点,冰床子前进了。大雾笼罩着水淀,只有眼前几丈远的冰道可以望见。河两岸残留的芦苇上的霜花飒飒飘落,人的衣服上立时变成银白色。她用一块长的黑布紧紧把头发包住,冰床像飞一样前进,好像离开了冰面行走。她的围巾的两头飘到后面去,风正从她的前面吹来。她连撑几竿,然后直起身子来向水生一笑。她的脸冻得通红,嘴里却冒着热气。小小的冰床像离开了强弩的箭,摧起的冰屑,在它前面打起团团的旋花。前面有一条窄窄的水沟,水在冰缝里汩汩地流,她只说了一声"小心",两脚轻轻地一用劲,冰床就像受了惊的小蛇一样,抬起头来,蹿过去了。

水生警告她说:

"你慢一些,疯了?"

女人擦一擦脸上的冰雪和汗,笑着说:

"同志!我们送你到战场上去呀,你倒说慢一些!"

"擦破了鼻子就不闹了。"

"不会。这是从小玩熟了的东西。今天更不会。在这八年里面,你知道我用这床子,送过多少次八路军?"

冰床在霜雾里,在冰上飞行。

"你把我送到丁家坞,"水生说,"到那里,我就可以找到队伍了。"

女人没有言语。她呆望着丈夫。停了一会儿,才说:

"你给孩子再盖一盖,你看她的手露着。"她轻轻地喘了两口气。又说:"你知道,我现在心里很乱。八年我才见到你,你只在家里待了不到多半夜的工夫。我为什么撑得这么快?为什么着急把你送到战场上去?我是想,你快快去,快快打走了进攻我们的敌人,你才能再快快地回来,和我见面。

"你知道,我们,我们这些留在家里当媳妇的,最盼望胜利。我们在地洞里,在高粱地里等着这一天。这一天来了,我们那高兴,是不能和别人说的。

"进攻胜芳的敌人,是坐飞机来的;他们躺在后方,妻子团聚了八九年。他们来了,可把我们的幸福打破了,他们打破了我们的心。他们造的罪孽是多么重!一定要把他们完全消灭!"

冰床跑进水淀中央,这里是没有边际的冰场。太阳从冰面上升出来,冲开了雾,形成一条红色的胡同,扑到这里来,照在冰床上。女人说:

"爹活着的时候常说,水生出去是打开一条活路,打开了这条活路,我们就得活,不然我们就活不了。八年,他老人家焦愁死了。国民党反动派又要和日本一样,想来把我们活着的人完全逼死!

"你应该记着爹的话,向上长进,不要为别的事情分心,好好儿打仗。八年过去了,时间不算不长。只要你还在前方,我等你到死!"

在被大雾笼罩、杨柳树环绕的丁家坞村边,水生下了冰床。他望着呆呆站在冰上的女人说:

"你们也到村里去暖和暖和吧。"

女人忍着眼泪,笑着说:

"快去你的吧!我们不冷。记着,好好儿打仗,快回来,我们等着你的胜利消息。"

1946 年河间

第三辑　山地回忆

山地回忆

从阜平乡下来了一位农民代表,参观天津的工业展览会。我们是老交情,已经快有十年不见面了。我陪他去参观展览,他对于中纺的织纺,对于那些改良的新农具特别感兴趣。临走的时候,我一定要送点儿东西给他,我想买几尺布。

为什么我偏偏想起买布来?因为他身上穿的还是那样一种浅蓝的土靛染的粗布裤褂。这种蓝的颜色,不知道该叫什么蓝,可是它使我想起很多事情,想起在阜平穷山恶水之间度过的三年战斗的岁月,使我记起很多人。这种颜色,我就叫它"阜平蓝"或是"山地蓝"吧。

他这身衣服的颜色,在天津是很显得突出,也觉得土气。但是在阜平,这样一身衣服,织染既是不容易,穿上也就觉得鲜亮好看了。阜平土地很少,山上都是黑石头,雨水很多很暴,有些泥土就冲到冀中平原上来了——冀中是我的家乡。阜平的农民没有见过大的地块,他们所有的,只是像炕台那样大,或是像锅台那样大的一块土地。在这小小的、不规整的,有时是尖形的,有时是半圆形的,有时是梯形的小块土地上,他们费尽心思,全力经营。他们用石块垒起,用泥土包住,在边沿栽上枣树,在中间种上玉黍。

阜平的天气冷,山地不容易见到太阳,那里不种棉花,我刚到那里的时候，老大娘们手里搓着线锤。很多活计用麻代线，连袜底也是用麻纳的。

就是因为袜子，我和这家人认识了，并且成了老交情。那是个冬天，该是一九四一年的冬天，我打游击打到了这个小村庄，情况缓和了，部队决定休息两天。

我每天到河边去洗脸，河里结了冰，我蹲在冰冻的石头上，把冰砸破，浸湿毛巾，等我擦完脸，毛巾也就冻挺了。有一天早晨，刮着冷风，只有一抹阳光，黄黄的落在河对面的山坡上，我又蹲在那块石头上去，砸开那个冰口，正要洗脸，听见在下水流有人喊：

"你看不见我在这里洗菜吗？洗脸到下边洗去！"

这声音是那么严厉，我听了很不高兴。这样冷天，我来砸冰洗脸，反倒妨碍了人。心里一时挂火，就也大声说：

"离着这么远，会弄脏你的菜！"

我站在上风头，狂风吹送着我的愤怒，我听见洗菜的人也恼了，那人说：

"菜是下口的东西呀！你在上流洗脸洗屁股，为什么不脏？"

"你怎么骂人？"我站立起来转过身去，才看见洗菜的是个女孩子，也不过十六七岁。风吹红了她的脸，像带霜的柿叶，水冻肿了她的手，像上冻的胡萝卜。她穿的衣服很单薄，就是那种蓝色的破袄裤。

十月严冬的河滩上，敌人往返烧毁过几次的村庄的边沿，在寒风里，她抱着一篮子水沤的杨树叶，这该是早饭的食粮。

不知道为什么，我一时心平气和下来。我说：

"我错了，我不洗了，你在这块石头上来洗吧！"

她冷冷地望着我，过了一会儿才说：

"你刚在那石头上洗了脸，又叫我站上去洗菜！"

我笑着说：

"你看你这人，我在上水洗，你说下水脏，这么一条大河，哪里就能把我脸上的泥土冲到你的菜上去？现在叫你到上水来，我到下水去，你还说不行，那怎么办哩？"

"怎么办，我还得往上走！"

她说着，扭着身子逆着河流往上去了。蹬在一块尖石上，把菜篮浸进水里，把两手插在袄襟底下取暖，望着我笑了。

我哭不得，也笑不得，只好说：

"你真讲卫生呀！"

"我们是真卫生，你们是装卫生！你们尽笑话我们，说我们山沟里的人不讲卫生，住在我们家里，吃了我们的饭，还刷嘴刷牙，我们的菜饭再不干净，难道还会弄脏了你们的嘴？为什么不连肠子肚子都刷刷干净！"说着就笑得弯下腰去。

我觉得好笑。可也看见，在她笑着的时候，她的整齐的牙齿洁白地放光。

"对，你卫生，我们不卫生。"我说。

"那是假话吗？你们一个饭缸子，也盛饭，也盛菜，也洗脸，也洗脚，也喝水，也尿泡，那是讲卫生吗？"她笑着用两手在冷水里刨抓。

"这是物质条件不好，不是我们愿意不卫生。等我们打败了日本，占了北平，我们就可以吃饭有吃饭的家伙，喝水有喝水的家伙了，我们就可以一切齐备了。"

"什么时候，才能打败鬼子？"女孩子望着我，"我们的房，叫他们烧过两三回了！"

"也许三年，也许五年，也许十年八年。可是不管三年五年，十年八年，我们总是要打下去，我们不会悲观的。"我这样对她讲，当时觉得这样讲了以后，心里很高兴了。

"光着脚打下去吗？"女孩子转脸望了我脚上一下，就又低下头去洗菜了。

我一时没弄清是怎么回事，就问：

"你说什么？"

"说什么？"女孩子也装没有听见，"我问你为什么不穿袜子，脚不冷吗？也是卫生吗？"

"咳！"我也笑了，"这是没有法子么，什么卫生！从九月里就反'扫荡'，可是我们八路军，是非到十月底不发袜子的。这时候，正在打仗，哪里去找袜子穿呀？"

"不会买一双？"女孩子低声说。

"哪里去买呀，尽住小村，不过镇店。"我说。

"不会求人做一双？"

"哪里有布呀？就是有布，求谁做去呀？"

"我给你做。"女孩子洗好菜站起来，"我家就住在那个坡子上，"她用手一指，"你要没有布，我家里有点儿，还够做一双袜子。"

她端着菜走了，我在河边上洗了脸。我看了看我那只穿着一双"踢倒山"的鞋子，冻得发黑的脚，一时觉得我对于面前这山，这水，这沙滩，永远不能分离了。

我洗过脸，回到队上吃了饭，就到女孩子家去。她正在烧火，见了我就说：

"你这人倒实在，叫你来你就来了。"

我既然摸准了她的脾气，只是笑了笑，就走进屋里。屋里蒸气腾腾，等了一会儿，我才看见炕上有一个大娘和一个四十多岁的大伯，围着一盆火坐着。在大娘背后还有一位雪白头发的老大娘。一家人全笑着让我炕上坐。女孩子说：

"明儿别到河里洗脸去了，到我们这里洗吧，多添一瓢水就够了！"

大伯说：

"我们妞儿刚才还笑话你哩！"

白发老大娘瘪着嘴笑着说：

"她不会说话，同志，不要和她一样呀！"

"她很会说话！"我说，"要紧的是她心眼儿好，她看见我光着脚，就心疼我们八路军！"

大娘从炕角里扯出一块白粗布，说：

"这是我们妞儿纺了半年线赚的，给我做了一条棉裤，下剩的说给她爹做双袜子，现在先给你做了穿上吧。"

我连忙说：

"叫大伯穿吧！要不，我就给钱！"

"你又装假了，"女孩子烧着火抬起头来，"你有钱吗？"

大娘说：

"我们这家人，说了就不能改移。过后再叫她纺，给她爹赚袜子穿。早先，我们这里也不会纺线，是今年春天，家里住了一个女同志，教会了她。还说再过来了，还教她织布哩！你家里的人，会纺线吗？"

"会纺！"我说，"我们那里是穿洋布哩，是机器织纺的。大娘，等我们打败日本……"

"占了北平，我们就有洋布穿，就一切齐备！"女孩子接下去，笑了。

可巧，这几天情况没有变动，我们也不转移。每天早晨，我就到女孩子家里去洗脸。第二天去，袜子已经剪裁好，第三天去她已经纳底子了，用的是细细的麻线。她说：

"你们那里是用麻用线？"

"用线。"我摸了摸袜底，"在我们那里，鞋底也没有这么厚！"

"这样坚实。"女孩子说，"保你穿三年，能打败日本不？"

"能够。"我说。

第五天，我穿上了新袜子。

和这一家人熟了，就又成了我新的家。这一家人身体都健壮，又好说笑。女孩子的母亲，看起来比女孩子的父亲还要健壮。女孩子的姥姥九十岁了，还那么结实，耳朵也不聋，我们说话的时候，她不插言，只是微微笑着，她说她很喜欢听人们说闲话。

女孩子的父亲是个生产的好手，现在地里没活了，他正计划贩红枣到曲阳去卖，问我能不能帮他的忙。部队重视民运工作，上级允许我帮老乡去做运输，每天打早起，我同大伯背上一百多斤红枣，顺着河滩，爬山越岭，送到曲阳去。女孩子早起晚睡给我们做饭，饭食很好。一天，大伯说：

"同志，你知道我是沾你的光吗？"

"怎么沾了我的光？"

"往年，我一个人背枣，我们妞儿是不会给我吃这么好的！"

我笑了。女孩子说：

"沾他什么光，他穿了我们的袜子，就该给我们做活了！"

又说：

"你们跑了快半月，赚了多少钱？"

"你看，她来查账了，"大伯说，"真是，我们也该计算计算了！"他打开放在被垛底下的一个小包袱，"我们这叫包袱账，赚了赔了，反正都在里面。"

我们一同数了票子，一共赚了五千多块钱，女孩子说：

"够了。"

"够干什么了？"大伯问。

"够给我买架织布机子了！这一趟，你们在曲阳给我买架织布机子回来吧！"

无论姥姥、母亲、父亲和我，都没人反对女孩子这个正义的要求。我们到了曲阳，把枣卖了，就去买了一架机子。大伯不怕多花钱，一定要买一架好的，把全部盈余都用光了。我们分着背了回来，累得浑身流汗。

这一天，这一家人最高兴，也该是女孩子最满意的一天。这像要了几亩地，买回一头牛；这像置好了结婚前的陪送。

以后，女孩子就学习纺织的全套手艺了：纺、拐、浆、落、经、镶、织。

当她卸下第一匹布的那天，我出发了。从此以后，我走遍山南塞北，那双袜子，整整穿了三年也没有破绽。一九四五年，我们战胜了日本强盗，我从延安回来，在碛口地方，跳到黄河里去洗了一个澡，一时大意，奔腾的黄水，冲走了我的全部衣物，也冲走了那双袜子。黄河的波浪激荡着我关于敌后几年生活的回忆，激荡着我对于那女孩子的纪念。

开国典礼那天，我同大伯一同到百货公司去买布，送他和大娘一人一身蓝士林布，另外，送给女孩子一身红色的。大伯没见过这样鲜艳的红布，对我说：

"多买上几尺，再买点儿黄色的。"

"干什么用？"我问。

"这里家家门口挂着新旗,咱那山沟里准还没有哩!你给了我一张国旗的样子,一块带回去,叫妞儿给做一个,开会过年的时候,挂起来!"

他说妞儿已经有两个孩子了,还像小时那样,就是喜欢新鲜东西,说什么也要学会。

1949 年 12 月

邢 兰

我这里要记下这个人,叫邢兰的。

他在鲜姜台居住,家里就只三口人:他,老婆,一个女孩子。

这个人,确实是三十二岁,三月里生日,属小龙(蛇)。可是,假如你乍看他,你就猜不着他究竟多大年岁,你可以说他四十岁,或是四十五岁。因为他那黄藁叶颜色的脸上,还铺着皱纹,说话不断气喘,像有多年的痨症。眼睛也没有神,干涩的。但你也可以说他不到二十岁。因为他身长不到五尺,脸上没有胡髭,手脚举动活像一个孩子,好眯着眼笑,跳,大声唱歌……

去年冬天,我随了一个机关住在鲜姜台。我的工作是刻蜡纸,油印东西。我住着一个高坡上一间向西开门的房子。这房子房基很高,那简直是在一个小山顶上。看西面,一带山峰,一湾河滩,白杨,枣林。下午,太阳慢慢地垂下去……

其实,刚住下来,我是没心情去看太阳的,那几天正冷得怪。雪,还没有融化,整天阴霾着的天,刮西北风。我躲在屋里,把门紧紧闭住,风还是找地方吹进来,从门上面的空隙,从窗子的漏洞,从椽子的缝口。我堵一堵这里,糊一糊那里,简直手忙脚乱。

结果,这是没办法的。我一坐下来,刻不上两行字,手便冻得红肿僵硬了。脚更是受不了。正对我后脑勺,一个鼠洞,冷森森的风从那里吹着我的脖颈。起初,我满以为是有人和我开玩笑,吹着冷气;后来我才看出是一个山鼠出入的小洞洞。

我走出转进,缩着头没办法。这时,邢兰推门进来了。我以为他是这村里的一个普通老乡,来这里转转。我就请他坐坐,不过,我紧接着说:

"冷得怪呢,这屋子!"

"是,同志,这房子在坡上,门又冲着西,风从山上滚下来,是很硬的。这房子,在过去没住过人,只是盛些家具。"

这个人说话很慢,没平常老乡那些啰嗦,但有些气喘,脸上表情很淡,简直看不出来。

"唔,这是你的房子?"我觉得主人到了,就更应该招呼得亲热一些。

"是咱家的,不过没住过人,现在也是坚壁着东西。"他说着就走到南墙边,用脚轻轻地在地上点着,地下便发出空洞的通通的声响。

"啊,埋着东西在下面?"我有这个经验,过去我当过那样的兵,在财主家的地上,用枪托顿着,一通通地响,我便高兴起来,便要找铁铲了。——这当然,上面我也提过,是过去的勾当。现在,我听见这个人随便就对人讲他家藏着东西,并没有一丝猜疑、欺诈,便顺口问了上面那句话。他却回答说:

"对,藏着一缸枣子,一小缸谷,一包袱单夹衣服。"

他不把这对话拖延下去。他紧接着向我说,他知道我很冷,他想拿给我些柴火,他是来问问我想烧炕呢,还是想屋里烧起一把劈柴。他问我怕烟不怕烟,因为柴火湿。

我以为,这是老乡们过去的习惯,对军队住在这里以后的照例应酬,我便说:

"不要吧,老乡。现在柴很贵,过两天,我们也许生炭火。"

他好像没注意我这些话,只是问我是烧炕,还是烤手脚。当我说怎样都行的时候,他便开门出去了。

不多会儿,他便抱了五六块劈柴和一捆茅草进来,好像这些东西,早已在那里准备好。他把劈柴放在屋子中央,茅草放在一个角落里,然后拿一把茅草做引子,蹲下生起火来。

我也蹲下去。

当劈柴燃烧起来,一股烟腾上去,被屋顶遮下来,布展开去。火光映在这个人的脸上,两只眯缝的眼,一个低平的鼻子,而鼻尖像一个花瓣翘上来,嘴唇薄薄的,又没有血色,老是紧闭着……

他向我说:

"我知道冷了是难受的。"

从此,我们便熟识起来。我每天做着工作,而他每天就拿些木柴茅草之类到房子里来替我生着,然后退出去。晚上,有时来帮我烧好炕,一同坐下来,谈谈闲话。

我觉得过意不去。我向他说:

"不要这样吧,老邢,柴火很贵,长此以往……"

他说:

"不要紧,烧吧。反正我还有,等到一点儿也没有,不用你说,我便也不送来了。"

有时,他拿些黄菜、干粮给我。但有时我让他吃我们一些米饭时,他总是赶紧离开。

起初我想,也许邢兰还过得去,景况不错吧。终于有一天,我坐到了他家中,见着他的老婆和女儿。女儿还小,母亲抱在怀里,用袄襟裹着那双小腿,但不久,我偷眼看见,尿从那女人的衣襟下淋下来。

接着那邢兰嚷：

"尿了！"

女人赶紧把衣襟拿开，我才看见女孩子没有裤子穿……

邢兰还是没表情地说：

"穷的，孩子冬天也没有裤子穿。过去有个孩子，三岁了，没等到穿过裤子，便死掉了！"

从这一天，我才知道了邢兰的详细。从小就放牛，佃地种，长工，直到现在，还只有西沟二亩坡地，满是砂块。小时放牛，吃不饱饭，而每天从早到晚在山坡上奔跑呼唤。……直到现在，个子没长高，气喘咳嗽……

现在是春天，而鲜姜台一半以上的人吃着枣核和糠皮。

但是，我从没有看见或是听见他愁眉不展或是唉声叹气过，这个人积极地参加着抗日工作，我想不出别的字眼儿来形容邢兰对于抗日工作的热心，我按照这两个字的最高度的意义来形容它。

邢兰发动组织了村合作社，又在区合作社里摊了一股。发动组织了村里的代耕团和互助团。代耕团是替抗日军人家属耕种，互助团全是村里的人，无论在种子上，农具上，牲口、人力上，大家互相帮助，完成今年的春耕。

而邢兰是两个团的团长。

看样子，你会觉得他不可能有什么作为的。但在一些事情上，他是出人意外的英勇地做了，这，不是表现了英勇，而是英勇地做了这件事。这英勇也不是天生的，反而看出来，他是克服了很多的困难，努力做到了这一点。

还是去年冬天，敌人"扫荡"这一带的时候。邢兰在一天夜里，赤着脚穿着单衫，爬过三条高山，探到平阳街口去。敌人就住在那里。

等他回来,鲜姜台的机关人民都退出去。他又帮我捆行李,找驴子,带路……

邢兰参与抗日工作是无条件的,而且在一些坏家伙看起来,简直是有瘾。

近几天,鲜姜台附近有汉奸活动,夜间,电线常常被割断。邢兰自动地担任做侦察的工作。每天傍晚在地里做了一天,回家吃过晚饭,我便看见他斜披了一件破棉袍,嘴里哼着歌子,走下坡去。我问他一句:

"哪里去?"

他就眯眯眼:

"还是那件事……"

夜里,他顺着电线走着,有时伏在沙滩上,他好咳嗽,他便用手掩住嘴……

天快明,才回家来,但又是该下地的时候了。

更清楚地说来,邢兰是这样一个人,当有什么事或是有什么工作派到这村里来,他并不是事先说话,或是表现自己,只是在别人不发表意见的时候,他表示了意见,在别人不高兴做一件工作的时候,他把这件工作担负起来。

按照他这样一个人,矮小、气弱、营养不良,有些工作他实在是勉强做去的。

有一天,我看见他从坡下面一步一步挨上来,肩上扛着一条大树干,明显的他是那样吃力,但当我说要帮助他一下的时候,他却更挺直腰板,扛上去了。当他放下,转过身来,脸已经白得怕人。他告诉我,他要锯开来,给农具合作社做几架木犁。

还有一天,我瞧见他赤着背,在山坡下打坯,用那石杵,用力敲打着泥土。而那天只是二月初八。

如果能拿《水浒传》上一个名字来呼唤他，我愿意叫他"拼命三郎"。

从我认识了这个人，我便老是注意他。一个小个子，腰里像士兵一样系了一条皮带，嘴上有时候也含着一个文明样式的烟斗。

而竟在一天，我发现了这个家伙，是个"怪物"了。他爬上一棵高大的榆树修理枝丫，停下来，竟从怀里掏出一只耀眼的口琴吹奏了。他吹的调子不是西洋的东西，也不是中国流行的曲调，而是他吹熟了的自成的曲调，紧张而轻快，像夏天森林里的群鸟喧叫……

在晚上，我拿过他的口琴来，是一个蝴蝶牌的，他说已经买了二年，但外面还很新，他爱好这东西，他小心地藏在怀里，他说："花的钱不少呢，一块七毛。"

我粗略地记下这一些。关于这个人，我想永远不会忘记他吧。

他曾对我说："我知道冷是难受……"这句话在我心里存在着，它只是一句平常话，但当它是从这样一个人嘴里吐出来，它就在我心里引起了这种感觉：

只有寒冷的人，才贪馋地追求一些温暖，知道别人的冷的感觉；只有病弱不幸的人，才贪馋地拼着这个生命去追求健康、幸福……只有从幼小在冷淡里长成的人，他才爬上树梢吹起口琴。

记到这里，我才觉得用不着我再写下去。而他自己，那个矮小的个子，那藏在胸膛里的一颗煮滚一样的心，会续写下去的。

1940年3月23日夜记于阜平

战　士

那年冬天，我住在一个叫石桥的小村子。村子前面有一条河，搭上了一个草桥。天气好的时候，从桥上走过，常看见有些村妇淘菜；有些军队上的小鬼，打破冰层捉小沙鱼，手冻得像胡萝卜，还是兴高采烈地喊着。

这个冬季，我有几次是通过这个小桥，到河对岸镇上，去买猪肉吃。掌柜是一个残废军人，打伤了右臂和左腿。这铺子，是他几个残废弟兄合股开的合作社。

第一次，我向他买了一个腰花和一块猪肝。他摆荡着左腿用左手给我切好了。一般的山里的猪肉是弄得粗糙的，猪很小就杀了，皮上还带着毛，涂上刺眼的颜色，煮的时候不放盐。当我称赞他的肉有味道和干净的时候，他透露聪明地笑着，两排洁白的牙齿，一个嘴角往上翘起来，肉也多给了我一些。

第二次，我去是一个雪天，我多烫了一小壶酒。这天，多了一个伙计：伤了胯骨，两条腿都软了。

三个人围着火谈起来。

伙计不爱说话。我们说起和他没有关系的话来，他就只是笑笑。有时也插进一两句，就像新开刃的刀子一样。谈到他们受伤，掌柜望着伙计说：

"先还是他把我背到担架上去，我们是一班，我是他的班长。那次追击敌人，我们拼命追，指导员喊，叫防御着身子，我们只是追，不肯放走一个敌人！"

"那样有意思的生活不会有了。"

伙计说了一句，用力吹着火，火照进他的眼，眼珠好像浮在火里。掌柜还是笑着，对伙计说：

"又来了，"他转过头来对我，"他沉不住气哩，同志。那时，我倒下了，他把我往后背了几十步，又赶上去，被最后的一个敌人打穿了胯。他直到现在，还想再干干呢！"

伙计干脆地说：

"怨我们的医道不行么！"

"怎样？"我问他。

"不能换上一副胯骨吗，如能那样，我今天还在队伍里。难道我能剥一辈子猪吗？"

"小心你的眼！"掌柜停止了笑对伙计警戒着，使我吃了一惊。

"他整天焦躁不能上火线，眼睛已经有毛病了。"

我安慰他说，人民和国家记着他的功劳，打走敌人，我们有好日子过。

"什么好的生活比得上冲锋陷阵呢？"他沉默了。

第三次我去，正赶上他两个抬了一筐肉要去赶集，我已经是熟人了，掌柜的对伏在锅上的一个女人说：

"照顾这位同志吃吧。新出锅的，对不起，我不照应了。"

那个女人个子很矮，衣服上涂着油垢和小孩儿尿，正在肉皮上抹糖色。我坐在他们的炕上，炕头上睡着一个孩子，放着一个火盆。

女人多话，有些泼。她对我说，她是掌柜的老婆，掌柜的从一百里以外的家里把她接来，她有些抱怨，说他不中用，得她来帮忙。

我对她讲，她丈夫的伤，是天下最大的光荣记号，她应该好好儿帮他做事。这不是一个十分妥当的女人。临完，她和我搅缠着一角钱，说我多吃了一角钱的肉。我没办法，照数给了她，但正色说：

"我不在乎这一角钱，可是我和你丈夫是很好的朋友和同志，他回来，你不要说，你和我因为一角钱搅缠了半天吧！"

这都是一年前的事了。第四次我去，是今年冬季战斗结束以后。一天黄昏，我又去看他们，他们却搬走了，遇见一个村干部，他和我说起了那个伙计，他说：

"那才算个战士！反'扫荡'开始了，我们的队伍已经准备在附近作战，我派了人去抬他们，因为他们不能上山过岭。那个伙计不走，他对去抬他的民兵们说：你们不配合子弟兵作战吗？民兵们说：配合呀！他大声喊：好！那你们抬我到山头上去吧，我要指挥你们！民兵们都劝他，他说不能因为抬一个残废的人耽误几个有战斗力的，他对民兵们讲：你们不知道我吗？我可以指挥你们！我可以打枪，也可以扔手榴弹，我只是不会跑罢了。民兵们拗他不过，就真的带好一切武器，把他抬到敌人过路的山头上去。你看，结果就打了一个漂亮的伏击战。"

临别他说：

"你要找他们，到城南庄去吧，他们的肉铺比以前红火多了！"

1941年于平山

女人们（三篇）

红棉袄

风把山坡上的荒草，吹得俯到地面上，砂石上。云并不厚，可沉重得怕人，树叶子为昨夜初霜的侵凌焦枯了，正一片片地坠落。

我同小鬼顾林从滚龙沟的大山顶上爬下来。在强登那峭峻的山顶时，身上发了暖，但一到山顶，被逆风一吹，就觉得难以支持了。顾林在我眼前，连打了三个寒噤。

我拉他赶紧走下来，在那容易迷失的牧羊人的路上一步一步走下，在乱石中开拔着脚步。顾林害了两个月的疟疾，现在刚休养得有了些力气，我送他回原部队。我们还都穿着单军服，谁知一两天天气变得这样剧烈。

虽说有病，这孩子是很矜持的。十五岁的一个人，已经有从吉林到边区这一段长的，而大半是一个人流浪的旅程。在故乡的草原里拉走了两匹敌人放牧的马，偷偷卖掉了，跑到天津，做了一家制皮工厂的学徒。事变了，他投到冀中区的游击队里……

"身子一弱就到了这样！"

像是怨恨自己。但我从那发白的而又有些颤抖的薄嘴唇，便觉得他这久病的身子是不能支持了。我希望到一个村庄,在那里休息一下,暖暖身子。

风还是吹着,云,凌人地往下垂,我想要下雨了,下的一定是雪片吧?天突然暗了。

远远的在前面的高坡上出现一片白色的墙壁,我尽可能地加快了脚步,顾林也勉强着。这时,远处山坡上,已经有牧羊人的吆喝声,我知道天气该不早了,应是拦羊下山入圈的时分。

爬上那个小山庄的高坡,白墙壁上的一个小方窗,就透出了灯火。我叫顾林坐在门前一块方石上休息,自己上前打门。门很快地开了,一个姑娘走了出来。

我对她说明来意,问她这里有没村长,她用很流利的地方话回答说,这只是一个小庄子,共总三家人家,过往的军队有事都是找她家的,因为她的哥哥是自卫队的一个班长。随着她就踌躇了。今天家里只有她一个人,妈妈去外婆家了,哥哥还没回来。

她转眼望一望顾林,对我说:

"他病得很重吗?"

我说:"是。"

她把我们让到她家里,一盏高座的油灯放在窗台上,浮在黑色油脂里的灯芯,挑着一个不停跳动的灯花,有时并碎细地爆炸着。

姑娘有十六岁,穿着一件红色的棉袄,头发梳得很平,动作很敏捷,和人说话的时候,眼睛便盯住人。我想,屋里要没有那灯光和灶下的柴火的光,机灵的两只大眼也会把这间屋子照亮的吧?她挽起两只袖子,正在烧她一个人的晚饭。

我一时觉得我们休息在这里,有些不适当。但顾林躺在那只铺一张破席子的炕上了,显然他已是筋疲力尽。我摸摸他的额,又热到灼手的程度。

"你的病不会又犯了吧?"

顾林没有说话,我只听到他牙齿的"嘚嘚"声,他又发起冷来。我有些发慌,我们没有一件盖的东西。炕的一角好像是有一条棉被,我问那正在低头烧火的姑娘,是不是可以拿来盖一下,姑娘抬着头没听完我的话,便跳起来,爬到炕上,把它拉过来替顾林盖上去。一边嘴里说,她家是有两条被的,哥哥今天背一条出操去了。把被紧紧地盖住了顾林的蜷伏的身体,她才跳下来,临离开,把手按按顾林的头,对我蹙着眉说:

"一定是打摆子!"

她回去吹那因为潮湿而熄灭的木柴了,我坐在顾林的身边,从门口向外望着那昏暗的天。我听到风还在刮,隔壁有一头驴子在叫。我想起明天顾林是不是能走,有些愁闷起来。

姑娘对我慢慢地讲起话来。灶膛里的火旺了,火光照得她的脸发红,那件深红的棉袄,便像蔓延着火焰一样。

她对我讲,今年打摆子的人很多。她问我顾林的病用什么法子治过。她说有一个好方法,用白纸剪一个打秋千的小人形,晚上睡觉,放在身下,第二天用黄表纸卷起来,向东南走出三十六步,用火焚化,便好了。她小时便害过这样的病,是用这个方法治好的。说完便笑起来:

"这是不是迷信呢?"

夜晚静得很,顾林有时发出呻吟声,身体越缩拢越小起来。我知道他冷。我摸摸那条棉被,不只破烂,简直像纸一样单薄。我已经恢复了温暖,就脱下我的军服的上身,只留下里面一件衬衫,把军服盖在顾林的头上。

这时,锅里的饭已经煮好。姑娘盛了一碗米汤放在炕沿上,她看

见我把军服盖上去,就沉吟着说:

"那不抵事。"她又机灵地盯视着我。我只是对她干笑了一下,表示:这不抵事,怎样办呢?我看见她右手触着自己棉袄的偏在左边的纽扣,最下的一个,已经应手而开了。她后退了一步,对我说:

"盖上我这件棉袄好不好?"

没等我答话,她便转过身去断然地脱了下来,我看见她的脸飞红了一下,但马上平复了。她把棉袄递给我,自己退到角落里把内衣整理了一下,便又坐到灶前去了,末了还笑着讲:

"我也是今天早上才穿上的。"

她身上只留下一件皱褶的花条布的小衫。对这个举动,我来不及惊异,我只是把那满留着姑娘的体温的棉袄替顾林盖上,我只是觉得身边这女人的动作,是幼年自己病倒了时,服侍自己的妈妈和姐姐有过的。

我凝视着那暗红的棉袄。姑娘凝视着那灶膛里一熄一燃的余烬。一时,她又讲话了。她问我从哪里来,尽走过哪些地方,哪里的妇女自卫队好。又问我,什么时候妇女自卫队再来一次检阅。一会儿我才知道,在去年,平山县妇女自卫队检阅的时候,打靶,她是第三名!

瓜的故事

马金霞又坐在那看瓜园的窠棚里了。已经吃过了晌午饭,肚子饱饱的,从家里跑来的满身汗,一到这里就干了,凉快得很呢。窠棚用四根杨树干支起来,上面搭上席子,中间铺上木板,一头像梯子一样横上木棍,踏着上去,像坐在篷子车里。

好凉快呀。马金霞把两只胳膊左右伸开一下,风便吹到了袖子里、怀里。窠棚前后是二亩地的甜瓜和西瓜,爹租来种的。甜瓜一律是"蛤蟆酥"和"谢花甜"种,一阵阵的香味送过来。西瓜像大肚子女人,一天比一天笨的休养在长满嫩草的地上。那边是一个用来从河里打水浇地的架子,"斗子"悬空着。

一带沙滩,是通南北的大道,河从中间转弯流过。

村边上,那个斜眼的铁匠的老婆,又爬上她那蔓延在一棵大柳树上的葡萄架了。从马金霞这里也会看见那已经发紫的累累的葡萄。马金霞给这个铁匠老婆起了一个外号,一看见她便叫起来:

"馋懒斜!"是因为这个老婆顶馋(不住嘴地偷吃东西),顶懒(连丈夫打铁的风箱也不高兴去拉),顶斜的(眼也斜,脾气性情也斜)。

那女人从葡萄架上转过身子来,用手护着嘴像传声筒喊:

"金霞又卖俏哩吗?看过路的哪个脸子白,招来做驸马吧!"

"放屁,放屁,放屁!"马金霞回骂着。

"你看你不是坐在八人抬的大轿里了吗?要做新媳妇了呢!"斜眼女人扯着嗓子怪叫。

马金霞便不理睬她了。理她干嘛呢,狗嘴里掉不出象牙来,满嘴喷粪。

水冲着石子,哗啦啦地响着。

马金霞把鞋脱掉了,放在一边。把右腿的裤脚挽到了膝盖上面,拿过一团麻,理了一理,在右腿上搓起麻绳来,随口唱一支新鲜小曲儿:

小亲亲,

我不要你的金;

小亲亲,

我不要你的银,

只要(你那)抗日积极的一片心!

一架担架过来了,四个人抬着疾走,后面跟着两个人挥着汗。马金霞停止了唱。

"住下,住下。"后面一个人望了一望瓜园嚷着。

"什么事,这里晒得很哩!"抬的人问着,脚也没停,头也没回。

"王同志不是说要吃瓜吗,这里又有甜瓜又有西瓜,住下,住下……"

担架住下了。在一床白布罩子下面,露出了一个脸。黄黄的,好大的眼睛啊。头歪到了瓜园这边,像找寻着什么,微笑了。一个民兵跑上来喊:

"下来,小姑娘,买瓜。"

马金霞赤着脚下来了,快得像一只猴子。两步并作一步,跑到伤兵的面前,望了望那大眼睛,又看见那白布罩角上的一片血迹,就"哎呀"了一声。

她带那个人去挑选瓜了,告诉他还是给同志一个西瓜吃吧。受了伤吃甜瓜不好,肚子痛还不要吃甜瓜呢。那个人以为这女孩子要做"大宗买卖",也便没说话。马金霞在瓜园里践踏着,用手指一个个地去弹打着瓜皮,细听着声响。然后她问:

"是百团大战受的伤吗?"

"是,真是英雄呢。"那个人赞叹着,"可是你会挑选瓜吗?"

"你瞧着吧。"

马金霞想起在西北角上那个血瓢的西瓜了,那是她前天就看准的,她把它摘下来,亲手抱过去。

抬担架的小伙子们还不相信,就地把那瓜用一把小刀剖开来。

瓜瓤是血红的,美丽的,使人想起那白布罩上的光荣的战士的血迹了。几个小伙子夸奖着,问价钱。

"送给同志们吃的,不是卖的。"

虽然那战士也用微弱的声音诉说着这不好,但马金霞跑上窠棚了。她对那远远的葡萄架上的女人喊:

"馋懒斜,把你的葡萄送些来,有位受伤的同志呢。"

可是斜眼女人问了:

"买几毛钱的呀?"

有什么意味呀!马金霞气恼了。总是"几毛钱"。她常见斜眼女人烦絮地和来买葡萄的同志们要着大价钱,赚了钱来往自己坏嘴里填,吃饱了和不三不四的坏男人嚼舌头,有什么意味呀!

子弟兵之家

从前,村里的人称呼她"三太家的",现在,妇女自卫队分队长找上她的门子时喊:

"李小翠同志!"

丈夫是子弟兵。临入伍那天,大会上小翠去送他;临走,三太用眼招呼她。小翠把手一扬:

"去你的吧!"

两个人都笑了。李小翠便一边耍逗着怀里的孩子,一边想着心思,回家了。

在边区,时光过得快。打了一个百团大胜仗,选举了区代表、县议员、参议员,打走鬼子的捣乱……就要过年了。

天明便是大年初一了。

天还没亮,鸡只叫了两遍,"申星"还很高呢。

孩子闹起来，小手抓着小翠的胸脯，小脚蹬着肚子。

"他妈的！"小翠一边骂着，一边点起灯来。

窗纸上糊着用彩色纸剪成的小人们，闪耀着……

小纸人是西头叫小兰的那女孩子剪的。那孩子昨天早晨捧着那些小人们跑来，红着脸对小翠说：

"小翠婶婶，我剪了两个戏剧，一个捉汉奸，一个打鬼子，送给你贴在窗子上。"

"呀，你费了半天工夫，拿去叫你娘贴吧！"小翠客气着。

"为的是，"小兰睁大眼睛，"我家三太叔上前线了。"

小兰还怕她贴错，帮她贴好才走了。

小翠给孩子穿衣裳，打开一个小匣子，拿出一顶用红布和黄布做成的小孩儿帽，是个老虎头的样子，用黑布贴成眼，用白布剪成虎牙。

孩子一戴上新帽子，觉着舒服，便在小翠的腿上跳起来，小翠骂："小家子气！"

小翠又想起心思来了。前年死了一个孩子，没戴过新帽子。这个孩子三岁了，这还是头一顶。虽说裤子还破着，可是今年过年没有别的花销，村里优待了一小筐箩白面，五斤猪肉，三棵白菜，便也乐开了。她把孩子举起来，叫孩子望着她的放光的大眼，她唱着自己编的哄孩子的曲儿：

孩子长大，
要像爹一样
上战场……

孩子便"马、马"叫起来。小翠叫孩子骑在自己脖子上，接着：

骑大马,

背洋枪!

唱到这里,小翠又想起心思来了:"谁知道他骑上马没有呢?"三太那大个子大嘴大眼睛便显在她眼前对她笑了。她喃喃地好像对孩子说,又好像对三太说:

"你呀!多打好仗呀!就骑大马呀!"

风吹窗纸动起来,小人们动起来了。她愿意风把这话吹送到三太的耳鼓里去…

1941年于平山

山里的春天

这天,从家乡来了一个人,谈了半天家里的事,我很快乐。我很惦记家里的生活问题,他说一切很好。我高兴地要请他吃饭,跑着各家去买鸡蛋,走到一个人家,一个年轻的女人正坐在炕沿上,哭丧着脸,在她怀里靠着一个五六岁的女孩子。我说:

"老乡,有鸡蛋啊,卖给咱几个?"

她立时很生气地喊叫起来:

"没有!还有什么鸡蛋?"

我说:

"我是问一问你,没有就算了么!"

她还是哭丧着脸不搭理。我走出来,心里想这才没的事哩!忽然她把我叫回去说:

"桌子上那小罐里有两个鸡蛋,是留来给小妮煮着吃的,你拿去吧。"

我一看她忽然又变的这样,莫名其妙,又一想,我说:

"给孩子吃的,放着吧,我到别人家去买吧。"

我走了出来。吃过午饭,送走客人,村长来找我,说是叫我去给一家抗属翻沙,家具他也拿来了,就带我走。我两个走到村东,过了河滩,到了一块方方的堆着石沙的地里,村长说:

"就是这块地,男人到咱们队伍上去了,这块地去年叫水冲了,你给她把这沙子挑到四边去,好种玉茭子。辛苦你了,回头我叫她给你送水来。"

说完,村长笑一笑走了。我把军装上衣脱下,同皮带手枪挂在地边的一棵小枣树上。这时已是暮春三月,枣树快要长叶儿,河滩上的一排大杨树,叶子已经有铜钱大了,绿油油的。

我开始把沙子翻起来,然后铲到筐里,挑到地边,堆成土埝,叫夏天的水冲不到地里来。

今天工作很高兴,一大担沙土挑起来,也觉得轻松。我想山里的土质坏,还费这大劲;我家里那三亩菜园,出产多么大啊,够他娘儿两个吃的了。

起响的时候,我看见远远地走来一个妇女,左手拉着一个小孩儿,右手提着一把水壶,我想是主人家给我送水来了,走近一看,原来就是上午为买鸡蛋和我吵嘴的那女人。她一见是我,脸上有点儿下不来,后来才说:

"原来求的是你啊!"

我说:

"原来是你的地啊!"

她把水壶放下,对我说:

"同志,休息一下吧。我和你谈谈。"

我说:

"谈什么呀?"

她说:

"上午,你赶得不巧,我正生气。你看人家有人的,有的种地了,咱这地还没起沙子。前半天,我拉着孩子来一看这个地这样费劲,一个女人和一个孩子怎么会种上,就生起气来,正在心里骂我们当家的,撇下大人孩子不管,你就来了,我那时一看见你们这当兵的就火了。"

我说:

"我们当兵的可没得罪你呀。"

她说:

"你没得罪我,我是恨我们那个当兵的。"

我问:

"他走的时候没告诉你?"

她狠狠地说:

"人家会告诉咱,头一天晚上,人家说去报个名,一去就没回家。第二天,我到区里去给人家送衣服鞋袜,人家还躲着不见哩。"

我一听她这样说,想起自己从军的事,笑了。那一年,我们全村的青年抗日先锋队说到村外开会,排上队就去参加了学兵营,家里人听见,急了,母亲们说:"你们再到家里睡一夜再走,没人拉你们啊!"可是我们谁也不听,头也不回跑了。第二天,媳妇们也凑了一队,仗着胆子,给我们送衣服,我们藏起来,叫她们放下回去。她们说:"只是见一下,谁拖你们的尾巴哩。"可是我们死也不见。

我喝了几口水,就又开始翻沙。在挑的时候,女人已经拿起铁铲,替我装筐。她看我能挑那么重的东西,就问:

"你在家里也种地?"

我说:

"种地,我有三亩菜园子。"

她又问:

"家里有大人孩子吗?"

我说:

"有,一个老婆,一个女孩子,今年六岁了。"

她惊异地看了看我,又叹了一口气说:

"都是这样的吗?你就不惦记你的大人孩子,她们在家里不骂你呀?"

我说:

"她不骂我,今天才从我们家乡来了个人,她还捎口信给我,说好好儿抗日,不要想家,你抗日有了成绩,我和孩子在家里也光荣,出门进门,人家都尊敬。"

我说到这里,那女人脸红了一下,她说:

"呀,你家里的进步!"

我说:

"我们那里有敌人,村边就是炮楼,她们痛苦极了,她恨敌人,就愿意我在外面好好儿抗日。"

女人说:

"有人给她种地吗?"

我说:

"家乡来的人说:一到春天,不用她说话,就有人给她种上了,一到该锄苗的时候,不用她说话,就有人给她锄去了;秋天,她的粮食比起别人,早打到囤里。我在家的时候,是我一个人种地,忙得不行,现在是有好多人给她耕种。我们八路军的弟兄,比亲弟兄还亲,他们在那里驻防,打敌人,知道我不在家,就会替我去种上地,照顾我的大人孩子,和我在家一样。"

这时候,这女人才真正眉开眼笑了,她说:

"刚才我还觉得辛苦你,自己不落忍,这样一说,你和我们当家的是一家人,他要住在你们村里,也准得给你家里去帮忙吧?"

我说：

"一定，我们八路军就是这样一个天南海北的大家庭。你明白这个道理，你就不用惦记他，他也就不再惦记你们了。"

这时候，女孩子跑到那小枣树下面，伸手去够那枪，又回过头来望望我，望望她母亲。我放下担子过去，哄着她穿上我那军装上衣，系上皮带，把枪放在她那小手里，那孩子就像一个小战士一样，紧紧地闭着小嘴。对面的母亲，响亮地笑了。

1944年

蒿儿梁

一九四三年，敌人冬季"扫荡"开始了，杨纯医生带着五个伤员，和一个小女看护，名叫刘兰，转移到繁峙五台交界地方，住在北台脚下的成果庵里。五台山有五个台顶，北边的就叫北台。这是有名的高山，常年积雪不化，六月天走过山顶，遇见风雹，行人也会冻死。

一条石沟小河绕着成果庵的粉墙急急流过。站在成果庵的大殿台阶，可以看到北台顶上雄厚的雪堆。

这几天情况紧急，区委书记夜里来通知杨医生，叫他往山上转移，住到蒿儿梁去。

他们清早出发，杨医生走在前面，招呼着担架，轻抬轻放，脚下留神，不要叫冰雪滑倒。他看好平整的地方，叫大家放下擦擦汗休息一下，就又往上爬。

刘兰跟在担架后面，嘴里冒着热气，一步一步挨上来。杨医生把她的卫生包接过来，挂到自己身上。

他的身上，东西已经不少。一支大枪，三十粒子弹，五个手榴弹，一个皮药包。两条米袋像围巾一样缠在他的脖子上。背上，他自己的被包驮着刘兰的被包。他挺身走着，山底子鞋啪啦啦沉重地响着。

"杨医生，我们的药棉又不多了。"刘兰跟在后面说。

"到蒿儿梁,我们做。"

"怎么着弄个消毒的小锅吧,做饭的大锅,真不好刷干净,老百姓也不愿意叫使!"

"这也要到蒿儿梁想办法。"

刘兰又问:

"伤号光吃莜麦不好吧?"

"到蒿儿梁,弄些细粮吃。"

"蒿儿梁,蒿儿梁!到了蒿儿梁,我们找谁呀?"

"找妇救会的主任。区委书记没说她叫什么名字,只说一打听女主任,谁也知道。"

他们顺着盘道往上走,转过三四个山头才看见在前面的山顶上,有一个小村庄。这小村庄叫太阳照得发光,秃秃的没有一棵树,靠它西边的山上,却有一大片叫雪压着的密密的杉树林;隔着山沟,可以听见在树林边缘奔跑的狍子的尖叫。村庄里有一只雄鸡也在长鸣。再绕过一个山头,看见有一洼泉水,周围结了厚冰,一条直直的小路,通到村里去。村里的人吃这个泉的水。村庄不远了。

这个不到三十户的小村,就叫蒿儿梁。

女主任去住娘家了,还没有回来,主任的丈夫,一个五十来岁的粗壮汉子,把他们安排到一间泥墙草顶的小小的南屋里,随着粮秣送来了茅柴,就点火烧起炕来。

杨纯到村庄周围转了一转。都是疏疏落落的草顶泥墙小房,家家也都没有篱笆。村里村外,只有些小小的莜麦秸垛,盖着厚雪。街道上,担水滴落,结了一层冰。全村只有一棵歪把的老树,但遍山坡长着那么一丛丛带刺的小树,在冰天雪地,满挂着累累的、鲜艳欲滴的红色颗粒。

人们轻易不出门，坐在炕上，拨弄着一盆红红的麦秸火。妇女们出来一下子，把手插在腰里，又赶紧跑到屋里去。

女主任的丈夫，在院里备好一匹小毛驴，出门去了。第二天，把主任接了回来。

到了里院，主任才从毛驴上跳下。她不过二十五岁，披着一件男人的深黑面的黑羊皮袄，紫色的圆顶帽子装饰着珠花。她嘻嘻地笑着跑到南屋里来。她的相貌，和这一带那些好看的女人一样，白胖胖的脸，鲜红的嘴唇和白牙齿。她看了刘兰一眼，又看了杨纯一眼，笑着不说话。刘兰让她到炕上暖和，她说：

"这是俺的家，我要让你们哩！"

杨纯说：

"你就是主任呀？我们把你的房子占了。"

"不要紧！"主任说，"老头子说你们来了，我真高兴。"她伸过手去摸了摸炕席说："好，炕还热。不行哩，我们这个地方冷呀！有人给你们做饭？"

刘兰说："有。"

"一会儿，我给你们搓窝窝吃，别看我们蒿儿梁村小，我搓的窝窝可远近知名哩！"

晌午，主任推门进来。她脱去了羊皮衣，穿一件破旧的红棉袄，怀抱着一大块光亮的黄色琉璃瓦，这是搓莜面窝窝的工具，她说是托人到台怀买来的。她站立在炕边，卷起袖子。搓的窝窝又薄又小，放得整整齐齐。

"好妹妹！"主任笑着对刘兰说，"我叫你头一回吃这么讲究的饭食，你离开蒿儿梁，你要想蒿儿梁哩！"

"我不想蒿儿梁，这个冷劲我受不了！"刘兰也笑着说。

杨纯说：

"你要想蒿儿梁的窝窝吃哩！"

"对了，你要想我这手艺哩！"主任笑着把手掌拍一拍。

"为什么你的胳膊那么胖？"刘兰问，"是吃莜麦吃的？"

"享福享的吧！"主任说，"这几年我是胖了，那几年，我比你还瘦哩，我的好妹子！有工夫，我要和你说一说我受的苦哩！"

夜间，主任叫刘兰搬到她新拾掇好，烧了炕的小东屋里去睡，打发她的男人，到别人家去睡了。这一夜，主任把头放在刘兰的枕上，叙说她的身世。她说：

"我家在川里，从小给地主家当丫头使唤。十六岁上，娘才把我领回家，嫁给这里，我今年二十五，男人比我大一半。他是个实落人，也知道疼我。我觉着比在地主家里受人欺侮强多了。这几年，减了租子，我们也能吃饱，又没有孩子累着，我就发胖了。"

"我问问你，"主任从枕上抬起头来，"我们的仗，又打得不好吗，怎么你们又跑到这个野地方来？"

"仗打得好。"刘兰说，"这是伤号，要找个安稳地方。"

"我就怕咱们的仗打败了！"主任长舒一口气，"我们种的是川里地主家的地，咱们胜了，他就不敢山上来，你们一走，他就派人来吓唬我。我就盼咱们打胜仗，要把川里也占了，咱们的日子会更好过哩！那时，这地，就成了咱自己的吧？"

"对了，以后，谁种的地就是谁的。"

"我想，总得是那样。"主任说，"不把敌人打走，我的命还在人家手心里攥着哩！"

"为什么？"

"我娘把我领出来，嫁给了这里。那家地主看见我出息得好了，生了歪心哩！他叫人吓唬我，叫我回去，又吓唬我的男人，说叫三亩地换了我。他杂种想算着吧！他觉着我还是那几年，给他当奴才的时候哩！"

停了一会儿，她说："妹子，我就靠着你们，把仗打好了，我们就都熬了出来。你困了吧，靠近我点儿睡，就会暖和些。"

刘兰每天的工作，是烧开水，煮刀剪镊子消毒，团药棉。这些事情，主任全帮她做，她好问，又心灵手巧，三两天，就学会了。她帮着刘兰给伤号们去换药，和他们说笑，伤员们听刘兰说，主任搓的窝窝好，就争着求她做饭，这样一来，她就整天卷着两只袖子，带着两手面，笑出来，笑进去。

在这小庄上，也还只有莜麦面和山药蛋吃。不管怎样变，也还是被莜麦面和山药蛋，不久伤员们就吃腻了，想吃点别的。杨纯到处打听，想给他们弄些白面、羊肉、白菜和萝卜吃。可是在这小庄上，你休想找到这些东西，问到那些老人，老人们说：庄子上有的东西，凭是多么贵重，我们也给你们吃；要淘换这些东西，除非是到川里。

自从添了这么七个生人，小庄上热闹起来，两盘碾子整天不闲，有时还要点上灯推莜麦，青年人要去放哨，坐探，小孩子要去送信砍柴，妇女们拆洗伤员的药布衣服，分班做饭。全村每个人都分担了一点儿责任，快乐并且觉得光荣。

整个小村庄在热情地支援帮助这个小小的队伍，杨纯不愿再多麻烦他们。他和主任商量，主任笑着说：

"你站在这个梁上想大米白面吃，那就难死了，你可以到川里去找。"

杨纯说：

"情况这么紧，怎么能到川里去？"

主任说：

"敌人都到山里'扫荡'了,川里这会空着哩,不要紧,你去吧,那里什么都现成!"

"你看,我是离不开!"杨纯说。

"离不开你的伤员,怕他们受了损失?"主任说,"你还是不信服我们这小庄子。你把他们交给我,放心去吧!"

杨纯没有答声。他不能离开这些伤员,他觉得就像那些母亲,在极端困难的时候,也不能放下那拖累着的孩子一样。主任望着他说:

"要不,你给我写个信,我去。"

杨纯说:

"那也不好。"

"你这人,这样也不好,那样也不好,你可就拿出你那巧妙办法来呀!"

"我怕你遇见危险。"

"我遇不见危险。"主任说,"就是遇上我也认了。你怕我碰上鬼子?碰上他们,他们也没办法,他们捉不住那满山野跑的狍子,就捉不住我。"

"那就让你跑一趟吧!"杨纯说。

他给川里负责的同志写了信,主任看着他把图章盖得清清楚楚,才收起来,放在棉袄的底襟里,披上她那件大皮袄,就向杨纯告辞。杨纯把她送到村北口那棵歪老的树下面,对她说:

"去到川里,见到熟人,千万可别说,咱这庄上住着八路!"

主任笑了一笑,用她那胖胖的手掌把嘴一盖,说:

"我这嘴严实着哩!"她看了杨纯一眼,接着说,"杨同志,我不佩服你别的,就佩服你这小小的年纪,办事这么底细,心眼儿这么多!"

她转身走了,踢着路上的雪和石子。转过山坡,她好像又想起了什么,转身回来,喊道:"杨同志,我们当家的病了,你去给他看看吧!"

杨纯问：

"什么病呀？"

"准是受了风寒，你给他点儿洋药吃吧！"

她那清脆的声音，在山谷里，惊起阵阵的回响。

杨纯回到家里，带上药包，去给主任的丈夫看病。他住在游击组员名叫青儿的小屋里。杨纯推门进去，老人笑着让他坐。杨纯说：

"不舒服吗？我给你带了药来。"

老人说：

"不要紧。只有些头痛，不用吃药。药很贵的，我一辈子没吃过药。"

青儿笑着说：

"哥哥吃点儿药吧，吃了药，同志也不跟我们要钱！"

杨纯爬过去，摸一摸他的横着深刻皱纹的前额，又摸一摸他的暴露着粗筋的脉，说：

"不要紧，叫兄弟给你烧些水，吃点儿药就会好了。"

杨纯给老人包出药来，青儿点火烧水。

老人说：

"一定是她告诉了你。"

杨纯说：

"你说的是主任呀？"

老人说：

"是她。黑间她来了，我说不要紧，叫她回去了。同志，她还年轻，我愿意叫她多给咱们做些事！"

停了一会儿，老人又说："同志，什么时候，我们的天下就打下来？什么时候，把川里的敌人也打走就好了。同志，穷人过着日子，老是没有个底确哩！"

青儿烧着火说：

"哥哥光担心他这几亩地，怕地主再上山来逼人。这两天，看见情况不好，就又病了。"

杨纯安慰鼓励了老人一番。

隔了一天，老人的病好了，可是情况更紧了，他和杨纯商量，在附近山里，找个严实地方，预备着伤员们转移。

吃过晌午饭，他带着杨纯，从向西的一条山沟跑下去。

到了山底，他们攀着那突出的石头和垂下来的荆条往上爬，半天才走进了那杉树林。树林里积着很厚的雪，向阳的一面，挂满长长的冰柱。不管雪和冰柱都掩不住那正在青春的、翠绿的杉树林。这无边的杉树，同年同月从这山坡长出，受着同等的滋润和营养，它们都是一般茂盛，一般粗细，一般在这刺骨的寒风里，茁壮生长。树林里没有道路，人走过了，留下的脚印，不久就又被雪掩盖。主任的丈夫指给杨纯："那边有一个地窖。"又说："从这后面上去，就是北台顶，敌人再也不能上去！"

他找着那条陡峭的小路，小路已经叫深雪掩盖，他扒着杉树往上走，雪一直陷到他的大腿那里。他往上爬，雪不断地从他脚下滚来，盖住杨纯。杨纯紧紧跟上去，身上反倒暖和起来，流着汗。主任的丈夫转脸告诉他：把你的扣子结好，帽子拉下来，到了山顶，你的手就伸不出来了。

他们爬到一个能站脚的地方，站在那里喘喘气。他们就要登上那大山顶，可是从西北方向刮过一阵阵的风，这风头是这样劲，使他们站立不稳。看准风头过去，主任的丈夫才赶忙招呼杨纯跑上去。

站在这山顶上，会忘记了是站在山上，它是这样平敞和看不见边际，只是觉得天和地离得很近，人感受到压迫。风从很远的地方吹过来，没有声音,卷起一团团的雪柱。

走在那平平的山顶上,有一片片薄薄的雪。太阳照在山顶上,像是月亮的光,没有一点儿暖意。山顶上,常常看见有一种叫雪风吹干了的黄白色的菊花形的小花,香气很是浓烈,主任的丈夫采了放在衣袋里,说是可以当茶叶喝。

薄薄的雪上,也有粗大的野兽走过的脚印。深夜在这山顶上行走,黄昏和黎明,向着山下号叫,这只配是老虎、豹。

在这里,可以看见无数的、像蒿儿梁那样小小的村庄,像一片片的落叶,粘在各个山的向阳处。可以看见台顶远处大寺院的粉墙琉璃,可以看见川里的河流,河流两岸平坦的稻田,和地主们青楼瓦舍的庄院。

主任的丈夫说:"我们住的这些小村子,都是穷佃户,不是庙里的佃户,就是川里的佃户!"

杨纯站在山顶上,他觉得是站在他们作战的边区的头顶上。千万条山谷,纵横在他的眼前,那山谷里起起伏伏,响着一种强烈的风声。冰雪伏藏在她的怀里,阳光照在她的脊背上。瀑布,是为了养育她的儿女,永远流不尽的乳浆,现在结了冰,一直垂到她的脚底!

杨纯想到:他的同志们,他的队伍,正在抵挡这寒冷的天气,熬受着锻炼,他们穿着单薄的军衣,背着粗糙食粮,从这条山谷,转战到那个山头,人民热望他们胜利。

远处,那接近冀中平原的地方,腾起一层红色的尘雾。那里有杨纯的家。他好像看见了他那临河的小村庄,和他那两间用土坯垒起的向阳的小屋,那里面居住着他的母亲。

忽然,主任的丈夫喊:"不好,你来看,敌人到了成果庵吗?"

杨纯看见,在远远山脚下面,成果庵那里点起火,他断定敌人到了那里,天气还早,敌人可能还要往上赶,到蒿儿梁。他隐隐约约听见了山的下面有枪声,那是放哨人的警号!

他们慌忙寻找下山的道路,主任的丈夫跑在前边。他们从雪上往下滑,石头和荆条撕碎了他们的衣裳,手上流着血。

杨纯心里阵阵作痛,他离开了受伤的同志,使他们遭受牺牲!

当他们跑进那通到村里去的山沟,他们迎见了主任!她满脸流着汗,手拉着跟跄跑来的刘兰!在她旁边是由蒿儿梁老少妇女组成的担架队,抬来了五个伤员。村里听见了警号的枪声,男人们全到了去成果庵的路上,(主任说,她刚回到家里,去伏击敌人了)妇女们跑来和她商量把伤员转移到那里去,她决定到这个地方来。凡是有力量的,都在担架上搭一把手,把伤员送了出来!

她们把伤员抬到了杉树林的深处,安置在地窖里。她们还抬来主任从川里弄来的粮食和菜蔬,妇女们也都带了干粮来。

主任的丈夫回到村里探消息。

夜晚,飘起雪来,妇女们围坐在地窖旁边,照顾着伤员。杨纯到前面放哨,主任和刘兰在杉树林的边缘站岗。

她们靠在一棵杉树上,主任把羊皮大衣解开,掩盖着刘兰的头。她们前面有一条小河,河面上已经结了冰,还盖上了很厚的雪,但是那小小的山溪冲激得很厉害,在厚厚的冰下面,还听到它那淙淙的寻找道路,流向前去的声音。

主任紧紧抱着刘兰。雪飘在她们头上,雪不久掩没了她们的脚;雪飘在她们脸上,但立刻就融化了。刘兰呼吸着从她的胸怀放散的热气,这孩子竟有些困倦。

主任望着前面,借着她的好眼力和雪光,她看见杨纯,那个青年人,那个医生,那个同志,抱着一支大枪,站在山坡一块突出的尖石上。他那白色毡帽,成了一顶雪帽,蓝色的大棉袄背后,也落上一层厚雪。

杨纯站在那里，尖着耳朵，听着山谷里的一切声音。不久，他跺一跺脚上的雪，从石头上轻轻跳下来，走到主任的面前说：

"蒿儿梁什么声音也没有，敌人想是在成果庵过夜了，看黎明的时候吧！"

主任说：

"要紧的时候，我们就转移到山顶上去，原班人马都在这里！"

又说："刘兰睡着了，就叫她这么着睡一会儿吧！"

杨纯说：

"你们帮助了我们！"

"我们不是自己人？"主任笑着问。

"这就叫鱼帮水，水帮鱼吧！"杨纯也笑着说。

主任问：

"谁是水，谁是鱼？"

"老百姓是水，我们是鱼！"杨纯说。

"你这比方打错了！"主任说，"老百姓帮助你们，情愿把心掏给你们，为什么？这为的是你们把我们救了出来！"

1949 年 1 月 12 日于胜芳河房

吴召儿

得胜回头

　　这二年生活好些，却常常想起那几年的艰苦。那几年，我们在山地里，常常接到母亲求人写来的信。她听见我们吃树叶黑豆，穿不上棉衣，很是担心焦急。其实她哪里知道，我们冬天打一捆白草铺在炕上，把腿舒在袄袖里，同志们挤在一块，是睡得多么暖和！她也不知道，我们在那山沟里沙地上，采摘杨柳的嫩叶，是多么热闹和快活。这一切，老年人想象不来，总以为我们像度荒年一样，整天愁眉苦脸哩！

　　那几年吃得坏，穿得薄，工作得很起劲。先说抽烟吧：要老乡点儿兰花烟和上些芝麻叶，大家分头卷好，再请一位有把握的同志去擦洋火。大伙围起来，遮住风，为的是这唯一的火种不要被风吹灭。然后先有一个人小心翼翼地抽着，大家就欢乐起来。要说是写文章，能找到一张白报纸，能找到一个墨水瓶，那就很满意了。可以坐在草堆上写，也可以坐在河边石头上写。那年月，有的同志曾经为一个不漏水的墨水瓶红过脸吗？有过。这不算什么，要是像今天，好墨水，车载斗量，就不再会为一个空瓶子争吵了。关于行军：就不用说从阜平到王快镇那一段讨厌的砂石路，叫人进一步退半步；不用说雁北那蹚不完的冷水小河,蹬不住的冰滑踏石,转不尽的阴山背后;就是两界峰的柿子,插箭岭的风雪,洪子店的豆腐,雁门关外的辣椒杂面,也使人留恋想念。还有会餐:半月以前就做精神准备,事到临头,还得拼着一场疟子,情愿吃得上吐下泻,也得弄它个碗净锅干;哪怕吃过饭再去爬山呢!是谁偷过老乡的辣椒下饭,是谁用手榴弹爆炸河潭的小鱼?哪个小组集资买了一头蒜,哪个小组煮了狗肉大设宴席?

留在记忆里的生活,今天就是财宝。下面写的是在阜平三将台小村庄我的一段亲身经历,其中都是真人真事。

民 校

我们的机关搬到三将台,是个秋天,枣儿正红,芦苇正吐花。这是阜平东南一个小村庄,距离有名的大镇康家峪不过二里路。我们来了一群人,不管牛棚马圈全住上,当天就劈柴做饭,上山唱歌,一下就和老乡生活在一块了。

那时我们很注意民运工作。由我去组织民校识字班,有男子组,有妇女组。且说妇女组,组织得很顺利,第一天开学就全到齐,规规矩矩,直到散学才走。可是第二天就都抱了孩子来,第三天就在课堂上纳起鞋底,捻起线来。

识字班的课程第一是唱歌,歌唱会了,剩下的时间就碰球。山沟的青年妇女们,碰起球来,真是热烈,整个村子被欢笑声浮了起来。

我想得正规一下,不到九月,我就给她们上大课了。讲军民关系,讲抗日故事,写了点名册,发了篇子。可是因为座位不定,上了好几次课,我也没记清谁叫什么。有一天,我翻着点名册,随便叫了一个名字:

"吴召儿!"

我听见"哧"的一声笑了。抬头一看，在人群末尾，靠着一根白杨木柱子，站起一个女孩儿。她正在背后掩藏一件什么东西，好像是个假手榴弹，坐在一处的女孩子们望着她笑。她红着脸转过身来，笑着问我：

"念书吗？"

"对！你念念头一段，声音大点儿。大家注意！"

她端正地立起来，两手捧着书，低下头去。我正要催她，她就念开了，书念得非常熟快动听。就是她这认真的念书态度和声音，不知怎样一下就印进了我的记忆。下课回来，走过那条小河，我听到了只有在阜平才能听见的那紧张激动的水流的声响，听到在这山草衰白柿叶霜红的山地，还没有飞走的一只黄鹂的叫唤。

向　导

十一月，老乡们披上羊皮衣，我们反"扫荡"了。我当了一个小组长，村长给我们分配了向导，指示了打游击的地势。别的组都集合起来出发了，我们的向导老不来。我在沙滩上转来转去，看看太阳就要下山，很是着急。

听说敌人已经到了平阳，到这个时候，就是大声呼喊也不容许。我跑到村长家里去，找不见，回头又跑出来，才在山坡上一家门口遇见他。村长散披着黑羊皮袄，也是跑得呼哧呼哧，看见我就笑着说：

"男的分配完了，给你找了一个女的！"

"怎么搞的呀？村长！"我急了，"女的能办事吗？"

"能办事！"村长笑着，"一样能完成任务，是一个女自卫队的队员！"

"女的就女的吧，在哪里呀？"我说。

"就来，就来！"村长又跑进那大门里去。

一个女孩子跟着他跑出来。穿着一件红棉袄，一个新鲜的白色挂包，斜在她的腰里，装着三颗手榴弹。

"真是，"村长也在抱怨，"这是反'扫荡'呀，又不是到区里验操，也要换换衣裳！红的目标大呀！"

"尽是夜间活动，红不红怕什么呀，我没有别的衣服，就是这一件。"女孩子笑着，"走吧，同志！"说着就跑下坡去。

"路线记住了没有？"村长站在山坡上问。

"记下了，记下了！"女孩子嚷着。

"别这么大声怪叫嘛！"村长说。

我赶紧下去带队伍。女孩子站在小河路口上还在整理她的挂包，望望我来了，她一跳两跳就过了河。

在路上，她走得很快，我跑上前去问她：

"我们先到哪里？"

"先到神仙山！"她回过头来一笑，这时我才认出她就是那个吴召儿。

神仙山

神仙山也叫大黑山，是阜平最高最险的山峰。前几天，我到山下打过白草；吴召儿领导的，却不是那条路，她领我们走的是东山坡一条小路。靠这一带山坡，沟里满是枣树，枣叶黄了，飘落着，树尖上还留着不少的枣儿，经过风霜，红得越发鲜艳。吴召儿问我：

"你带的什么干粮？"

"小米炒面！"

"我尝尝你的炒面。"

我一边走着，一边解开小米袋的头，她伸过手来接了一把，放到嘴里，另一只手从口袋里掏出一把红枣送给我。

"你吃枣儿！"她说，"你们跟着我，有个好处。"

"有什么好处？"我笑着问。

"保险不会叫你们挨饿。"

"你能够保这个险？"我也笑着问，"你口袋里能装多少红枣，二百斤吗？"

"我们走到哪里，吃到哪里。"她说。

"就怕找不到吃喝哩！"我说。

"到处是吃喝！"她说，"你看前头树上那颗枣儿多么大！"

我抬头一望，她飞起一块石头，那颗枣儿就落在前面地下了。

"到了神仙山，我有亲戚。"她捡起那颗枣儿，放到嘴里去，"我姑住在山上，她家的倭瓜又大又甜。今儿晚上，我们到了，我叫她给你们熬着吃个饱吧！"

在这个时候，一顿倭瓜，也是一种鼓励。这鼓励还包括：到了那里，我们就有个住处，有个地方躺一躺，有个老乡亲切地和我们说说话。

天黑的时候，我们才到了神仙山的脚下。一望这座山，我们的腿都软了，我们不知道它有多么高；它黑得怕人，高得怕人，危险得怕人，像一间房子那样大的石头，横一个竖一个，乱七八糟地躺着。一个顶一个，一个压一个，我们担心，一步登错，一个石头滚下来，整个山就会天崩地裂房倒屋塌。她带领我们往上爬，我们攀着石头的棱角，身上出了汗，一个跟不上一个，落了很远。她爬得很快，走一截就坐在石头上望着我们笑，像是在这乱石山中，突然开出一朵红花，浮起一片彩云来。"

我努力跟上去,肚里有些饿。等我爬到山半腰,实在走不动,找见一块平放的石头,就倒了下来,喘息了好一会儿,才能睁开眼:天大黑了,天上已经出了星星。她坐在我的身边,把红枣送到我嘴里说:

"吃点儿东西就有劲了。谁知道你们这样不行!"

"我们就在这里过一夜吧!"我说,"我的同志们恐怕都不行了。"

"不能。"她说,"就快到顶上了,只有顶上才保险。你看那上面点起灯来的,就是我姑家。"

我望到顶上去。那和天平齐的地方,有一点红红的摇动的光;那光不是她指出,不能同星星分别开。望见这个光,我们都有了勇气,有了力量;它强烈地吸引着我们前进,到它那里去。

姑　家

北斗星转下山去,我们才到了她的姑家。夜深了,这样高的山上,冷风吹着汗湿透的衣服,我们都打着牙噤。钻过了扁豆架、倭瓜棚,她尖声娇气叫醒了姑。老婆子费了好大工夫才穿好衣裳开开门。一开门,就有一股暖气,扑到我们身上来,没等到人家让,我们就挤到屋里去,那小小的屋里,简直站不开我们这一组人。人家刚一让我们上炕,有好几个已经爬上去躺下来了。

"这都是我们的同志。"吴召儿大声对她姑说,"快给他们点火做饭吧!"老婆子拿了一根麻秸,在灯上取着火,就往锅里添水。一边仰着头问:

"下边又'扫荡'了吗?"

"又'扫荡'了。"吴召儿笑着回答,她很高兴她姑能说新名词,"姑!

我们给他们熬倭瓜吃吧！"她从炕头抱下一个大的来。

姑笑着说：

"好孩子，今年摘下来的顶属这个大，我说过几天叫你姑父给你送去哩！"

"不用送去，我来吃它了！"吴召儿抓过刀来把瓜剖开，"留着这瓜子炒着吃。"

吃过了香的、甜的、热的倭瓜，我们都有了精神，热炕一直热到我们的心里。吴召儿和她姑睡在锅台上，姑侄俩说不完的话：

"你爹给你买的新袄？"姑问。

"他哪里有钱，是我给军队上纳鞋底挣了钱换的。"

"念书了没有？"

"念了，炕上就是我的老师。"

截　击

第二天，我们在这高山顶上休息了一天。我们从小屋里走出来，看了看吴召儿姑家的庄园。这个庄园，在高山的背后，只在太阳刚升上来，这里才能见到光亮，很快就又阴暗下来。东北角上一洼小小的泉水，冒着水花，没有声响；一条小小的溪流绕着山根流，也没有声响，水大部分渗透到沙土里去了。这里种着像炕那样大的一块玉蜀黍，像锅台那样大的一块土豆，周围是扁豆，十几棵倭瓜蔓，就奔着高山爬上去了！在这样高的黑石山上，找块能种庄稼的泥土是这样难，种地的人就小心整齐地用石块把地包镶起来，恐怕雨水把泥土冲下去。奇怪！在这样少见阳光，阴湿寒冷的地方，庄稼长得那样青翠，那样坚实。玉蜀黍很高，扁豆角又厚又大，绿得发黑，像说梅花调用的铁响板。

吴召儿出去了,不久,她抱回一捆湿木棍:

"我一个人送一把拐杖,黑夜里,它就是我们的眼睛!"

她用一把锋利明亮的小刀,给我们修着棍子。这是一种山桃木,包皮是紫红色,好像上了油漆;这木头硬得像铁一样,打在石头上,发出铜的声音。

这半天,我们过得很有趣,差不多忘记了反"扫荡"。

当我们正要做下午饭,一个披着破旧黑山羊长毛皮袄,手里提着一根粗铁棍的老汉进来了;吴召儿赶着他叫声姑父,老汉说:

"昨天,我就看见你们上山来了。"

"你在哪儿看见我们上来呀?"吴召儿笑着问。

"在羊圈里,我喊你来呀,你没听见!"老汉望着内侄女笑,"我来给你们报信,山下有了鬼子,听说要搜山哩!"

吴召儿说:"这么高山,鬼子敢上来吗?我们还有手榴弹哩!"

老汉说:"这几年,这个地方目标大了,鬼子真要上来了,我们就不好走动。"

这样,每天黎明,吴召儿就把我唤醒,一同到那大黑山的顶上去放哨。山顶不好爬,又危险,她先爬到上面,再把我拉上去。

山顶上有一丈见方的一块平石,长年承受天上的雨水,给冲洗得光亮又滑润。我们坐在那平石上,月亮和星星都落到下面去,我们觉得飘忽不定,像活在天空里。从山顶可以看见山西的大川,河北的平原,十几里、几十里的大小村镇全可以看清楚。这一夜下起大雨来,雨下得那样暴,在这样高的山上,我们觉得不是在下雨,倒像是沉落在波浪滔天的海洋里,风狂吹着,那块大平石也像要被风吹走。

吴召儿紧拉着我爬到大石的下面,不知道是人还是野兽在那里铺好了一层软软的白草。我们紧挤着躺在下面,听到四下里山洪暴发的

声音,雨水像瀑布一样,从平石上流下,我们像钻进了水帘洞。吴召儿说:

"这是暴雨,一会儿就晴的,你害怕吗?"

"要是我一个人我就怕了,"我说,"你害怕吧?"

"我一点儿也不害怕,我常在山上遇见这样的暴雨,今天更不会害怕。"吴召儿说。

"为什么?"

"领来你们这一群人,身上负着很大的责任呀,我也顾不得怕了。"

她的话,像她那天在识字班里念书一样认真,她的话同雷雨闪电一同响着,响在天空,落在地下,永远记在我的心里。

一清早我们就看见从邓家店起,一路的村庄,都在着火冒烟。我们看见敌人像一条虫,在山脊梁上往这里爬行。一路不断响枪,是各村伏在山沟里的游击组。吴召儿说:

"今年,敌人不敢走山沟了,怕游击队。可是走山梁,你就算保险了?兔崽子们!"

敌人的目标,显然是在这个山上。他们从吴召儿姑父的羊圈那里翻下,转到大黑山来。我们看见老汉仓皇地用大鞭把一群山羊打得四散奔跑,一个人蹬着乱石往山坡上逃。吴召儿把身上的手榴弹全拉开弦,跳起来说:

"你去集合人,叫姑父带你们转移,我去截兔崽子们一下。"她在那乱石堆中,跳上跳下奔着敌人的进路跑去。

我喊:

"红棉袄不行啊!"

"我要伪装起来!"吴召儿笑着,一转眼的工夫,她已经把棉袄翻过来。棉袄是白里子,这样一来,她就活像一只逃散的黑头的小白山羊了。一只聪明的、热情的、勇敢的小白山羊啊!

她蹬在乱石尖上跳跃着前进。那翻在里面的红棉袄,还不断被风吹卷,像从她的身上撒出的一朵朵的火花,落在她的身后。

当我们集合起来,从后山上跑下,来不及脱鞋袜,就跳入山下那条激荡的大河的时候,听到了吴召儿在山前连续投出的手榴弹爆炸的声音。

联　想

不知她现在怎样了。我能断定,她的生活和历史会在我们这一代生活里放光的。关于晋察冀,我们在那里生活了快要十年。那些在我们吃不下饭的时候,送来一碗烂酸菜;在我们病重行走不动的时候,替我们背上了行囊;在战斗的深冬的夜晚,给我们打开门,把热炕让给我们的大伯大娘们,我们都是忘记不了的。

1949 年 11 月

第四辑 村歌

村　歌

上篇　互助组

一

老邴区长和县妇救会王同志到张岗组织农民生产，住在妇女生产部长香菊家里。王同志整天去开会，老邴实际上只处理着村里的事务问题，整天忙得下不来炕。村里陈年烂芝麻的老账，都找他来解决，他觉得这也是自己分内的工作。另外，他自己是个工农干部，最害怕在群众面前讲话。他讲话准备了半天，三言两语就完了，又好发脾气；所以什么召集大会，组织识字班的事，他就乐得叫王同志去。

村生产委员会的妇女生产小组，已经组织了八组。今天又开会，王同志同香菊吃过早饭就走了，香菊临走告诉老邴给她看门。

老邴在家里，一个人在台阶上坐着看文件。

香菊家院里什么东西也没有，只有一棵枣树。旱枣潦梨，今年枣儿挂得很密，树尖上的已经全红，有的裂纹了。窗台下疏疏拉拉种着几棵扁豆，没有多少花。

香菊是贫农，老邴觉得这和自己的家里，仿佛完全一样，他想起了还在冀南老家一个人过日子的母亲。他想香菊的爹娘早早死去，一个小姑娘，还养活着一个妹妹，过这样的日子，多么艰难。

他听见咪咪的笑声。转过脸来，看见一个姑娘抱着一个小孩儿，正用青秫秸打枣，逗着小孩儿笑。这姑娘细长身子，梳理得明亮乌黑的头发，披在肩上；红线白线紫花线合织的方格子上身，下身穿一条短裤，光脚穿着薄薄的新做的红鞋。

她仰着头望着树尖，像是寻找哪一个枣儿红得透，吃着可口，好动手去梆。

那姑娘准备好一个姿势，才回过脸来。她好像早就测量好了方位距离，一眼就望到区长的脸上，笑了笑，扔下青秫秸，和孩子哼哈说笑着转身走了。

老邴看准了她的脸，她的脸在太阳地里是那么白，眼睛是那么流动。老邴想：为什么不认识这个妇女？她为什么不去开会？

那姑娘走出院，往东去了，拐进一个白梢门，又回头望了望。

老邴觉着奇怪，跟到那里看看。一进白梢门，是三间土坯北房，新糊的洒油的窗纸，镶着小玻璃镜。那姑娘在屋里脸贴着镜子，望着老邴。

老邴站在院当中，问：

"你们在这里住呀？"

"嗯。"那姑娘笑了一下说。

"你家里尽有什么人呀？"

"他们全不在家。你有事吗，区长？"

"没有事。"老邴一时觉得不好意思，要转身出来。那姑娘却爬下炕走出来，站在门台上，回身取过一个小板床，放在老邴面前，笑着说：

"区长，坐一坐吧，你轻易不到我们家里来。我有个问题，和你讨论讨论。"

"什么问题？"老邴坐下来。

姑娘没有说话。老邴看见这姑娘的脸上搽着粉，两道眉毛虽然那么弯弯的，左边的一道却只有一半，在眼睛上面，秃秃的断了。

老邴说：

"你家里的人，都到地里去了吗？"

"没有。"

"去开会了？"

姑娘的脸一红，她说：

"没有，我正要和你讨论这个问题。"

"你说吧！"老邴有些不耐烦，"你叫什么名字？"

"我叫双眉。"姑娘说。

"你们也姓李，和香菊是一家子？"

"不是，我们姓郭。"

"你们常在一处做活吧？"

"不在一处，"双眉说，"我正要和你讨论这个。我问区长，凭什么，她们不叫我参加？"

"参加什么？"老邴问。

"参加生产组。"双眉的嘴唇有点儿发白，"不是讲生产吗？我们可以比一比呀，她们一天卸一个半布，我一天卸三个，她们不叫我参加。你看看！"她一扯自己的花褂子，"她们能织这样的布？一道街上，都到我这里来淘换布样子；可她们不叫我参加。"

"谁不叫你参加？"老邴问。

"她们！"双眉的眼里噙着泪。

"她们说什么？"

"说我参加过剧团,有男女问题。"双眉的声音放低了。

"有错误,纠正了就完了!"老邴站起来想走。双眉又高声说:

"我没有问题。我问区长:什么叫流氓?"

老邴笑了笑。

"这里说得明白!"双眉跑到屋里,拿出一张报纸,交给老邴。在问事处栏里,有关于流氓的解释。

"我得叫她们看看报,她们为什么给我扣帽子!"没等老邴看完,双眉就把报纸扯了回去。

"我问区长:登台演戏算不算流氓?"

"那是宣传么,怎么能叫流氓?"老邴说。

"夜晚演戏算流氓吗?"

"那也不是。"

"出村演戏算流氓吗?出村体操算流氓?"

"不是那么个问题。"老邴说。

"什么问题?"双眉说,"她们就根据这个叫我流氓!我问区长:好说好笑,算不算流氓?赶集上庙算不算流氓?穿干净点儿算不算流氓?"

"报上说得明白,"老邴很郑重地说,"流氓主要是不生产。"

"却又来!"双眉扬眉一笑,"我一天能卸三个布。好说好笑是我的脾气,赶集上庙是我要买线卖布,穿的花布是我自己织纺的。我问问她们还能说出我什么来!"

"你家是什么成分?"老邴问。

双眉一转身就进屋里去了,走到外间,她回过头来叫:

"区长,你进来看看俺们的家。"

老邴跟了进去。外间屋一只木板床,上面放一摞大花碗,一块大案板,一条大擀杖,油瓶醋瓶盐罐,墙上挂一个大笊篱。双眉撩起西间的门帘，一条头打外的大炕一领新炕席，屋里是任什么也没有。双眉又把他领到东间，迎门就是一架顿机，机上还安着没织完的花格布，别的陈设也不多，可是拾掇打扫擦洗得明亮干净。

"你们家里有几口人？"老邴问。

"四口。"

"种多少地？"

"五亩半。"

"牲口？"

"和别人插着一个小驴，"双眉笑一笑，"区长你说我们叫什么农？"

"按地亩和人口说，你们该是贫农。可是你们生活不错吧，你家案板那样大，敢是常吃白面？"

"俺家开的是起火小店。"双眉笑了，"你没看见那头那大炕？吃的就从这里边赚出来；穿的就凭我这两只手，织织纺纺。"

"我回去和王同志谈谈。"老邴说着走出来。双眉把他送到大门外边，站了好久才进去。

二

老邴回到香菊家，王同志和香菊全开会回来了，正等着他吃饭。

在当屋放下白木桌，听姐姐支使，小二菊用水把桌面洗了一下，又拣那两个大的完整的黑碗，给王同志和老邴盛上饭。

王同志文化高，上过抗战学院，下乡来，饭量很小，可是好吃乡下的"鲜儿"。香菊特别给她预备的有：大青豆角，新刨的没长好的山药，嫩棒子——王同志叫它老玉米，小二菊一听就笑。有些东西是香菊自己地里种的，有的就是小二菊随手从别人家地里摘来。

王同志、老邴和小二菊在桌上吃,香菊端着碗坐在屋门限上吃。

老邴说:

"香菊,我今日个到一家开小店的家去了,那是谁家?"

"哪头呀?我们村里三家开小店的哩!"香菊仰着头问。

"东头路南那个白梢门里。"

"那是郭忠家。"香菊说。

"你不要到那里去吧,同志!"王同志剥着毛豆,"她家是破鞋哩!"

"我问问香菊,"老邴说,"他家那个姑娘,叫双眉的,到底怎么样?"

"很坏么,同志!"王同志啃着老玉米,"是个流氓!"

"香菊把她的历史谈谈。"老邴说。

"说起来,那话就远了。"香菊安稳地说。

"你从近处说。"老邴一看见香菊谈问题的时候那么老老实实,就笑了。

"双眉的姥姥家是拉大宝局的,双眉的娘从小就在那场儿里长大,听说小的时候就跟双眉一样,长得很好,有多少人想算着。她爹是街面一个光棍,却看准了开小店的郭忠,就把她嫁给郭忠了。郭忠是个有名的老实头,村里那些烂七八糟的人,就短不了往小店里跑,双眉的娘又是那么个不在乎的脾气,人们就说她的坏话,可是人家开的是店,那也不能比平常住家。"

"双眉哩?"老邴问。

"也有人说她的闲话,我看不准。"香菊说。

"毫无问题!"王同志说,"什么娘什么女,什么桌子什么腿!"

"过去,她当过女自卫队的队长,那时我们都怕她。可是哪一次我们也是考第一。她好胜。她也参加过剧团,剧团里黑间排戏,回来得晚,她又好说笑,好打闹,好打扮,闲话就来了。今年整组,把她撤了,那时王同志在这村里。"香菊又补充了一段。

"那是一点儿也不冤枉的,双眉横着哩!"王同志吃饱,站起来到里间屋歇晌去了。

"当时是谁提出来撤双眉的职?"老邴问。

"那是小组会上提的,听说是西头大器提的劲大。"香菊说。

"大器不是真破鞋么?"

"那倒是!"香菊笑了,"近来才听说她是叫郭环指使。郭环是大地主郭老太的侄子,他把家业糟了,年上没斗他。过去,他常往双眉家跑,在整组以前,听说双眉把他骂了出来!"

"啊,是这样一个人说双眉是流氓!为什么你们就听信?"老邴问。

"双眉也有她的缺点。她强迫命令,她瞧不起不如她的人,她说话刻薄,这样得罪的人就多了。有一个人一吹气,就刮起风来。"香菊笑了笑,站起来去拾掇桌子。

"你们为什么不叫她参加生产组?"老邴问。

"就为这个呗!她是撤过职的,人们不愿意和她成组,我们也怕影响不好,就没叫她参加。你的意见,叫她参加?"

"我的意见,叫她参加,也批评教育她。我们不能把真正坏蛋的话,当成金口玉言,把自己的人推在外边。"老邴也站起来,"你们再讨论讨论!"

"王同志!"香菊叫了一声,王同志在屋里睡着了,没有答声,"恐怕王同志不叫她参加哩,双眉当场和她顶过嘴!"

"那不是重要问题,"老邴说,"明天,你把我的饭派到双眉家去,我了解她家一下。"

"嗯。"香菊笑着答应了。

三

第二天，双眉很早就来叫老邴吃饭去。桌子放在炕上，双眉的娘和双眉的小弟弟和老邴一块吃，双眉盛饭。双眉的爹不好说话，和区长笑着打个招呼，就端着碗街上吃去了。

在她家一连吃了三天饭，老邴知道了这家人家的风俗和历史。

原来这个张岗镇是河间府通保定府的大道，事变前，村里的地主们在街上开了五六家绸缎店和两家大钱庄，造成村里无数的穷人，吸引来很多流氓。村里添了十几处赌局烟馆，在人民的生活上，也造成一种浮华和轻视正当劳动生产的风气。

那时张岗街上像唱着一台戏：街上热热闹闹，哄哄吵吵；种地的苦一年十二个月，除了直着送到地主家门的，还有拐个弯送到地主手里的，那就是经过各种摊派、经过当铺、钱庄、失盗、赌局……地主撒出粗的细的、弯的直的吸血管，扎进农民的生活，肥壮他自己。

事变以后，一场暴雨，把张岗街面上的乌烟气，打下去了。消灭剥削，就斩断了烟犯、赌徒、暗娼、偷盗的根基。绸缎庄不开了，钱庄关门，街上出现了广大的土布摊。游手好闲的人少了，大家知道劳动生产是光荣。

郭家这个小店，从郭忠的爷爷开起来。小店的历史这样长，祖父孙三代又保持着分量大作料足的卖面方针，老主顾就特别多。店门口也不挂笊篱，也不写"招待客商草料俱全"，可是每逢张岗三八大集，那些推车的小贩，担挑的匠人，就像奔回自己家里一样，来住他家的店。

郭忠是个老实人，客人也多是熟主顾。客人进了门，他有时也不打什么招呼。客人放好车子、担子，就帮着内掌柜去挑水、做饭。

四

为了叫双眉参加生产组,老邴和王同志争吵了好几次。王同志一口咬定这影响不好,批评老邴不了解情况,认识人不深刻;老邴批评她单凭印象,不从阶级关系上分析问题。最后王同志允许双眉她们单独成立一个组,这一组里,包括双眉,双眉的娘,东头说媒的大顺义,西头好抹牌的小黄梨。把她编到这么一个组里,双眉又找了老邴来,老邴对她说:

"做工作么,不能挑拣同伴。她们落后,我们帮助她们,要紧的是做出成绩来。"

"是,我要叫她们看看!"

"也不能赌气做工作。"老邴笑着说。

"区长,不要光和我讲大道理。"双眉也笑了,"这几个人管保连个会也召集不成。"

"你怎么能管保?回去你就把她们叫到一块,我也参加。"

"啊,"双眉松了一口气,"区长要参加,她们不敢不来!"

"唔!"老邴说,"要好好儿和她们商量。你有一个缺点,就是强迫命令,不要再犯这个毛病。"

双眉回去了,晚上老邴去参加她们的会。

王同志说笑话:

"邴区长是不是不好领导开会?怎么对这个模范组发生了兴趣!"

老邴说:

"唉!这是你们妇女的事,你还开玩笑!你说她们落后,难道我们的任务光是领导那些骨干积极分子?"他望望香菊,"世界上要都是香菊,我们就吃不上一斤四两小米了。"

"区长又夸奖我!"香菊正点着灯纺线。

小组的会在大顺义家开,区长一到,那几个妇女早坐在炕上围成一圈等着了。双眉坐在炕沿上,看起来很是高兴。

老邴一进屋就笑着说:

"看,你们坐的,中间就缺一幢牌。"

"区长尽揭我们的老底!"大顺义笑着说。

老邴坐在迎门橱旁一个小木凳上,望着双眉说:

"你看,到得多齐,做工作不能主观。"

双眉笑了笑。大顺义说:

"人家把我们几个落后顽固编成一组,我们越得争气,不能叫俺们姑娘现眼,栽在她们手里!"

"栽在谁手里?"老邴说,"我们都是一家人,工作做好了,大家好,做坏了大家都有责任!不能把自己当外人看待!"

"区长说得对!"双眉的娘说,"我们欢迎区长给我们讲讲话!"

大家就啪啪地鼓起掌来。老邴的脸登时红了,他站起来说:

"我不会讲话,我讲一点。张岗街上的事,我也明白了一点儿。过去,在旧社会,张岗街上坏人很多。人家说:张岗街上从这头数过去,隔一个门一个破鞋;再从那头数回来,又是隔一个门一个!这都是胡说八道!坏人是地主封建阶级造成的,他们剥削穷人,他们逼着穷人做下贱,他们又有钱,又有的玩。这群王八蛋!现在是新社会,为什么没有那些坏地方、坏人了?劳动是光荣的,赌钱是可耻的,我看谁再敢赌钱,我把他抓起来!这些坏蛋,天这么早,他不到地里浇园,他赌钱……"

老邴喊叫着。头上流着汗,拉下头上包着的手巾来回擦,吓得几个妇女坐在炕上纹丝不敢动。讲着讲着,他想起来,又发脾气了,就坐下来，笑着说：

"我一讲就着急，你们自己谈一谈吧，双眉你领导开会吧！"

说完，他站起来，出去了。

大顺义说：

"区长好大脾气呀！"

"不，"双眉说，"他和人闲说话，慢言可语，顺情顺理，可好脾气哩，他是一讲话就——"

"你看，"小黄梨说，"这才没有的事哩，叫他把我们骂了一顿！"

"各人的秉性，"大顺义说，"人家说的不都是实话吗！说咱们的吧，双眉你说吧，叫你娘们怎么着？"

"怎么着？"双眉立起身转过脸来，"就是组织起来呗！"

"咱这不是组织起来了吗？"大顺义直直地坐着笑着说，"咱这不是到了一块吗？组织起来就是叫我们这几个老婆围在炕上坐着吗——我想该还有下文。"她把嘴一撇。

"敢情要光叫这么坐着才好哩！"小黄梨也笑笑拍拍大腿说。小黄梨连牙都是黄的。

"组织起来就是叫咱们一块儿做活，大伙帮着，我给你做，他给我做呗！"双眉说。"那就是插伙着做活呗，咱们这里叫攒忙。"双眉的娘说。

"要是攒忙，还用着这么大折腾，是长年的吧？"小黄梨说。

"长年的，"双眉说，"咱们谁也不能散劲！"

"不能散劲！"大顺义说，"咱们要和他们挑战哩！"她在炕上欠起身子来。

"对！"双眉低声轻轻地说，"大娘们，咱们可得要做出个样叫他们看看，争这口气！"

五

这个组算成立起来了，第二天互助组长联席会，香菊也通知双眉参加了。

王同志带着讽刺的口吻，称呼这个小组叫"模范组"。其实在村里，在当时王同志的出心用意上，这就是一个"流氓组"。在村中小学里，有所谓"调皮组"，那是把调皮的孩子们编到一起，叫他们自相攻打，叫别的同学歧视他们，叫他们小小的心里感到孤单，有时还会自暴自弃。在村中还有落后组，那是把地主富农被斗户们组织在一起的。

双眉觉到了这一点，在会场上她那弯弯的眉毛一直簌簌地挑动。她在会上和全村认为顶棒的李三互助组挑了战，使全场的人都吃了一惊。

李三是大顺义的男人，这人是个木匠，可是除了木作活样样做得好，他还能盖房，烧窑，打磨，全梢，锔盆，锔碗，糊裱房子。他是全村最有用的人，并且脾气好，做活实落。

他这组的人包括：李大印，是长年打柚坯的小伙子；李小亮，有名的身大力不亏，做一天活回来，还要和人在场里比赛搬倒碌碡；只有一个小兴，是个高级班学生，参军以后，几天就跑了回来，光会唱歌演戏吹口琴，地里的活不通把，是生产委员会看着李三这个组太壮了，才给了他这个"饶头"。

双眉和李三挑了战，李三组里的兵马，感到有些侮辱了自己的威名。和你们挑战，就是赢了你们，还能增加多少光彩？可是李三老老实实答应了。别人说：

"双眉那组里有大顺义，李三你可得小心点……"

李三在地下磕磕烟袋，笑了笑说：

"这是开会哩,别闹。"

他们挑战的条件是:订好计划,坚持全年,带动副业,争取模范。

李三的副业是:春天打坯盖房,冬天开木货厂。双眉她们是纺线,织花布。

六

两组的生产计划都叫小兴写。歇晌时候,给自己组写好,兴儿就走到村西水坑旁边的大柳树下面,躺在那块大石板上。

这块大石板,在下雨的时候,村里流过水来,从这里泻到大坑里去。今年天旱短雨,坑里的水很浅很浑,有几只鸭子在里面搅。

这个小青年有点儿心事。原先他和双眉很好,两个人一块上高级班,一块参加剧团演戏,老是配角,两个人合演过《兄妹开荒》,也演过《夫妻俩》,两个人一上台,真是越唱嗓子越亮越高,演得越来越讨彩。兴儿参军那天,那时双眉正受了打击,还是跟在人群后面,一直把他送到村外。第二天,兴儿从城里回来看家,正赶的双眉在集上卖了一个布,就偷偷塞给他两万。

现在,兴儿想,一切都完了。自己跑回来,成了黑人,她也不愿意理他。又挑的什么战,订的什么生产计划呀!

头吃晚饭,兴儿把头上的新白毛巾箍了箍,把腰里的新皮带紧了紧。他估计在这个时候,双眉是常常站在门口的。他往东走,很远就望见双眉在那里往这边看,随着就转过身子去。兴儿慢慢走到她跟前说:

"双眉,你们不是订计划吗?"

"订吧!"双眉连头也没转过来。

"在哪里订?你们有纸没有?"

"什么也齐全。"双眉往东走。

"到哪去呀?"

"到大顺义那里去。"

兴儿跟在后面,心里有点儿火。大顺义家在村子外边,走出村去,双眉的脚步就慢了,她说:

"好好儿的你跑回来干什么!"

兴儿没有答声。

"嘿嘿!"双眉在前边笑。

兴儿想转身回去,双眉并没回头,可是她说:"走啊!"

兴儿又跟上去。双眉说:

"你为什么跑回来?你不怕丢人,你怕死!"

转过一个大苇坑,她又说:

"我要是你,我就扎在这水坑里死了!"

"你别激我!"兴儿喊。

"我激你什么,"双眉小声说,"你激得起来?你有脸箍着新手巾去,你还有脸箍着新手巾来?抽皮带,上前方打仗那才有用,那才好看;在家门口抽上那个给谁看,给谁看着生气呀!"

兴儿忍不住,他转身就往回走,他想找个地方去痛哭一场。双眉却跑过来把他抓住:

"你上哪去?和我去订计划。"

兴儿只好又跟她走。天大黑了,天上长了云彩,大顺义在喊叫她男人吃饭。

七

大顺义和李三吃着饭,双眉把她那一组人叫齐。吃过饭,李三擦擦他那连鬓胡子的嘴,往后一退,靠在被擦上抽烟。大顺义赶紧把吃饭桌子擦了擦,把灯往兴儿面前一推说:

"给我们写着吧,先生。"

"纸!"兴儿丧丧地说,从怀里掏出钢笔。钢笔不强,却装在一个非常华丽精致的钢笔套里,用一条红丝线系在身上。兴儿很快把笔套掖到怀里,偷偷看了双眉一眼。双眉背着脸坐在炕沿上,也正在怀里掏什么;她掏出一张叠好的糊窗户纸,往桌子上一扔。

"怎么订法呀?"她转脸笑着问。

"我们是这么订的,"李三说,"那就像个章程一样。先把你们几个人的名字写上。"

兴儿已经开始在那里写,他一笔一画地先写上郭双眉,抬起头来问小黄梨:

"你怎么写?"

"我怎么写,她们怎么写我就怎么写!"小黄梨说。

"你姓什么?"

"这里姓李,俺娘家姓黄。"

兴儿就写上了,笑了一笑。

"你给我写的什么?"小黄梨爬过去问。

"写的你的姓名呀!"

"你写的我叫什么?你娘的!你没有好事!"小黄梨退回去说。

"下边写上你们各人家里的地亩、牲口、农具。"李三说。

兴儿又挨个问着写好。

"你们要带动副业，"李三又说，"还得把机子、纺车、落车、落子、杼、缯，全写上。"

"纺车家家都有，"双眉说，"机子就俺们家有一张。"

"今年冬天，我再给你们组里打一张。"李三说。

"你家不是有棚缯？"双眉问小黄梨，"你怎么不报？"

"那是从俺娘家借来的，能入在这个伙里？"小黄梨说。

"什么你娘家借来的，不是你那年在集上买的？"双眉说。

"写上吧！"小黄梨说，"反正我也不还她们了，要不显着我多么自私似的！"

"还写什么？"双眉问。

李三说："你们到地里做哪些活，到家里又做哪些活！"

"到地里，无非是锄个小苗儿，卡个棉花叉儿，薅个菜苗儿，摘个豆角儿。"小黄梨说。

"耕地拉耩子，我们也去！"双眉说。

"家里有男人的，重活还是叫男人们去做；没有男人的，就你们帮助去做，或是和男组换工。"李三说。

这些全写上。李三又说：

"按上级说的，最好是计工清工，或是按季说，或是按这一畔活说，这样又清楚，又没有话说。可是俺们那组，都说大家既是合适，才组织到一块，不愿意分斤拨两的，显着薄气，又嫌麻烦。我看你们还是讨论讨论，计工清工的办法，日子长了，一家子还有话说哩！"

"俺们也不那么小气，俺们也不弄那个！"小黄梨说。

"那你们就再写上几句话在后边，这计划就行了。"

"写什么话？"双眉说，"俺们就写上咱两组挑战的条件！"

她们决定明天先给大顺义家去打棉花叉儿。

八

夜里下了一场雨,虽说不大,农民们很高兴。第二天,人们起得很早,都到地里去了。互助组们更起劲,都说这场雨是给他们助威。他们排队走着,背着大锄,光着肩膀。雨过天晴,庄稼精神起来了。大道小道,充满男男女女的说笑声音。

双眉天不亮就起来,把人叫齐,到大顺义地里去。她换上一件新裤子,地里露水很大,她卷着裤腿。走在路上,小黄梨赶上来说:

"双眉,俺家那山药该翻蔓,要不先给俺们干一天吧!"

大顺义说:

"可别,吃喝我都给你们预备下了。"

"下了这么场雨,山药不翻可不行!"小黄梨说。

"棉花不打叉,不也会疯?"大顺义出气都粗了。

"你要那么说,"小黄梨说,"不给俺解决困难?"

"谁说不给你解决困难?"大顺义说,"开会怎么讨论的?你那时还假张支,推推让让哩!下了一场雨,就不认账了?日子长着哩,像这样说了不算,算了不说还行!"

"你别教训我!"小黄梨气得脸上像又糊上一层金纸,"你要这么说,就各干各的吧,我去翻俺的山药蔓!"说完,转身就走。

"你就去!"大顺义也喊起来,"没你俺也不能不种地!"

双眉急了,她喊住小黄梨:

"别走,你回来,这是干什么呀?给我脸上不搁呀!"

双眉的娘也劝说,才把小黄梨拽到大顺义地里去。

几个人在地里拿棉花叉,小黄梨很快就到地头了,在小柳树下去坐着。大顺义满脸不高兴,一个劲拿眼斜楞小黄梨。到了地头,大顺义说:

"给人家做活,心也得出个公平,得像给自己做活一样,不能糊弄人!"

"我怎么糊弄人了?"小黄梨顶上来。

"你给俺拿净了吗?"大顺义拍着巴掌问。她两步就跑到小黄梨把着的那几个垄里去,劈着棉花看,她说:"你们来看看,这是给俺做的活,这么些叉都没拿,成心叫俺再拿一回?这组成不上来了,散了吧!"

"谁离了谁过不了呀,不成组不也是过了半辈子吗?"小黄梨拍拍身上的土,走了,双眉再也叫不回来。

在近处地里做活的人们,都望这里笑。双眉的脸红到脖颈子上,她喊:"这不是耍猴给人家看!"她直直地望着小黄梨那后影。

小黄梨走得很快,到自己地里去翻山药蔓。双眉跑过去,她娘在后面喊她:

"双眉,你可不许和人家闹!"

双眉在漫地里跑了两步站住了。她一下记起区长那句话:"你有个缺点!就是强迫命令,不要再犯。"

双眉心里很是难过,她想:"难道说,头一天就散了吗!"

她又叫了两声,小黄梨只装听不见,蹲在地里翻她的山药蔓。

"那就先不要叫她了,"双眉对组里人们说,"我们先把棉花打完!"

双眉做活又仔细又快。可是,半天她也没讲一句话,她在心里想事:"做工作是一定要碰钉子的,"她想,"你得想想为什么碰了钉子!""想什么!还不都是自私自利!""可是,"她又想,"我们的任务就是要把自私自利的人组织起来,叫他慢慢变得不再自私,你得想法!""上哪去想法呀?"她抬抬头。"看报纸?我们的报纸就告诉我们做工作的办法。""有时候,那些办法在我们这个坏村子里用不上。"她皱皱眉。"还得领着去做!比如说,我们这个组,今天为什么闹意见?

还不是为的下了这场雨,都愿意先把自己地里的活做完,多打粮食!那我就说服大家加油干,活要做得地道,又要出快,谁的地也耽误不了。"她在心里决定下来,和人们说笑着,她说:

"这点棉花,用不了一天工夫!"

几个妇女,看见双眉卖力,她们也就笑着加油!双眉说:

"咱们落后多着哩,人家苏联用机器摘棉花哩!人家那棉花,什么颜色的也有!"

"那就不用染布,"大顺义说,"这会儿颜色这么贵!"

"不是说:推碾子拉磨都是机器吗?"双眉的娘说,"到了那时,我就不用老围着磨转了,开着这么个小面铺,成天价得磨面。"

"什么时候才到人家那样呀?"大顺义说,"听说解板有机器哩!俺当家拉一天大锯,黑间就喊腰痛!"

"到那时候,才好哩,听说村里都有电影看!"双眉说,"我就是没见过电影!"

"咱这辈子,不知道赶得上不?"双眉的娘说。

"为什么赶不上?"双眉说,"那很快哩!我再考考你们:你们说毛主席号召的组织起来怎么讲?"

"组织起来,就是成组呗!"双眉的娘说,"组织起来,就是叫我们慢慢入大伙。"她高声笑了。

"对么!"双眉说,"娘说对了,学习毛主席的话,你不能光看字眼,你得往大处想,往远处看,那才是毛主席的意思。他一步一步领着我们往前走,我们的步得迈大点儿!我们加油!"

几个妇女快活地努力工作着,受着感动。她们渐渐忘记是在谁家的地里工作,她们觉得是为那毛主席指示的,大伙的幸福生活工作着。

不到晌午,她们就把这一块棉花打完了,双眉说:

"我们去帮小黄梨翻山药蔓吧!"

"她不帮人,帮她干什么!"大顺义说。

"她一个人翻不完么一块山药蔓,我们去帮她。"

九

双眉的互助组没有垮台,晚上,她们开了一个检讨会。过了几天,组里又添了两家抗属,工作更热闹了。双眉工作得很起劲。她每天看报,学习各地方互助组的经验,又给大家讲。

老邴把双眉互助组当作一个经验,叫王同志给县里写个汇报。王同志说:

"介绍个好的组吧,她们这个组没有什么介绍头!"

"什么组算好组?"老邴问。

"你不了解情况,"王同志说,"昨天晚上,村里贴了一张黑帖。"

"什么黑帖?"

"黑帖上画着一个女的,打扮得很好看,站在梢门口。远处有一个青年小伙八路军,从队伍里跑回来。人们都说跑回来的就是兴儿,站在门门的是双眉,因为门口上面还挂着一个笊篱。"

"这都是无聊,叫他贴吧!我们不要光注意这个,他挡不住我们革命!"

"可是,"王同志说,"还有谣言哩,说双眉和你有问题哩!"

"有他娘的问题!"老邴骂着。他想了想又说:"我们不管这些,晚上开会,还是介绍双眉她们的经验。同志,你记着,我们是来给穷人办事,那些人自然要反对破坏我们哩!"

这天晚上,张岗全村开生产大会,还请了邻村的剧团来演戏。

区长在大会上介绍了双眉的互助组。他要说的是互助结组，要出于自愿，要有骨干领导，要有教育批评；要计工清工；要发挥力量，提高农业技术，几个问题。可是第一个问题还没说完，他就对村里一些坏蛋，贴黑帖子，造谣破坏，发起脾气来。还是李三上去才把那几个问题讲完。

双眉站在台下。区长介绍她们这个组，她仰头听着，不断压下嘴角的笑纹。听到贴黑帖子的事，她紧紧皱着眉毛，低下头去。

晚上闷热。台上演着一出冬天的戏，一个演员穿得很厚，戴着大皮帽子，唱得又卖力气，唱着唱着满脸流汗，退到后台去了。剧团团长跑到前台来，俯着身子向观众喊：

"老乡们，我们的演员穿得太厚了，太热了，他到后台凉快凉快，请大家唱个歌好不好？"他就鼓起掌来，台下也鼓掌。

双眉走了出来。今天晚上有月亮，她顺着村外那条小道回家去。当她走到那个大水坑的时候，她听见有个人叫她。

转回头一看，是兴儿。

兴儿紧跟上几步说：

"双眉，我明天就回部队上去！"

"你有这个志气？"双眉站住脚。

"我下了决心。"

"你知道人家给我们造的什么谣？"双眉望着兴儿的脸。

"我知道。"兴儿说。

"那你就走吧！"

"我问问你，"兴儿说，"我们还好不好？"

"你还往家里跑不？"双眉问。

"我不了。到了部队上，我要好好儿学习、工作。"

"那我们还是好。你走吧。"

兴儿笑了笑就跑了,跑了两步又站住说:

"他们演的这是什么戏呀,不嫌丢人!我走了,你还是把咱们的剧团成立起来吧。我知道你就看不上他们这个戏。"

十

自从那天夜里下了一场雨,天就又旱起来。天暴晴,夜里连滴露水也没有。高粱叶子,下边几个已经黄了,上边几个一见太阳,就耷拉下来。谷,有的秀出半截穗子就卡住了,像难产的孩子,只从母亲身上,舒出一只手来。

人们的眼,盼雨盼得发蓝。李三每天半夜里,就叫起他那一组的人来,背上水斗子到井上去。

井在小亮家地里,是眼老土井。天不下雨,井里的水也不愿意长,浇不到吃早饭,水就浅了,只好停下来,等着。就像那眼前的庄稼,等着,盼着,能有些雨水,浇在它们头上,流到它们脚下。庄稼不会说话,它们盼水盼得是多么焦急!

他们每天起来,就先看天,天上还是一丝云彩也没有。有时,他们浇着园,一抬头看见天角上,长起一块黑云彩,他们就盼望着那块云彩,快快飞到头上来。他们等待那一声雷响,等待那雨淋到他们的头上。

只有他们的汗流不完,那块黑云慢慢地消散了。浇园的人从辘轳上拉下那汗湿的手巾,擦擦涨红的脸,无力地坐在井台上。

十一

王同志还是每天晚上召集人们开会。人们浇了一天园,又累又没心花。在一个大场院里,王同志守着一盏大油灯讲着,人们却四散在墙角睡着了。王同志讲起话来,至少是三点钟。等到她讲完了,走了,人们才相互叫醒,看看天上的三星,说:

"不早了,又该到地里去了!"

王同志回到家里和老邴发牢骚,有时还和香菊发脾气,说张岗的群众落后、疲沓。老邴说:

"我看眼前还是少开些会吧,人家都忙着浇地。"

"那我们就完不成任务。"王同志说。

"什么任务?"老邴问。

"我们组织起来的还不到百分之五十。"王同志说,"就是已经组织起来的这些组,不好好儿教育,我看也不巩固。"

"这几天,我们要多给他们想点儿浇地的办法。"老邴说。

老邴看出来,这些天,就是香菊也常常愁眉不展。她吃得很少,可还是照样给王同志和区长蒸些好干粮,炒点儿熟菜,她和小二菊却一口也不肯吃。这天吃饭的时候,老邴说:

"香菊,天旱了,年景不保,我们都省细着点儿,把这棒子干粮和熟菜免了吧!"

香菊笑笑说:"不在乎你们吃,你两个可能吃多少?就是这个坏老天爷和我们穷人作对,它就是不下雨,我这两天浇着也没劲了!"

老邴没有说话。吃完饭他找李三去了。王同志刚要回到屋里歇晌,大顺义赶来说:"王同志,我和你讨论个事,人们想着求求雨,叫我问问你许可不?"

"求雨?"王同志说,"经过八九年的教育,你们这里还这么落后?我们那里连庙都早拆了!"

"我们这里也拆了!"大顺义说,"可是,老不下雨,人们实在急了!"

"急了也不能求!"王同志坚决地说,"我在这村里工作,你们求雨,嚷出去,那不是笑话吗?"

"附近的村子有求的哩!"

"他们求,求他们的,我们不求。"

"那我就去告诉他们一声。"大顺义又慌慌张张地出去了。

香菊也同小二菊浇地去了。王同志躺在炕上,刚一合眼,她听见街上"哇——哇""哇——哇"地叫着,像一群小青蛤蟆在街上路过。随着,她听见有一个人吆喝:"小兔崽子们,你们还叫!王同志就住在香菊家里!"

哇哇的声音就一个个低下来,过去了。

王同志从炕上跳下来,走到街上。一群小孩子,头上围着柳枝圈,手里举着一根芦苇,拥挤着走过去了,前边的几个已经又哇哇哇哇地叫唤起来。

一群壮年老年的妇女跟在后面,小黄梨走在她们前边,托着香盘。一看见王同志出来,跟在后边的几个妇女,就从大道上闪开,退到墙根去。小黄梨也站住了。

王同志问:"你们这是干什么?"

"我们求求雨,天这么旱!"小黄梨说。后边几个上年纪的老大娘说:"同志,不让求,我们就回去吧!"

王同志问:"谁组织的?谁的头?"

小黄梨说:"王同志,谁也没组织,这是群众的意见。"

"群众的意见?群众的意见也得先通过我!"王同志说。

"你看看呐，这里边尽是抗属！"忽然有一个男子的声音，王同志转脸一看，是地主郭老太的侄子郭环，穿着一件白背心，叉着腰站在高坡上。他向那些退到墙根的老大娘们说："你们这些人！求雨有什么罪过，也值得害怕？要是不下雨，丢了年景，还不是老百姓饿肚子！"说完，就愤愤地转身走了。

"你们不要受坏蛋分子的挑拨！"王同志喊，把小黄梨手里的香盘夺过来，扔在地下。"赶快散了回家去！我看谁敢求雨，我把他送到区里！"

"你就送我们到区里去吧！"一个白了头发的老大娘，从墙根那里颤动着腿走过来，"我的儿子在前方十年了，你把他娘送到区里去，你送送吧！"

"你抗属有什么脸！"王同志也急了。

"你说抗属没脸？这是你说的！"老大娘们全围上来，指着王同志，"我们没你的脸大！你白吃了八路军的公粮了！"

王同志觉到自己说错了话，脸涨得通红。她转身往香菊家里走，那些大娘们在她身后指点着，数说着：

"你看你穿得干干净净的，你说的话正确吗？"

"不管她！"小黄梨拾起香盘，"我们还是求雨！看她能把我们怎么了！"

"求雨！求雨！"老大娘们拥着小黄梨往前走。那群小孩子们站在远处看热闹，看见奶奶们胜利了，就又排成队转过身去，哇哇地学起蛤蟆叫，往大水坑那里去了。

郭环牵着大黑驴从梢门里出来，紧紧跟在后面，对老大娘们说：

"求，求定了，三天下了透雨，我们唱大戏！区里县里，一天一斤四两米，敢情他们不着急！"

"你这是干什么去呀?"一个老大娘问他。

"我去套水车。"郭环拉着牲口,噔噔从她们身旁过去了。

十二

大顺义气昂昂回到家里,看见李三正在外间屋里锛一块木头,就问:"你也不睡会儿觉?这又是做什么?"

李三抬起头来,脸上的汗在一条条深深的皱纹里横流,用手抹一把,笑着说:

"我们组里只有一把小辘轳,一个人浇,一个人就得闲着。我们几个人又都闲不住,家里有这么点儿材料,我做一把对浇的花辘轳!"

"你给我放着!"大顺义跑过去就把那块槐木拉过来,"我还留着打纺车哩,你又做辘轳!"

李三说:

"你看你这人,天干火燎,是做纺车要紧,还是做辘轳要紧?"

"那你们还不叫求雨哩!"大顺义把木头丢在地下,一屁股坐在上面,"我看这个王同志主观劲就不小!"

"谁叫你们去求雨呀?"

"不叫求雨,你们就别叫地里旱。你们领导,你们可就领导的下雨呀!叫我说,光凭王同志这个领导,老天爷就不会下雨!老天爷看见她在这村里领导,有块下雨的云彩,也得隔着张岗村刮过去!"大顺义说。

"得自己想办法,不能干等着下雨!"李三过来拉那块木头。

"你就是不能做!"大顺义用劲坐了坐,推了李三一把,"你想往他们身上填多少东西呀?就是你这么着急,东西叫你一个人出,活叫你一个做，敢情他们便宜！"

"你填的什么东西呀？"李三问。

"什么东西？我气糊涂了，记不清了，你叫我想想，对！添了一把锄杠，是不？"

"锄杠安在你自己的锄上呀！"

"早晚不得入到伙里？"大顺义仰着头问，"那天修理辘轳架，叫你出工还不算，还使了咱五个大蘑菇头钉子，他们给过钱吗？修理水斗子，也是用的咱的材料，还有麻绳！"

"修理好了，你就不使？你家那地就不浇？"

"可是，"大顺义冷冷地说，"总是先浇别人家的，我们是做活抢在前头，沾光躲在后头！"

"我是干部呀！"李三喊起来。

"你模范！"大顺义也喊叫，"模范能当饭吃？我看今年冬天就够你过！"

"什么年月我也过来了。"李三坐在板凳上去抽烟。

"我不是不叫你做，"大顺义一下变得很和气，"我问你：天旱水浅，小辘轳还不够浇，你忙着做大辘轳干什么用？"

"那井该淘了，淘一淘，水不就旺了！"

"你该死了？我不叫你淘井！你一天价喊腰痛，激病了谁侍候你？"

"你侍候他呗！"后边有人说话。大顺义回头一看，区长来了，就笑着说：

"我呀，我不侍候他。男女平权了，我也侍候他好几十年了，该换换班了！区长，吃过饭了？"说着斜了李三一眼，就到里间歇晌去了。

李三笑着让区长坐在板凳上，走过去，拉过那块木头，闭上一只眼睛照了照，放在脚底，举起了锛，说："区长，当个干部真不容易呀！

里外夹攻,又得受群众的气,又得受家里的气!"

老邴笑了笑。

李三说:

"老百姓看得近,光愿意六月里摘瓜,不愿意二月里种子。什么事也不愿意下本钱。这几天,大伙浇着园,越来越劲小了,都说是白费力。我说换大辘轳,他们说没水;我说淘井,他们说胶泥底白淘;我说安管子,他们说安不起。我说托人到端村去买竹子,我自己学做,自己学安,可以省下很多钱。就是这样,组里人们还是不大乐意。"停了一会儿,他又笑着说,"一步一步来呗,着急不行!可是天这样旱,不着急行吗!"

"等着你做好辘轳,淘好井,安好管子,地里的庄稼也就旱光了!"大顺义还没睡着,在里间插一句。

"就为的这一年?哪年不旱,哪年不红着眼盼雨?就算今年不见功,还有来年哩!"李三说。

"等到来年?"大顺义说,"一年得不到实惠,来年看谁还和你成组!"

李三没有说话。他低下头,手扶着锨,站在木头上。他想:内当家这句话说得对,得不到实惠,这互助组,就很难巩固。

"你不要灰心呀,老李!"老邴说。

"我不灰心。"李三抬头,又举起锨来,"我是怕别人灰心。"

"就按照你的计划一步一步做,我帮助你。"老邴说,"要紧的是我们不能泄气,越困难,我们越要猛干。什么时候淘井,你告诉我一声。"

十三

起了响,李三和他那一组去淘井。双眉听说了,也把她那一组调过来帮着浇水浇泥。她对李三说：

"三哥，我们帮你们淘，你也得给我们淘淘。你做好了大辘轳，把小辘轳给我们。"

男女八个人到了井上，李三头一个下井。他说：

"这井我知道，年久了，我下去看看。要有危险，你们就不用下去。"

大顺义仰头望着他说：

"你上点岁数了，又好腰痛，就叫他们年轻的下去吧。"

"怕什么？"李三笑一笑，坐在斗子上把着绳下去了。

双眉和大顺义浇泥浇得满脸流汗，大顺义恨不得一下把井里的泥淘完。她对双眉说：

"好侄女，我们卖点儿力气，快着浇，你叔好腰痛呢！"

"他不是刚和你吵过架，你还这么心疼他？"双眉笑着说。

"打了骂了，也是心疼他呀！"大顺义笑着，她不断地探着身子向着井里问：

"有闪失没有？"

"没有，快浇！"李三在井里喊。

人们在井台上说着笑着，换班浇着。不到天黑，把井淘完，水长得很好。李三提议：就着把小亮的地也浇了。大家全高兴叫着"三哥"。

大顺义先回到家里，给李三煮了热汤面，叫他吃了早些睡觉。她躺在他的身边，用一把破蒲扇给他扇着蚊子。她说：

"你累了吧？"

李三闭着眼没说话，她又说：

"这样一淘，我看水长得很好。明天，你们再换上花辘轳对浇，我看咱那块小晚谷准长好了！"

"还要下上管子。"李三似睡不睡地说。

"还叫我们帮着下吧,我们也不少做活哩!"

"得叫你们,下管子很费力气!"

"我刚才听见说,别的组,看见我们淘了井,出水出得好,他们也张罗着要淘哩!他们说也要安管子,也求你帮着做哩,你有那么些工夫吗?"

"怎么没有!少歇会儿就有了。全村的生产弄好了,叫人们闯过这个灾年,比什么也好。"李三笑一笑说。

"过了这阵子,"大顺义说,"你得给我打个纺车!"

"给你打,谁说不给你打呀!"

"过了大秋,你还得给我们组里打张机子。双眉她们,都说叫我抽空求求你哩!"她笑着把头扎在李三的胳肢窝里。

李三在睡梦里喃喃地说:

"快睡觉吧,明天还要早起。"

"你睡吧,我不麻烦你了!"大顺义拉过被单盖在李三的身上,自己也睡着了。

她睡着,大声打着呼噜。她做了一个梦,梦见李三从井里淘出很多东西,里面有李三使用的洋锯洋刨,有她使用的洋机子和洋纺车。她坐在井台上试一试,那纺车转得是那样快,出的线是那样匀,那样细,双眉她们围着她跳着笑着,夸奖着。纺车转着,变成了大水车,水像瀑泉一样涌出来,流到她家那块小晚谷地里去;小晚谷一喝水,立时抬起头来,在风里摇摆着,小晚谷变成一群小孩子,穿着花红柳绿的衣裳,打着花棍扭秧歌。孩子们也围着她跳,也围着李三跳;她抱起一个男的,李三抱起一个女的。她凑近李三说:我们都是四十开外的人了,还没有一个孩子,我们就要了这两个小孩儿吧!

她睡着,把一只胖胖的胳膊放在李三的胸膛上。

下篇　复查以后

一

土地改革的复查工作传达到张岗。经过诉苦，农民们行动起来，是阴历七月十五。高粱全晒红米了，漫地一片红。敲打着锣鼓，农民的队伍，从村里出来，绕过大水坑，先到郭老太的四十亩水车园子来。

这一套红漆牛皮大鼓，一直在家庙的西厢房里叫尘土漫封，农民不能随便动用。抗战以来十多年，还保留了这个习惯，村剧团只能敲那套小的。这一天，大会开过，一个农民提议：把家庙的门开开，把鼓拿出来，我们敲敲。十几个人跑去了，怀锣抱鼓，把全套家伙拖出来，在太阳地晒晒，大鼓的声音是震天的焦响！

人们喊："欢迎双眉来指挥！"

双眉从斗争大会上下来，通红的脸上流着汗，手里提着一根粗粗的青秫秸。她跑过来，就用青秫秸指挥。她说："一，二，将军令！"

大鼓敲起来，这是胜利鼓！

大鼓走在前面，双眉的花褂子，汗湿透了。两旁的艳红的高粱穗，一低一扬，拂着人们的脸。大鼓的声音，震得那珊瑚珠一样的高粱粒实，簌簌下落；落到地下，落到人们的头上、脖子上。

男人们把褂子脱下来，卷一卷，斜背在肩上。

复查从山地里一开始，消息很快就传来。那时天还很早，地主们把水车停下来，叫庄稼旱着。七月半，下了透雨，草也不除。现在，郭老太这块四十亩水浇支谷，野草齐到谷子的脖里。可是，谷子还是很好，沉甸甸地弯下来，在太阳里闪着金光。

一个农民在地头上插上一块牌子，上面写：贫农组没收谷地四十亩。

他喊了一句:"这地是我们的了!"人们一齐喊!大鼓更响了,好像是土地自己发出来的声音。

队伍奔东去,在每块应没收的土地上,插上牌子。天晚了,太阳在一大块红云里滚动着。

大平原的田野,叫庄稼涨满,只有在大平原上才能见到的圆大鲜红的太阳,照着红的高粱、黄的谷、正在开放的棉花。一切都要成熟。红光从大地平铺过来,一直到远远的东方去。

双眉倒转着身子,指挥着大鼓,从村东的大道回村。在村口,大鼓的声音更激烈,农民们奔着地主的家门跑去,地主们仓皇从家里走出来。农民告诉他们:你们什么也不许动!

农民们激动、紧张地度过七八两个月。李三当选了全村贫农总代表,双眉成了张岗妇女的领导人。从地主富农斗争出五顷地,全要收割,村里成立了秋收大队,双眉是妇女大队长。

二

每天,双眉摸黑集合妇女们下地,天很晚才收工。人们回到家里胡乱吃点东西,双眉又在月亮下尖声吹着哨子,集合人们开会了。

"选了这么一个大队长,连叫孩子吃口奶的工夫都没有了!"一个妇女扔下孩子,结着怀里的纽扣走出来,"她一个姑娘家,敢情干净利落,也不替别人想想!"

前边一个妇女答了腔:

"连撒尿的空都没有。到家里,脑袋放不到炕沿上,就睡着了。有两个月没和俺当家的说句话了。"

地主们开始破坏庄稼。他们削毁那还没有灌好粒实的高粱和谷子,偷窃成熟的,他们掘出还没长好的山药,拔走花生,踏倒棉花。

武委会的人们,夜晚背上枪,到地里看青。

双眉有一支小檄枪。这天晚上,她到没收的郭老太的地里去。她远远就放轻脚步,拨开两旁的庄稼,不叫它哗啦哗啦响。她看见有一个黑影,从谷地里站起,手里有一弯放光的东西,在空中一闪。她听到削倒谷子的声音。她跑了过去,喊:

"谁呀?"

那黑影立时蹲了下去。当双眉跑到地头的时候,那黑影站了起来,是郭老太那老头子。老头子四处张望一下,说:

"双眉吗,就你一个人?"

"就我一个又怎么样?"双眉说。

"我说就你一个,我就不害怕。"老头子阴森森地笑了。

"你为什么削我们的谷子?"双眉说。

"削你们的谷子?你们的谷子?"老头子狠狠地说,"这是我的谷子!我全把它削了!"

"我看你削削试试,你再削一棵!我把你送到代表会去!"

"不要吓唬我,双眉,不管怎样,我们还是一姓一家,我还是你的一个爷爷!"

"你是谁的爷爷?"双眉尖声问,"你是地主,我是贫农,我们不是一家子,你不要和我拉近乎。"

老头子无力地坐在地下,他说:

"就算我们不是一家子。我也不敢高攀,我求求你们,叫我收了这一季谷子,不行吗?"

"你凭什么收割?这地是你剥削来的!"双眉说,"我长了十八岁,没见你摸过镰把锄柄,今儿个是头一摸!只在破坏我们的庄稼的时候,你才抓起镰来!"

"你们不要赶尽杀绝!"老头子忽地站起来,镰刀在他手里抖颤,像伤了鳞的鱼,"我和你们拼了!"他转过身去,向谷子乱砍一阵!

"停下来!"双眉把背在后面的枪冲着老头子一扬,"你再砍,我放枪了!"

随着就往上一举,砰!

听见枪声,一大群农民跑了来,把老头子带到武委会去。

回来的路上,双眉和李三走在一块。月亮升上来,田里流着一股热气,通身燥热。

双眉说:

"这一天过得真热闹,这么晚了,还有一出戏。"

李三说:

"我们没有到战场上打过仗,今天算看见阵势了!你看人们从村里敲着鼓出来,那股劲!就有一座山挡在前面,也冲倒了!"

"要成年过这样的日子才快活!三哥,我今儿个心里像着了火一样。"

"到了这个时候,谁也沉不住气了!"李三也笑着说。

"三哥,我和你要求一件事!"双眉低声说。

"什么事?你说吧!"

"我要求入党,我要好好儿干一场,你介绍我吧!"双眉扬着手,好像要到天上摘下什么东西来。

她唱着歌:

七月里来呀高粱红,

高粱红又红;

姐妹们呀
集合齐了,
开大会呀
来斗争!
姐妹们
诉苦呀
泪双流。
拾庄稼
不敢走
你家的地边头;
穷人们
携儿抱女
风吹日头晒,
你家的
大小姐
不用下炕头!
七月里来棉花开了花,
你家穿罗又穿纱;
拾你一朵棉花,
挨死棍打。
那时候
你不认咱是当家……

三

好容易把庄稼弄到场上,就开始分果实。刚分了一部分红货和衣裳,县里就来了指示,停下来。老邴和王同志也回县去了。代表会把粮食、红货、衣装,点清入库封存,成立了保管股,李三是负责人。

保管股设在大三班的宅院里,这是一所大庄院,紧靠村南。这里原先是并排三处宅子,都是五进卧板灌灰砖房。东边的两座日本鬼子拆去修了炮楼,旁边的大场院、碾磨棚、长工屋,也倒塌了不少。

现在,只留下了这一座。前两进的正房和偏房,全盛满了果实。过厅里是账房和伙房。第三进是木料和农具。

在保管股睡觉的,有原先给地主管过账的侯先生,衣服布匹保管李双进,牲口车辆保管郭老改是扛了一辈子长工的老光棍,还有做饭的小黑,过去也侍候过地主家。

第一次分果实,双眉分了一个小红漆方凳,一件紫色丝绒旗袍。她对这两件果实,非常满意。她说:东西不多,是个提念。她把小凳擦得透亮。这件旗袍,只要她知道谁家的姑娘要娶,就自动去说:

"我借给你件衣裳,是胜利果实呀,颜色好,穿上也吉兴。"

她又要成立剧团。按照本村复查斗争的真人实事,她编了一个剧本,把自己编进去,当主角。每天晚上找了过去剧团里那些人,在保管股的大过厅里练习。

过厅里可以容二三百人开会,李三说,到了冬天,就在这里开识字班。现在每天晚上,双眉拿一个大黑碗,叫小黑从大油缸里舀上半碗花生油,点着,和人们排戏。村里的人,吃了晚饭,也都凑到这里来。

小黑点上灯,顺便就对人们说:

"双眉就是行,能文能武。斗争地主,是好样的;你说文化娱乐吧,又能编能唱！"

双进也跟着说：

"就是男人，有多少比得上？你看戏词，你听唱腔，从小又没坐过科，真是天分！"

唱到夜深，碗里的油干了，灯花干爆，人们还不愿意散。有的说："小黑！去添油，大伙里的东西，斗争出来的，咱们不点小灯！"

李三从院里慢慢走进来，说：

"乡亲们，天不早了，散了吧！"

"可不是天不早了，该回去睡觉了，明天还有明天的工作哩！"人们说着走散了。

李三过去坐在方桌旁边，在油灯上抽着烟，看见双眉卷起剧本要走，就说：

"双眉，坐一会儿，我们谈谈！"

双眉远远站着，满脸不高兴，哑着嗓子说：

"我知道你对我有意见。"

"有意见。"李三笑一笑。

双眉走过来，把灯拨了拨，去添上点油，说：

"我就不明白，演演戏，唱唱歌，算什么毛病！"

李三说：

"我是说不该在这个时候，整宿隔夜地在这个地方演戏。眉，你知道这是个什么地方。屋子里，我们放着三百个包袱，足有三千件衣裳，这是全村农民斗争出来的东西。你知道，斗争并不容易。你听过人们诉苦，这些包袱里，不是地主们的衣囊，里面有我们的汗，也有我们的血。老一辈的苦处在里头，下一辈的好光景也在里头。你说地主富农甘心吗？每天夜里，我总捏着一把汗，在这宅子周围，不知道要转多少趟。这责任过重，人家扔进一根洋火来，就毁了我们。万一出了事，我们对不起全村的农民，更对不起上级。"

双眉望着灯花，她说：

"三哥，你看着我不行，那就算了。我觉得在斗争地主的时候，我还不赖！"

"你敢说敢做，这一点比我强十分。"李三说，"这是你的大长处。可是在后一个阶段，你又犯了过去的毛病！"

"什么毛病？斗争地富是毛病？走在前头，站在前面是毛病？"双眉盯着李三。

"就是妇女们对你有点儿意见。"

"群众对我这人总有意见！这我早想通了，那不怨我，那怨她们落后！"

"眉，我们说个笑话。就说那些日子你手里提的青秫秸吧，捉着那个有什么用？"

"有什么用？你说有什么用？在斗争大会上，我拿它训教那些地主富农；在地里训教那些落后顽固队！"

"可是，我看见你带领妇女大队，手里也是捉着那个家伙。"

"我没有打过农民！"

"我见过你把青秫秸指到小黄梨的鼻子上。"李三说，"一举一动都要分个里外码才行！"

"那是我一时性急。"双眉低头笑了。

李三说：

"经过斗争，群众的认识提高了，多数的，并不比我们落后。我们再欺压他们，他们会找机会训教我们。"

"就是为这个，我和你提的事，不能解决吧？"双眉问。

"不全是为这个。这些日子事情多，支部还没讨论。"李三严肃地回答。

"说句实话，三哥，我觉得我在工作上，比起你们里面一些人，并不弱！"双眉扬扬眉毛。

"不能那么比。"李三说，"里面有些人，工作能力小，可也是在里面受了八九年的教育，经了考验。我们要常想到别人的长处。你就是净看着别人不如自己。"

"就凭这次复查，我自己觉着就够入党条件。"双眉说。

"不能抱着功劳来入党。党会注意到你这些功劳。最近我们要讨论一下你的问题。刚才我们谈的不要在这里演戏的事，怎么办？"

"不演就不演吧，我听三哥的。"双眉站起来，"可是我有时间自己练习练习，你可不要管我。"

"别引逗很多人来就行了。"李三说，"还有，把你们的互助组拾掇起来。"

"什么互助组？"双眉说。

"我们的互助组。我们不是挑过战，要坚持全年吗？"李三说。

"哎呀！"双眉笑着，"我们不是有了秋收大队，还要那个小互助组干什么使？"

"秋收大队是临时的。"李三说。

"拖拖拉拉干什么呀，赶紧入了大伙算了！"双眉说，"秋收大队多醒脾，一声哨子吹，人们就到齐，又好领导，又没意见。想起那个小互助组，就叫人头痛，满共不到四五个人，鸡一嘴，鸭一嘴，事情还是满多！"

李三说：

"秋收大队，为的是不叫庄稼烂在地里，秋耕种上麦子，那些日子，我们正在斗争,力量组织得越整齐越大越好。以后,地要分,粮食也要分,明年春天,还得是互助组。"

双眉不耐烦地说:

"不分就不行?我就不明白,为什么走一步又退一步!已经走出村去了,又退回炕头上去,有这样的理?以后反正是要集体吧,现在已经集起来了,东西在一块,人也在一块,大锣大鼓也敲过了,又要哼哼吱吱吹细乐了!油干了,三哥,我们明天再谈!"

四

她刚下台阶,就和一个提着雪亮的马灯的人撞了个满怀。

"谁呀?这个冒失鬼,撞洒油了!"提马灯的是牲口车辆保管郭老改。

"你这是干什么,慌里慌张?"双眉笑着说。

"双眉呀!我当是谁哩,咱们有了大喜事。"老改笑得合不上嘴,"咱那小牸牛要添小牲口了,咳!就是身子弱,不准好添。小黑!"他冲着过厅高声喊叫:"快起来!"

"我去帮着你!"双眉双脚跳着,"我们又多一个小牛了,我就待见小牲口。走!别叫他了!"

她拉着老改跑了出去,屋里的人们也听见了,跟着起来,明灯火仗跑到牲口棚里去。

直闹到天快亮,小牛才添下来。

第二天,支委会上,李三提出双眉入党的问题。七个支委有三个不同意,一个不表示意见。不同意的说:

"咱村的党也成立九年了,她很早就参加了工作,人们也想把她吸收，就为她这个作风，实在没个分寸。群众对她有意见。"

李三说：

"打春天受了批评，参加了互助组，也总算好多了。一个女孩子，咱们说的：从小呼吸着新民主主义空气长大的，也不能叫她像我们这些上点儿岁数的人一样。群众对她有意见，有时也是群众们的老理。我们看一个人，要从他的立场上看，工作上看。按工作说，成立了互助组，双眉的工作不错。在立场上说，这次复查，她不顾情面，斗争积极，带动大伙。那些日子，我们都觉着少不得这样一个人，就好比出兵打仗，这是一员闯将。我觉着可以讨论她的问题。"

副支书说：

"不好办。这个人好反油。春天批评了一下，好些了；这些日子，一当秋收大队长，又闹起来了。"

李三说：

"一个人总有一好，好唱歌唱戏也不是什么毛病。脱离群众的缺点，我给她指出来了，好好儿帮助，她可以改好。"

"有些地方实在不成话！一个十八九岁没出门的大闺女，黑更半夜，跑到牲口棚里，帮助老改去接小牛！这个作风，我怎么着也看不惯！"另一个支委气愤愤地说。

别的支委全笑了，李三说：

"这不是原则问题。"

最后算拧拧支支地通过了：交小组讨论双眉的组织问题。

五

支委会散会出来，李三来到街上，看见大庙跟前围了一大群人，小黄梨在里面指手画脚大声喊着。

和她对吵的是牲口车辆保管老改。泥洼里翻倒一辆大车,一条牛卧倒在乱泥里。走近一看,是昨天晚上刚下了小牛的那条牸牛。

老改气得浑身乱动,追着小黄梨:

"走!走!咱们到区上去说。"

小黄梨一边躲闪,一边喊:

"你这个穷光棍,你拉扯我干什么!有话,你站远点说!"

老改喊叫:

"乡亲们!这不是乡亲们都在这里!你们看看这辆车,这是五班那辆头号大车,空车也要四套才拉得动,她把这小牛套上!这牛,这两个月,人们光使不喂,弱得不行,到了月,小牛都养不下来。我们忙了一宿,才保住了大牛小牛的命。你单把它套出来!你成心吃牛肉是不?"老改狠狠地指着小黄梨,"你添了孩子,也得在炕上坐个十天半月;牛,不会说话,它,就不是性命?"

"你放屁!你满嘴喷粪,你这个穷光棍!你一辈子娶不上媳妇,把牛当成至亲!"小黄梨拍手骂着。

"我是穷!"老改说,"眼下穷人并不下三烂,你是地主!"

"你是地主!"小黄梨喊,"你不要出口伤人!"

"还有这车!"老改指着掉下来的一个车脚说,"人们光使不拾掇,有两月没抹过油,干磨,风吹雨洒,现在网也裂了,瓦也脱钉,我看你们使个蛋!"

"你不叫人们使,你放着它下小的呀!"小黄梨在做防御性的进攻。

人们说:

"别吵了,这不是三哥来了!"

李三赶紧和人们把车辕抬起来,把牛卸下;叫人们把车脚安上,赶到院里去。他说：

"再吵一会儿，就把牛压死了！乡亲们，这牛和车不是咱们的东西吗？"

老改拉了半天，才把牛拉起来，牛站了好几站才立定。老改二话不讲，怒气冲冲牵着牛走了。

他把牛拉到了保管股的牲口棚里，长长的槽口全空着，牲口都借出去了。只有那小牛躺在街角晒日头，不知谁给它脖里缠着一条长有四尺的红绫，有一头在地上曲卷着。

老改正在奇怪，他看见双眉在槽那头走过来，手里端着一个漂亮的小铜锅，没有看见老改。

"来！喝了这点米粥！谁知道老改把你娘弄到哪去了哇？"她对小牛说着，抱着小牛的脖子，叫它喝粥。

老改站着不动。双眉又说：

"你还不喝？你这饭碗不错吧？这是二举人熬燕窝的家伙哩，咱没见过燕窝，咱拿它来叫你喝粥！"

老改偷偷笑着。老牛看见了小牛，叫着跑过去，老改牵不住，才暴露了目标。

双眉看见了老改。老改擦洗老牛身上沾着的污泥，指着小牛说：

"谁给它脖子里缠上那个？"

"我呀！"双眉笑着说，"不好看？"

"哪里找的绸子？"

"保管股要的。"

"好看是好看，就是可惜了儿的。"老改说。

"别那么小家子摆式了，"双眉说，"牛是我们的胜利果实，小牛添在保管股，又是一件大喜事哩！"

六

晚上,人们又来看排戏。一进保管股,看见过厅里黑洞洞,没有双眉,人们就回去了。大顺义和小黄梨也来了,出了保管股的大门,大顺义说:

"戏是看不成了,咱们去看老改吧!听说他那老牛添了一个小牛,老改像侍候坐月子的,把大人孩子全打扮得像新媳妇一样!"

小黄梨说:

"你去吧,我不去,白天我才和他吵了架,那么没昂气?"

"唉,"大顺义拉着她,"咱们多会不和他争争吵吵,记恨这些还有完吗?听说老改这些日子,分了点东西,手里很富裕,想寻个人儿,咱们去探探他的口气。这个年头,人们手里全有些尺头,说成了,比纺一集线子不赖!"

小黄梨就跟她去了。

一到老改住的小南屋,只点着一根熏蚊子的蒿绳,没有老改。大顺义给他把灯点着,两个人在屋里坐了一会儿,又端着灯出来,看见那老牛闭着眼卧着,小牛爬在怀里睡着了。小黄梨拉拉那小牛脖里的红绫子说:

"真糟年景!你看拿回去,过年给小孩子们做个帽子,多好看。"

正说着,老改提着一个马灯咕咕地回来了,后面还跟着一个人,不认识。老改问:

"谁们?"一看见是小黄梨,他喊:"啊!你干什么?你又来刨治它们!你想偷我的红绫子!"

大顺义站起来说:

"你这个兔子!狗咬吕洞宾,不识好歹人!我们给你解决困难来了!"

老改说：

"我有什么困难，叫你来解决？"

"我们来给你说媳妇来了，官还不打送礼的，你倒撑起媒人来了！"

"顾不上！牛病得快死了，"老改愤愤地说，"你死了到阎王爷那里去告一状，叫她来个眼前报！快走！快走！"他推着小黄梨，"再不走，我就叫武委会了！"

小黄梨和大顺义赶紧跑出去。

老牛回来就不吃草。老改到大官亭去请来一位兽医，这位兽医在这一带是很行通的。老改给三班扛活的时候，常套了轿车或是备了走马去请的。这天，老改去了，正赶的兽医有事，又见老改走着去请，就说没空不能来。老改说：

"我喂不起牲口，当真是我的牲口，死了就死了！这是贫农组的牲口，又有一个小牛，无论如何请你走一趟！"

兽医一听是贫农组的牲口，就说：

"那没说的！我有多么要紧的事，也得放下先去瞧牲口！"

老改又说：

"论说我们张岗贫农组的牲口可不少，车辆也多，全借给农民去秋耕地了，只好屈你走一趟！"

兽医说：

"天下农民是一家，现在不能像过去。过去是给地主财东做事，现在是给咱们穷哥们服务，再不能拿架子摆谱！"

来到槽上，兽医翻开牸牛的眼皮看了看，又摸了肚子，掏出舌头看了。问了问情由，就摇了摇头。老改心里凉下来，就问：

"先生，你看还有治没治？"

兽医说：

"开个方试试吧,不准见效。"

老改领他到了账房,开了药方,也顾不得送先生,就到药铺去抓药。这里管账的侯先生原和兽医认识,叫小黑烧火沏茶。又问:

"大官亭那边的牲口怎样?"

"情形差不多!"兽医说,"因为牲口还没分,没确定所有权,人们只知道瞎使,不结记喂饮。其实牲口这玩意儿娇气着哩!它的生理和人一样,哪里照顾不到,也容易出毛病。再说医治牲口,比起人来还难。人会说话,饥思食,渴思饮,你不给他,他自己会说,会要会找。牲口不会说话,要全凭人去照顾,这就难了。可是人们不想这个!"喝了两口茶,又说:"这还得教育,人们的自私自利劲还是不小。——这茶叶不错,这几年敌人封锁,很不容易喝到好叶子,这也是果实吧?"

又说了几句闲话,兽医才告辞走了。

老改到药铺抓好药,回来叫小黑熬好,帮着灌下去;他又守了一夜。

七

第二天早晨,牸牛才慢慢倒嚼了。老改还是气不忿,找了李三去,叫他开个会,批评小黄梨。

李三召集代表们商量一下,都主张晚上开个会。各个代表回去,分头分街通知了小组长,小组长又通知了各个户,说晚上在保管股过厅里开会。

吃过晚饭,李三先到会场,找好几个油灯,添上油点着。跟着进来一个老大娘,手里拄着拐杖,吧嗒吧嗒响。

李三笑着说:

"这老大娘倒积极!"

老大娘望着李三说：

"我这积极是真积极，你该给我登登黑板报。从六月底，咱们就白天一个会，晚上一个会，你说我哪次晚到过，早退过？我纺着线，一听见说开会，放下就来，不打误阵。风雨无阻，不怕黑道。我净说：家里多么忙，也不如大伙的事情要紧。开开会，听听章程，心里多么明白。我就不喜欢那样，开会不到，会开完，遇到要分东西了，才东打听，西打听，光怕自己吃亏！意见又多，会上吞吞吐吐不说，四下里张扬！像这样的人，你也该批评批评！"

说得李三笑了，老大娘又说：

"你说我说的这是真理不是？正确不正确？"

李三说：

"是真理，正确。"

慢慢人到齐了，坐着的站着的。姑娘们在一块，特别她们那里嚷嚷得欢，又欢迎双眉唱歌。双眉望着李三那里挤眼，姑娘们说：

"三哥呀？他老好了一辈子，怕他什么？"

李三站在一张桌子前面，旁边坐着贫农组的秘书。秘书翻开花名册挨名叫着，人们报着"到"。不到的，小组长赶紧派人去叫了。

李三说：

"现在开会，各组的人往·块儿凑凑吧，回头还要讨论哩！谁先说说？"他回头望着代表们问。

"三哥念叨念叨吧！"代表们说。

"我就说说。"李三转过身来，"今天开会，是为咱们贫农组的牲口和车辆的事。这些东西，是咱们农民斗争出来的。这不是地主的东西，这是咱们祖祖辈辈给地主当牛马，拿血汗换来的。现在咱们从他们手里要回来自己使唤。以后是要确定所有权的，现在因为地还没分，先借给大家用着。可是有的人不知道爱惜它,都说:往后还不知道分的谁手里。牲口也不喂,狠死地使,咱们的牲口全弱了,车全坏了。这样下去,损失完了,还是咱农民吃亏,也叫地主们看咱的笑话,叫群众对我们不满意。我们都是辛辛苦苦的农民,我们都知道爱惜东西,就是有点儿落后。拿到手里,抱在炕上,才叫自己的东西。其实,现在什么不是我们的?代表会是我们的,区级县级是我们的,前方打仗的战士是我们的,我们都要爱惜他们。你们说对不对?"

"对!"人们喊着。最后是谁喊了一句:"对极了!"

李三接着说:

"就拿小黄梨使牲口吧。不经过保管就牵牲口,单挑了那个犍牛,又不会使牲口,牛勾槽歪到牛脖子下面,差一点儿没把个犍牛送了命。车轴的辖掉了,也不看看,就套出车去,闹了个人仰马翻!也不只是她一个人,别的人也要检讨检讨。昨天晚上,我们内当家的,犯了老病,不在家里纺线,跑去给老改说媒。我在家里批评了她,我想了想,也该在这大会上提出来!"

人们哄地笑了,乱拿眼找大顺义。大顺义冷不防李三给她来这么一手,早臊得缩到桌子底下去了。接着各个代表补充。然后就分开小组围着灯讨论,各个代表分头掌握。

大家的意见说完了,各个代表小组长在一块儿凑了凑,就由李三做结论说:

"各组讨论的办法是:按地亩自由结组,把牲口车辆先分配下去,这算是个草稿,以后确定所有权,变动也不大了,大家安心喂养牲口,使用车辆。各组选个组长,牲口喂坏了,车损坏了,由他负责;谁坏的,就不确定给他所有权。各代表还要就近检查。各头竞赛。"

八

把牲口车辆分配下去，村里事情少些了，李三有时就去照看照看他那互助组开办起来的木货厂。和他们刨树，拉锯解板，垒炭窑。他和伙计们说：

"今年我们烧炭准赚。煤过不来，附近大官亭、苌刘庄都住着伤兵医院，冬天炭总是要用的。"

大印说：

"听说要平分了，咱这厂子弄半天，还不准怎么着哩。"

"什么平分？"李三问。

"你还是头目人，消息还不如我灵通。区里发下报纸，上面说要平分，每人一份，一份三亩地儿！"

"那报哩？"

"又收回去了，我也没见。是秘书和我说的，他说不叫对外人讲。"

小亮蹬在架子上和全福拉着大锯，听见说就停下来，用手背擦着脸上的汗，问：

"什么也平分吗？"

大印说：

"平分吗，可不就什么也分！上级准是知道几次分东西，人们都有意见，这回就爽利地来一个平分。"

小亮说：

"地亩好分、牲口车辆也好分，犁耙绳套、叉笆扫帚也好分，就连锅碗盆灶、桌椅板凳、箱匣橱柜也好分。你猜怎么样，就是一样物件不好分——衣裳。"

大印说：

"什么也好分。我觉着这回准做好了,谁也不会有意见,有反映。不管大人孩子,一人一份。衣裳也是一样,一人一件!"

小亮说:

"你说的那个不行,你知道有多少件衣裳?"

大印说:

"这都在账篇上哩,咱们一共是三百十二个包袱,单夹棉皮,一共是三千多件!"

小亮说:

"你说的是保管股的东西。我问你,既是平分,各人家里的东西算不算?"

大印说:

"你算人家家里的东西干什么?"

小亮说:

"不算家里的东西,那叫什么平分哩?那一辈子也分不平啊!比如拿咱两家来比:地亩不成问题,咱俩一样,牲口也一样。可是家具上,你比我多一个立柜,多两个箱。打着这都是摆在眼面前的东西,谁也瞒不了谁。衣裳布匹就难了,我不能到你家翻箱倒柜去一件一件数啊!就是数吧,件数一样,那好坏可就差得天上地下了!要不我说不好分哩!"

大印想了想说:

"可不是,这里面复杂着哩。要这么着,把一件件的东西都合成钱,一个人该分多少钱的东西就行了。"

小亮说:

"那也不好办,现摆着成物,怎么着分钱哩。我看准得归成那个理:把全村的东西,都搬出来,掺和了,再一个人一个人地分。"

大印说：

"那你三辈子也分不清——这倒叫人作难。算了吧，反正上级得有办法，怎么指示怎么做！"

小亮说：

"可不。咱们穷光蛋不怕，反正分不出去，多多少少得分他们点儿进来。"

九

坐在地上的老木匠全福，一直没有说话。他那光着的铁板一样的脊梁上浮着一层大汗珠，就像滴滴的黑油。他侧着耳朵听了半天，不断望望李三。李三在那边用尺子排着一块木头，眉头皱得很紧。到了这时，全福才仰着头问小亮：

"亮兄弟，我们中农怎么办？"

小亮没来得及说话，大印说：

"这回是拉齐。省得一回一回分，又麻烦，又有意见。有人到山里卖布，人家那里已经开始分了。你家里有什么东西也得登记上，是个针头线脑也得算上！"

小亮说：

"中农不准有事，来，我们干吧！"

说着就扶正了锯，望着全福。全福低着头，随后抹了一把脸上的汗，站起来说：

"我不干了。还干着有什么劲？咱伙计四个，你三个都知道：我三辈子木匠，三辈子受苦，三辈子弄不上吃穿。我又拉了快一辈子大锯，我大伯下了十八年关东，死在关外，我承了他那一股，才扒上了个碗边，现在成了中农。分地主的，那理当，他们吃过喝过，糟过耍过，欺压过人。我哩？我算是个富户吗？人家地主的月炕里的孩子都使绸缎尿布，我哩？一辈子了，你们谁见过我穿一件囫囵衣裳？"

李三立时回过身来，说：

"全哥，不能动中农，你放心。别说没有人要动你的东西，就是有那个说法，我头一个就反对！"说着他望着大印，"报上有这个指示吗，什么东西也平分？"

大印低着头说：

"报上准是光说分地，什么也平分，不过是我的个估计！"

李三说：

"闹不清楚，不要瞎说。上级绝不会叫那么乱分一气。分是分地主的东西，我们——连上全福哥，满共可有多少东西，也要拿出去分？我们别听闲杂，还是好好儿生产要紧。我觉着咱们这个小木货厂，望头很大。今年冬天，把地主的地分了。人们添了地，过日子有心花，谁也得添置点儿农具，这就是咱们的买卖。咱村一共是三千四百多口人，地是一人合三亩挂零。满打着把地主的牲口农具全分下去，还是差很多。四家合一个牲口，五家一辆车，这车和牲口要挡着七十亩地。三家合不到一张犁，五家合不到一张耙，二十家才有一架种式，八十家才有一架扇车。这是那些大家式，那些小家具：三五个人也不准合到一张镰，一张小板镐！再算一下，几家一张木锨？几家一柄铁耙？我们分到了地，就要种啊，就要耕耩锄耪，就要收割打场。那农具哩？我们买下的这些材料，就做这些东西。你们看着：明年一开春，到咱们这里来买农具的，要挤破了这梢门哩！"

十

每天晚上，李三就睡在保管股院里一张石条桌上。他从家里拿来一条破褥子，枕着一截小木头。

他先到武委会去转了转，分派了岗哨，才回来睡。天上有一块黑云，慢慢渡过天河去；他想江猪拱河了，正在种麦子，下场透雨也好。又起去，把院里怕淋的东西拾掇起来。

衣服保管双进睡在西屋门口，挂了一个花蚊帐。双进说：

"三哥，今晚上冷，我到屋里给你拿条被子吧。丝绵绸缎，有的是被子，放着也是放着！"

李三说：

"不用。"

正说着，外边嗵嗵敲门。双进起来去开，李三说：

"问清楚了，再开！"

进来的是老王、老郝两个荣军，四条拐杖在地上响着，来势不善。李三赶紧坐起来：

"两个同志，一定有事？"

"有点儿事，事情也不大！"老郝把拐在两边一放，坐在条桌上，"咱们村里照顾荣军有点儿不够！"

"什么地方不够？"李三笑着问。

"你自己想想呀！"老王喊，"有人到肃宁去来，人家那里照顾得好！"

"我们在保管股要了些家具，怎么还给我们落账？干吗？还想拿回？"老郝接着。

"那都是没有分的东西，记记账也好。"李三说。

"要记就记！"老郝举起拐来在地上一拍，"我们再要一个骡子、一辆车！我们都是折胳膊断腿的人，走动不便，要辆车坐坐！"

李三说：

"要是同志们生产，就借给你们一个骡子一辆车。同志，你们替我们效过力，流血受伤，又离家在外，我可是从心里想多照顾你们。从你们来了，住房吃饭，使用家具，都是尽量给你们想法。群众有时说闲话，我给他们解释。现在咱村里的事，你们不了解。地主富农到处破坏我们，恨不得把我打死，不敢明出明入，他们就进行挑拨，想叫穷人打穷人，我们乱了营，他们才快意。同志们在前方，经过多少年锻炼，比我们知道得多，这个情况，该比我看得明白。咱们是一家人，你们的血是给穷人流了的。比方说：今天，你们打了我，谁快活哩？是穷人哩，还是那些地主富农？"

一番话说得两个荣军全低下了头。老郝说：

"主席，我们态度不好，你批评得对！可是，主席，你也不要怕那些地主富农捣乱，蒋介石的大兵都叫我们消灭，这小小的张岗镇上，几个地主还捣的了什么蛋！"

李三笑着说：

"希望同志们帮助村里的工作！"

老郝说：

"主席，前天我托你的事情办妥了没有？"

"什么事？"李三问。

"给我找个做饭的！"

"说媳妇的事呀？"李三笑着，"我已经叫妇女部给介绍了，这事不能着急，找好了对象，得先和人家谈谈。"

"这一个困难，无论如何你得给我解决！"老郝说，把那受伤的胳膊动了动,"咱们自己做不了饭,长期叫老百姓帮忙,也不落意呀!"

说着走了。双进送出去把门上好,回来说:

"有些荣军难办,说话就想打人。那天来要蚊帐,三句话没交代完,就冲着我的脑袋双拐齐下!"

李三说:

"他们都是受了伤的,你看那伤有多重?是在战场上和敌人拼过命的,有时发发脾气,难怪他们。你记着,再催催香菊,给老郝对付个人!"

"老郝有三十老几了吧?不好办。"双进说。

"是个老红军,"李三说,"经过长征的。十七岁上参加了红军,一离家,一家大小,都叫蒋介石给杀了。打日本的时候,受了重伤才退伍。这样一个同志,我们要给他安个家,叫他在张岗街上住下来,村子也有光彩。"

刚刚倒下,外边又敲门,这回是轻轻的。进来的是东头一家烈属,老婆子进门就说:

"三兄弟,我知道你早了没空,这么晚了才来。我有个困难,你得给我解决。"

李三让她坐下,说:

"地,我叫优属队给你耕去了。"

"不是地的事,是房的事。"老婆子说,"我那一间房老朽得不行了,下雨老是个漏,我一个老婆子家,自己又不能修。"

"等两天,闲空了,我去给你拾掇拾掇,保险不能再漏!"李三说。

老婆子笑了笑,说:

"我今年春天,不是纺了点儿线,赚了点儿钱,叫你给买了些坯?我是想再把它支架一下,里面的木料全不行了。咱们贫农组,有的是木料,我是说,把那细小的,哪怕先借给我几根哩。我和你商量商量,看行不行。要有你侄子,我就不叫你操这个心了。"老婆子说着流下泪来,用衣襟擦了擦。

李三想了一会儿,说:

"嫂子!咱这东西还都没有分,怎么个分法,也还没个准章程。我想反正得多照顾烈属。侄子在前方牺牲了,是有功的人,咱家里又实在贫寒,就是多照顾你一些,人们也不会有什么反应。开会的时候,我和代表们讨论讨论,就先借给你几根木头,把屋子支架上。以后,老嫂子坐在炕上纺个线,打个盹儿的,也就不用担惊受怕了!"

"三兄弟费心吧!"老婆子很高兴,站起来走了。李三去关门,门洞里有个黑影一闪,李三一抓腰里的枪问:

"谁!"

"是我!"那个黑影往前走了两步,是个青年妇女的声音。李三听不出是谁来,老婆子说:

"你不认识她,她们过去大门不出,二门不迈的,你怎么见得着?她是俺们那头七班的大少奶奶。"说过,笑了笑走了。

"你偷偷摸摸地来干什么?"李三问。

"主席,我来求求你。"那个女人小声说。

"有什么事,明天再来吧,你家的男人们哩?"李三问。

"是我自己的事,"女人说,"就在这儿说吗?主席。"

"就在这说吧,"李三站在门口,"院里很黑,这里明快些!"

"你们斗争了俺婆家,我没意见。我从过门来,就受俺婆婆的气,小姑的气,没好过一天。我又年轻,也不记得剥削过人。这回,就是拿的我的东西多。主席,冤有头,债有主,谁作的谁受么!我也和他们反对,我的东西,你们不该拿走啊!"

李三说:

"你是七班的大房,我想起来,你娘家是苌刘庄四班。两头都是地主,你的东西不会是自己劳动来的。你们,从小老妈子抱着,丫鬟搀扶着。你们娶聘,骑马坐轿,绫罗绸缎,跟房跟班,你们享过福。怎么说是你的东西?穷人的东西,血汗换来,才是自己的。你们都是吃闲饭的人!你想想:给你们种地的是谁?给你们赶车的又是谁?小时,抱你们的是谁?大了,扶你们的是谁?谁把饭做好,又给你们送到手里?谁把衣裳做好,又给你们披在身上?都是穷人!你们的福享得过分了。你还说没享过福!你受气不受气,提说不着,我们是按成分办事!"

女人啼哭起来。李三说:

"今天,你啼哭了,以前在你家地头地边,在你家墙角门口,有多少人啼哭过,你知道吗?你们心痛过这些人吗?有多少人叫地主逼得寻死上吊,跳井投河,卖儿卖女?你顶好想想这些事,想想你们家的东西是怎样来的。你们还年轻,也给你们留着吃的穿的,种地的家什,回去好好儿生产吧,不要净想歪的了!"

女人走了,李三把门上好,回来睡觉。刚一合眼,鸡就叫了。

十一

大顺义一早就来叫门,一开门,两个人就吵起来。

大顺义说:

"你这个老家伙,家你算是不要了,你算是卖给这里面了!"

李三说:

"你这么早跑来干什么?"

大顺义说:

"你说我跑来干什么?我来请你吃饭去!"

"今儿个饭这么早？"李三笑了笑。

"吃过饭，你给我耕地去！"大顺义说，"人家的麦子都快出齐了，你那么二亩半地高粱茬还没有刨！小高粱都快秀穗了，你成心叫地荒了吗？"

"我得有了空呀！"李三说。

"你是无事忙，天生的自找罪受！"大顺义说，"这么多大骡子大马，这么多代耕队，你替群众服务，群众就不该给你解决困难？你支一支嘴，一顿饭的工夫用不了，就给咱耕了！你懒得说话！"

"嘻！"李三说，"叫你这么一说，我成了大总统了！"

"你不是大总统，人家可叫你土皇上！你工作工作，弄得猪八戒照镜子，里外不够人。穷的富的都不说你好，人叫你得罪完了，你还工作！"

大顺义一屁股坐在双进的床头起，双进还在睡觉，一下叫她坐醒了，赶紧起来劝架。

大顺义在院里转转悠悠，李三跟在后面。大顺义扭回头来说：

"你没见过我？这么紧跟着干什么！"

李三不说话。大顺义转到西夹道，那里堆放着乱七八糟的东西，什么破字画、枕头、小匣子、不成对的瓷器铜器……

大顺义在一个破箱子里翻了翻，看见有一串大铜钱，拿起来，望着双进说：

"我要了这串大钱，去给我那干儿配个锁！"

"你赶快放下！"李三吆喝着，"一个线头，你也不能从这院里拿出去！"

"你把我当贼提防，"大顺义扔下铜钱走出来，"你别小看人，这么点道理我不明白？能叫你跟着我背黑锅！逗逗你，就当真的了！"

大顺义回家去。李三一时觉得又累又烦。他忽然想起毛主席。他想：他领导革命，指挥千军万马，教育着这么些个党员群众，他是怎么着工作哩？他会不会累？会不会烦？李三在心里笑了，他自己有点儿羞惭，勇气和力量也在这时振作了。他到木货厂里去。

十二

大官亭的野战医院里，新来了一批伤兵。是在大清河北作战受伤的，里面有几个饶阳县今年春天参军的战士。战士们给家里写了信，母亲和妻子们都去看望了。张岗贫农组也买了一筐鸭梨，募了一篮鸡蛋，送去慰劳，李三同双眉是代表。

在伤兵里，双眉看见了兴儿，挂着一只胳膊。兴儿和李三说是参加机枪班冲锋受了伤。双眉一句话也说不出，红着脸笑了。兴儿用那只好手轻轻拍着受伤的胳膊，好像是叫双眉看。双眉明白，这意思是说：你看我怎么样，我受伤了。

第二天，区里送来一封信说：野战医院的伤兵同志们要求张岗剧团给他们演演戏，叫李三加紧准备。

李三拿着信找了双眉去，笑着说：

"你的工作来了！"

双眉接过信来看了看，抬头问：

"伤兵同志们为什么单找咱村？"

李三说：

"周围几十里，谁不知道张岗剧团？在冀中区，除了'火线'，恐怕就属咱们了，人家军队上能没有听说过？"

双眉说：

"那可演什么节目哩？咱不演俗戏，新编又一下排不出来。全怨三哥，那两天还批评我哩！"说完把嘴一噘。

李三说：

"这怨三哥没远见。双眉，这事全交给你，你用什么东西，使唤哪些人，告诉我，我给跑腿！反正，人家既然指名请咱们，咱们就得露一手，不能丢人！"

双眉想了想说：

"我看还是演《比武从军》。这个戏别的剧团演不了，咱们又是熟戏，稍微拉拉场，吊吊嗓就行。三哥，你看怎么样？"

李三说：

"对，就演这出。给军队演，又符题。我就喜欢这出戏，末了那一大段唱，别的剧团，就是没法演，两个人接着也唱不下来。你唱起来，可是从从容容，越到后来越有劲。不过那个武委会主任叫谁演哩？兴儿不在家。"

双眉说：

"就叫小三成替他，排的时候，小三成一块学会了。"

"好。"李三说，"带着咱们那汽灯、好帐子好幕去。演的时候，还得叫我干那个！"

"什么那个？"双眉问。

"拿着大喇叭站台！"李三比画一下，笑着走了。

演戏的那天是十月革命节。会场就在大官亭街当中那大场院里。吃过晚饭，周围几十里，道路上满是人，紧走紧说：

"今晚上是张岗的《比武从军》！"

"喂，那个女角叫什么？"

"你这人！双眉呗！"

"对。真好嗓门儿，好长相，好走相，真，真比不了！"

"有一年不唱了。听说为唱戏受过批评哩。"

"咳！不批评别的，单批评唱戏！"

汽灯还没挂起来,会场里就挤满了人,卖糖的,烙馅饼的,老豆腐挑子也赶来了。

伤兵同志们坐在场子当中,汽灯点着了,张岗剧团的人马在台上忙着。打鼓的老头子郭老珍,架着腿,把雪白的手巾搭在膝盖上,嘴里叼着一支只有在这个当口才肯抽的好烟卷。

兴儿挂着胳膊,走到后台来和人们说话。在一个大油灯下边,双眉坐着她那小红凳,正对着镜子化妆。见兴儿来了,就问:

"你在哪看?"

兴儿说:

"在台下边呗!"

"有坐物没有?"

"没有。"

"我给你带来了一个。"双眉说着站起来,往后一推那小红凳。

"咱们这剧团,越来越阔了,还置了家具?"兴儿说。

"这是我分的果实。"

"你参加斗争了啊?"兴儿笑着。

"你参加战争,我参加斗争!"双眉低声说,在镜子里轻轻一笑。

"入党了没有?"兴儿庄重地问。

"快批准了。"双眉的脸一红,"你哩?"

"我今天满了候补期。"

"我来演戏给你道喜!"双眉笑着说。

"先唱的时候,嗓子不要太高,这个地方是街心,容易收音。"兴儿关照了双眉几句,就下去了。

同志们看见兴儿提着个小凳下来,有两个人跑过来说:

"王小兴,哪来的小凳?"

兴儿说：

"借的剧团的。"

"还是你们本地人好啊！"

"来！咱们三个挤着坐。"兴儿说，"快开戏了，听着吧！"

今晚上没有月亮，是个好晴天。星星像有喜事的人们的眼睛。一声锣响，开幕了。

台下的人挤着跟前去，说：

"《比武从军》！"

"不要挤，不要碰着伤员同志们！"李三拿着个大喇叭，在台上猫着腰喊叫。

"双眉！"台下看见双眉一上场，挤得更欢。前边的人用死力顶着，像钉木桩，不让挤过去。

双眉一出来，是在梨树底下，里面有这么几段：

风吹枝儿树猫腰，
今年梨儿挂得好。

上好的梨儿谁先尝哪，
我提着篮儿上前方呀。

送梨的人儿回去吧，
前方的战斗正紧张啊。

双眉唱着，眼睛望着台下面。台下的人，不挤也不动，整个大广场叫她的眼睛照亮了。

她用全部的精神唱。她觉得：台上台下都归她，天上地下都是她的东西。

1949年9月1日

第五辑　铁木前传

铁木前传

一

在人们的童年里，什么事物，留下的印象最深刻？如果是在农村里长大的，那时候，农村里的物质生活是穷苦的，文化生活是贫乏的，几年的时间，才能看到一次大戏，一年中间，也许听不到一次到村里来卖艺的锣鼓声音。于是，除去村外的田野、坟堆、破窑和柳杆子地，孩子们就没有多少可以留恋的地方了。

在谁家院里，叮叮当当的斧凿声音，吸引了他们。他们成群结队跑了进去，那一家正在请一位木匠打造新车，或是安装门户，在院子里放着一条长长的板凳，板凳的一头，突出一截木楔，木匠把要刨平的木材，放在上面，然后弯着腰，那像绸条一样的木花，就在他那不断推进的刨子上面飞卷出来，落到板凳下面。孩子们跑了过去，刚捡到手，就被监工的主人吆喝跑了：

"小孩子们，滚出去玩。"

然而那"呲呲"的声音，多么引诱人！木匠的手艺，多么可爱啊！还有生在墙角的那一堆木柴火，是用来熬鳔胶和烤直木材的，那"毕剥毕剥"的声音，也实在使人难以割舍。而木匠的工作又多是在冬天开始，这堆好火，就更可爱了。

在这个场合里，是终于不得不难过地走开的。让那可爱的斧凿声音，响到墙外来吧；让那熊熊的火光，永远在眼前闪烁吧。在童年的时候，常常就有这样一个可笑的想法：我们家什么时候也能叫一个木匠来做活呢？当孩子们回到家里，在吃晚饭的时候，把这个愿望向父亲提出来，父亲生气了：

"你们家叫木匠？咱家几辈子叫不起木匠，假如你这小子有福分，就从你这儿开办吧。要不，我把你送到黎老东那里学徒，你就可以整天和斧子凿子打交道了。"

黎老东是这个村庄里的唯一的木匠，他高个子，黄胡须，脸上有些麻子。看来，很少有给黎老东当徒弟的可能。因为孩子们知道，黎老东并不招收徒弟。他自己就有六个儿子，六个儿子都不是木匠。他们和别的孩子一样，也是整天背着柴筐下地捡豆茬。

但是，希望是永远存在的，欢乐的机会，也总是很多的。如果是在春末和夏初的日子，村里的街上，就又会有叮叮当当的声音，和一炉熊熊的火了。这叮叮当当的声音，听来更是雄壮，那一炉火看来更是旺盛，真是多远也听得见，多远也看得见啊！这是傅老刚的铁匠炉，又来到村里了。

他们每年总是要来一次的。像在屋梁上结窠的燕子一样，他们总是在一定的时间来。麦收和秋忙就要开始了，镰刀和锄头要加钢，小镐也要加钢，他们还要给农民们打造一些其他的日用家具。他们一来，人们就把那些要修理的东西和自备的破铁碎钢拿来了。

傅老刚被人们叫作"掌作的"，他有五十岁年纪了。他的瘦干的脸就像他那左手握着的火钳，右手抡着的铁锤，还有那安放在大木墩子上的铁砧的颜色一样。他那短短的连鬓的胡须，就像是铁锈。他上身不穿衣服，腰下系一条油布围裙，这围裙，长年被火星冲击，上面的大大小小的漏洞，就像蜂窠。在他那脚面上，绑着两张破袜片，也是为了防御那在捶打热铁的时候迸射出来的火花。

傅老刚是有徒弟的。他有两个徒弟，大徒弟抡大锤，蘸水磨刃，小徒弟拉大风箱和做饭。小徒弟的脸上，左一道右一道都是污黑的汗水，然而他高仰着头，一只脚稳重地向前伸站，一下一下地拉送那呼呼响动的大风箱。孩子们围在旁边，对他这种傲岸的劳动的姿态，由衷地表示了深深的仰慕之情。

"喂！"当师傅从炉灶里撤出烧炼得通红的铁器，他就轻轻地关照孩子们。孩子们一哄就散开了，随着叮当的捶打声，那四溅的铁花，在他们的身后飞舞着。

如果不是父亲母亲来叫，孩子们是会一直在这里观赏的，他们也不知道，到底要看出些什么道理来。是看到把一只门吊儿打好吗？是看到把一个套环儿接上吗？童年啊！在默默的注视里，你们想念的，究竟是一种什么境界？

铁匠们每年要在这个村庄里工作一个多月。他们是早起晚睡的，早晨，人们还躺在被窠里的时候，就听到街上的大小铁锤的声音了；天黑很久，他们炉灶里的火还在燃烧着。夜晚，他们睡在炉灶的旁边，没有席棚，也没有帐幕。只有连绵阴雨的天气，他们才收拾起小车炉灶，到一个人家去。

他们经常的下处，是木匠黎老东家。黎老东家里很穷，老婆死了，留下六个孩子。前些年，他曾经下个狠心，把大孩子送到天津去学生意，把其余的几个，分别托靠给亲朋，自己背上手艺箱子，下了关东。在那遥远的异乡，他只是开了开眼界，受了很多苦楚，结果还是空着手儿回来了。回来以后，他拉扯着几个孩子住在人家的一个闲院里，日子过得越发艰难了。

黎老东是好交朋友的，又出过外，知道出门的难处。他和傅老刚的交情是深厚的，他不称呼傅老刚"掌作的"，也不像一些老年人直接叫他"老刚"，他总称呼"亲家"。

下雨天铁匠炉就搬到他的院里来。铁匠们在一大间破碾棚里工作着。为了答谢"亲家"的好意，傅老刚每年总是抽时间给黎老东打整打整他那木作工具。该加钢的加钢，该磨刃的磨刃。这种帮助也是有酬答的，黎老东闲暇的日子，也就无代价地替铁匠们换换锤把，修修风箱。

"亲家"是叫得很熟了，但是，谁也不知道这"亲家"的准确的含义。究竟是黎老东的哪一个儿子认傅老刚为干爹了呢，还是两个人定成了儿女亲家？

"亲家，亲家，你们到底是干亲家，还是湿亲家？"人们有时候这样探问着。

"干的吧？"黎老东是个好说好笑的人，"我有六个儿子，亲家，你要哪一个叫你干爹都行。"

"湿的也行哩！"轻易不说笑的傅老刚也笑起来，"我家里是有个妞儿的。"

但是，每当他说到妞儿的时候，他那脸色就像刚刚烧红的铁，在冷水桶里猛不丁一蘸，立刻就变得阴沉了。他的老婆死了，留下年幼的女儿一人在家。

"明年把孩子带来吧。"晚上，黎老东和傅老刚在碾棚里对坐着抽烟，傅老刚一直不说话，黎老东找了这样一个话题。他知道，在这个时候，只有这样一把钥匙，才能通开老朋友的紧紧封闭着的嘴，使他那深藏在内心的痛苦流泻出来。

"那就又多一个人吃饭,"傅老刚低着头说,"女孩子家,又累手累脚。"

"你看我。"黎老东忍住眼里的泪说,"六个。"

这种谈话很是知心,可是很难继续。因为,虽然谁都有为朋友解决困难的热心,但是谁也知道,实际上真是无能为力。就连互相安慰,都也感到是徒然的了。

这时候,黎老东最小的儿子,名字叫六儿的,来叫父亲睡觉。傅老刚抬起头来,望着他说:

"我看,你这几个孩子,就算六儿长得最精神,心眼儿也最灵。"

"我希望你将来收他做个徒弟哩。"黎老东把六儿拉到怀里说,"我那小侄女儿,也有他这么大?"

"六儿今年几岁了?"傅老刚问。

"九岁。"六儿自己回答。

"我那女儿也是九岁。"傅老刚说,"她比你要矮一头哩,她要向你叫哥哥哩。"

二

第二年头麦熟,傅老刚真的从老家把女儿带来了。他在小车的一边,给女儿安置了一个座位。这座位当然很小,小孩子用右手紧把住小车的上装,把脚盘起来,侧着身子坐在垫好的一小块破褥上。他们在路上走了五六天,住了几次小店,吃了很多尘土。然而女孩子是很高兴的,她可以跟父亲,这唯一的亲人,常住在一起,对她说来是最幸福的了。

到了村里,先投奔了黎老东家。黎老东很是高兴,招呼左邻右舍的女孩子们来和小客人玩。

"你叫什么名儿呀?"那些女孩子们问她。

"我叫九儿。"小客人回答。

"你姐妹九个?"女孩子们问。

"就我一个哩。"小客人说。

"那你为什么叫九儿?"女孩子们奇怪了,"在我们这里,谁是老几就叫几儿,比如六儿,他就是老六。"

"这是我娘活着的时候,给我起的名儿。"小客人难过地说,"我是九月初九的生日哩。"

"啊。"女孩子们明白了,"那么,你们那里还兴留小辫儿吗?"

"唔。"小客人有些害羞了,缠在她那独根大辫上的绳儿,红得多么耀眼呀!

和女孩子们玩了几天,和六儿也就熟了。九儿看出,六儿和她很亲近,就像两个人的父亲在一起时表现的那样。傅老刚活儿忙,女孩子跟在身边不方便,他打夜作,给六儿和九儿每人打了一把拾柴的小镐儿,黎老东给他们拾掇上镐柄,白天就打发他们到野外去。六儿背着红荆条大筐,提着小镐儿,扬长走在前头,九儿背一个较小的筐子,紧跟在后面,走到很远很远的野地里去。

六儿不喜欢在村边村沿拾柴,他总是愿意到人们不常到、好像是他一个人发现的新地方去。可是,走出这样远,他并不好好儿地工作,他总是把时间浪费在路上。他忽然轰起一个窠卵儿鸟,那种鸟儿贴着地皮飞,飞不远又落下,好像引逗人似的,六儿赶了一程又一程。有时候,他又追赶一只半大不小的野兔儿,他总以为这是可以追上的,结果每次都失败了。

"我们赶紧拾柴吧。"九儿劝告地说。

"忙什么?"六儿说,"天黑拾满一筐回去就行。"

"我们不许一人拾两筐吗？"九儿说。

"就是一天拾三筐，也过不成财主！"六儿严肃地驳斥着。

他慢慢地走在草地里，注视着脚下。在一处做个记号，又察看着。后来，他把柴筐扔在一旁，招呼着九儿：

"你守住这个洞口，不要叫它从这里跑了。"

他回到做记号的那里，弯下腰，用小镐儿飞快地掘起来。

这天，他们高兴地捉住了一只短尾巴的小田鼠，晚上带回家里来，装在一只小木匣里。木匠家总是有好多木匣子的。

第二天，风很大。他两个没有到地里去，在六儿家里玩儿。父亲出去做活了，六儿拿出小田鼠来，对九儿说：

"它在匣里住了一夜，一定很闷，我们叫它在地下跑跑吧。"

"捉不住了，怎么办？"九儿说。

"不要紧，你把水道守住就行了。"六儿把小田鼠放在地下。起初小田鼠伏在他的脚下，一动也不动。六儿"嘘"它，踩脚轰它，它跑开了，绕着房根儿转，突然钻进了一个洞。

六儿发急了，他命令九儿：

"你看瓮里有水没有？"

瓮里干着。六儿抓起瓢来，跑到咸菜缸那里，淘来一瓢盐水，灌进了鼠洞。看看不顶事，又要去淘。

"大叔回来要骂了，"九儿说，"盐是很贵的。"

六儿用力把瓢扔在地下，瓢摔裂了。

这一回，两个人玩得很不好。六儿失去了小田鼠，心里很难过。九儿心疼那一瓢盐水，她也是个穷人家的孩子，她在家里，是一针一线也不敢糟蹋的。

风越刮越大，他俩躲到破碾棚里去。那座不常有人使用的大石碾，

停在中间。碾台上蒙着一层尘土,九儿坐在上面。六儿爬到那架大空扇车里面,蜷起身子像只虾米一样,仰天睡下了。他招呼九儿:

"你也进来吧,盛得下。"

"我不进去。"九儿说。

她在思想,面对着现实。外面的风,刮得天黑地暗,屋顶上的蜘蛛网抖动着,一只庞大的蜘蛛,被风吹得掉下来,又急遽地团回去了。她没有母亲,她的父亲,现时在外面的大风里工作着。她新结交的小伙伴,躺在扇车里睡着了。童年的种种回忆,将长久占据人们的心,就当你一旦居住在摩天大楼里,在这低矮的碾房里的一个下午的景象,还是会时常涌现在你沉思的眼前吧?

三

就在这一年,开始了抗日战争。这是在平原上急骤兴起的,动摇旧的生活基础的第一次大风暴。从这一年起,人们在战争的考验里,接受了阶级斗争的新道理,广大的劳苦半生的人们,包括他们那从前以为累赘、无法养教的儿女们,开始打破有形无形、传统久远的束缚和枷锁。黎老东在家的两个较大的儿子,都参军去了。

在兵荒马乱里,傅老刚没有能够按时回到老家去,好在女儿也在身边,他不想去冒那长远路途上的危险了。在这些年月里,木匠、铁匠除去为农业生产服务,还都要为战争服务。傅老刚的两个徒弟,不久也参加了八路军附设的兵工厂。在这一年冬天,傅老刚和女儿,给来往不断和越聚越多的骑兵打钉马掌。九儿兴奋地工作着,有一次她只顾观望那过往的部队,被一匹性劣的马踢了一脚,从此在额角上留下一块小小的伤痕。当时,部队上的卫生员替她包扎好,她连一声也没哭。以后，大家公认，这块小伤痕，不但没有损害九儿的颜面，反而给她增加了几分美丽。

　　孩子们在风雨里、炮火里，饥饿和寒冷的煎熬里，战斗和胜利的兴奋里，完成了他们的童年，可珍贵的童年的历程。傅老刚在村里人缘很好，附近村庄的人们也都认识他。在逃难的时候，那些妇女们看到九儿，都自动地愿意带着她，跑到哪个村庄，人们一听说是铁匠的女孩子，也愿意收留吃饭和安排住宿。在战争的最后二年，因为年岁大些了，游击经验也丰富些了，九儿总是好和六儿一同走。六儿胆子很大，很机警，照顾九儿也很周到。当他们在一块儿的时候，在九儿那刚刚懂事的心里，除去有人做伴仗胆，感到幸福，还产生了一种相依相靠的感情。当她和六儿在一块儿的时候，也真的没有遇到什么大的危险。因此，她有时也真的相信六儿自我吹嘘的话了。

　　六儿常常对她说：

　　"你谁也不要跟着，就跟着我吧，日本鬼子不敢着我的边。"

　　"你净瞎说。"九儿跟在他身后边说。

　　"你跟着我，饥不着也渴不着，"六儿自信地说，"我会像一只大老家（雀），给你打食儿吃。"

　　在九儿的眼里，六儿的办法就是多一些。下雨的时候，他总是能很好地把九儿安置起来，就是在野地里，也淋不湿。在九儿觉饿的时候，他能跑出多远，找些吃的东西回来。那时候，在野外躲藏的人很多，人们是愿意帮助孩子们的。而更重要的是，九儿从心里发生的那一种感激和喜欢的心情，也确实能战胜一时的饥饿和寒冷。

　　日本投降以后，因为多年不回老家，老铁匠急于要带女儿回去看望一下。

　　临走的那天晚上，黎老东打了一壶酒，给傅老刚送行。平日，傅老刚即使在喝酒的时候,话也是很少的;黎老东酒一沾唇,那话就像黄河开了口子一样,滔滔不绝。可是今天晚上,两个老朋友中间放上一盏菜油灯,一把酒壶,在快要分别的时候,黎老东只是勉强地说了几句普通话。以后,就也把头低下来,一直沉默着。

这是很稀奇的现象。傅老刚问:

"亲家,你心里有什么事?"

"有点事儿。"黎老东突然兴奋起来,他是单等着老朋友这句问话的。"亲家,我想向你请求一件事。你看,我有六个儿子,穷得这样,我这一辈子也不打算什么了。不过六儿这孩子,我看还许有些出息。"

"亲家,"傅老刚插断他的话,"你就是娇惯了他一些。孩子们是要管得严紧些的。"

"是这样。"黎老东急于要把话说完,"咱也别绕圈子,据我冷眼观看,九儿和六儿,两个人的感情还合得来。按说,像我这个穷光蛋,还想支使儿媳妇?不过,咳!"

他一口把壶里的酒喝干了,就又低下头去。

"我明白你的意思了。"傅老刚说,"你穷,我就富吗?"

"不过,不过,养女儿总是要攀个高枝儿的。"黎老东低着头说。

"孩子们年纪还小,等我们从老家回来再定规,你说好不好?"傅老刚这样冷漠地结束了这场本来应该激动人心的交谈,使得老朋友的心冷了半截。

这一晚上,九儿在附近的婶子大娘家里辞行。姐妹们留恋她,在这家停一会儿,又一群一伙地到另一家去。六儿也一直跟在后面,就有姐妹们说他:

"你老是跟着干什么?一个小子家。这又不是打游击的时候了。"

"人家也是来送九儿哩。"有的姑娘说。

"快家去睡觉吧,六儿。"有的大娘斥责他。

"我就是跟着!"六儿有些气愤地在心里说,"我就是不去睡觉!你们管得着吗?"

九儿一直和别人说笑着。

第二天,打早起,六儿跟着父亲,帮九儿家收拾小车。在黑影儿里,九儿小声对他说:

"我们还要回来的呀。"

四

傅老刚和九儿走了以后,就一直没有音讯。听说在他们家乡那一带,是蒋匪军盘踞着。这二年,平原上进行着解放战争,人们又经历了许多重大的事件。土地改革以后,黎老东因为是贫农,又是军属,分得了较多较好的地。后来,二儿子在解放战争里牺牲了,领到一笔抚恤粮。天津解放了,在那里做生意的大儿子又捎来一些现款,家里的生活,突然提高了很多。黎老东听到二儿子牺牲的消息以后,悲痛了一个时期。他想起这个老二从小没有得过一点儿好,母亲死了以后,还曾带着四兄弟讨要过一个时期的饭。现在,黎老东是将近六十岁的人了,身边只有四儿和六儿。但是,不知道为了什么,黎老东不大喜爱四儿,只喜爱六儿。老人的心里想:自己受了一辈子苦,没有过出头之日,几个大孩子,小的时候也没有赶上好年月,现在既然生活好了,应该叫六儿多享些福。

这样,六儿就越发娇惯起来了。他已经长大成人,他不愿意像四哥一样到地里去做活,起猪圈送粪这些事,他连边也不愿沾。可是,也不好净闲着,他就学做些小买卖。秋后,搓大花生仁儿,炒了到街上卖；冬天煮老豆腐，晚上在大街十字路口敲着梆子。卖不完的，就自己吃。每天夜里，父亲已经钻被窠了，他盛上一大碗老豆腐，多加蒜、姜，送到老人脑袋头起说：

"爹，吃了吧，热的。"

老人爬起来，喝完老豆腐，心里想，这孩子多懂事儿，多孝顺呀！有时，六儿也盛上一碗送给在夜里喂着牲口的四哥，老四是从小知道省细的，总是不愿意吃。他对六儿说：

"多卖一碗，就多赚一碗，我这就要睡觉了，喝一碗这个有什么用？"

这使得六儿有时想：这个人真不知好歹哩。

但是，不管卖花生仁儿，还是卖老豆腐，六儿总是赚不下钱。在街面上，他的朋友多，这个抓一把，那个喝一碗，就是记上账，六儿也拉不下脸皮儿去要，到年底，还是得老四去讨账。特别是那些姑娘们，看见六儿提着花生仁儿来了，就说：

"你这花生仁儿脆不脆？香不香？"

"你们尝尝呀！"六儿赶忙张开布袋口儿笑着说。

"尝"是不要钱的，可是姑娘们很多，又都下得手，一个人一大把不算，六儿还自己抓着送到她们手里，替她们装进那口儿虽小底儿却深的衣裳口袋里去。

六儿长得个儿适中，脸皮儿很白，脾气儿又好，他在街上成了姑娘们十分喜欢的对象。六儿已经能够自觉到这一点，他就更加注意去巩固和扩大这个良好的影响。战争结束以后，在这个村里，他第一个留起大分头，还不叫担挑的剃头匠理发，总是在集日跑到县城南关的理发店去。夜晚，村里只有他有一筒手电，在街上一晃一晃的，姑娘们嬉笑着围着他：

"看你，六儿，照坏了我的眼！"

"来，六儿，给我拿拿！"

在雨天，他有一双双钱牌胶鞋，故意穿上去串门儿，谁家的姑娘好看，谁家庭院里积的雨水深，他就特别到谁家去。那家的姑娘在窗户眼儿里看见他进来，就赶紧爬下炕来说：

"六儿，你来得正好，来脱下给我穿穿，我正要到茅房里去！"

"你穿着正合适。"六儿说，一边脱下胶鞋来递给她，"你也该买一双。"

"我哪里有这些钱呀？"姑娘笑着说，"六儿，你什么时候再进城，给我捎一双袜子来吧！"

"什么色儿的？"六儿问。

"你看着吧，你常买东西，又懂眼。"姑娘信任地说，在腰里掏摸着，"你带着钱吧！"

"不用。"六儿说，"买回来，再说吧。"

等到买回来，姑娘们只称赞他买得货色好，尺寸合适，就再也不提钱的事了。

五

黎老东目前也顾不上管教他，老人正在为新兴的家业操心。新近他把那匹老灰驴换成了一匹红马。这匹马虽然口齿老一些，但蹄腿毛色都很好，驾上那辆分来的破车，实在显得不调和。老人四处去观看，买回几棵榆树槐树，想自己打一辆大车。黎老东打的大车是远近知名的，一辈子给人家打了无数的车，现在年老了，也给孩子们打一辆吧，他的心情是十分愉快的。在转悠着买树的时候，他还得到一棵小檀木树的秧子，做木匠的最喜爱这种树，他把它栽到自己的窗台下，小心养护着,作为自己新的生活开始的标志。院里养了一群鸡,猪圈里新买来两个猪崽儿。

他叫老四和他解树,在院子里,被解的树木斜竖起来,像一架高射炮。老人蹲在上面,俯身向下,老四坐在地下,仰身向上,按着墨线拉那大锯,一推一送。老人总是埋怨老四笨,不是说他走了线,就是说他不会送锯。老四建议叫六儿来拉锯,老人又不肯。老四说他有偏心,父子两个争吵起来,老人甚至举起锛斧,绕院子追赶。

老四最不喜欢人家说他笨。他从抗日战争以来,学习很努力,每天看书看报上夜校,积极参加村里的青年工作,他觉得在家庭里,他比父亲和六儿都进步得多,懂事得多。

吵过架,老人又不甘寂寞,说:

"我像你这个年纪,早就出师了。我的手艺,不用说在这一县,就是在关外,在哈尔滨,那里有日本木匠,也有俄国木匠,我也没叫人比下去过。阿拉索,有钱的苏联人总是这样对我说。"

"那时他们不是苏联人,那时他们是白俄。"老四说。

"县城南关福聚东银号的大客厅的隔扇,是我做的。那些年,每逢十月庙会,远从云南广西来的大药商,也特别称赞那花儿刻得好。"老人越说越高兴,"这字号是卜家的买卖,老东家和我很合适。"

"卜家不是叫贫农团打倒了吗?"老四说,"你这话只能在家里说,在外边说,人家会说你和地主有拉拢。"

"南关西后街崔家的轿车,也是我打的。"老人说,"那车只有老太太出门才肯用。"

"那也是大地主。"老四说,"那辆车早分给贫农,装大粪用了。"

老人把锯用力往下一送,差一点儿没把老四顶个后仰。

大车的木工程序越是接近完成的时候,黎老东越是怀念他那老朋友傅老刚，因为还要有锻铁工程序，大车才能制造成功。附近当然也有其他的铁匠，但是这些人的手艺，都不中黎老东的意。过去，他是常常和傅老刚合打一辆大车的。而他们合打的大车，据说一上道，"咯噔咯噔"一响，人们离很远，就能判断出这是黎老东砍的轴，挑的键，傅老刚挂的车瓦。他很希望老朋友能来帮他把这一辆车成全好，成为他们多年合作中的代表作品，象征他们终身不变的深厚友谊。现在家里又有吃有喝，他想给傅老刚捎上个信儿，叫他带女儿来。孩子们的年岁也到了，凭眼下这日子光景，再求婚也就理直气壮了。

可是，听说那边还在打仗，信儿也不好捎。

想起儿女的婚姻，黎老东就想起住宅的问题，现在住的这个破院，虽说村里已经固定给他，要是儿子们结婚，还是很不够住的。当父亲的赶上这个年月，还不能替孩子们安排下几间住处，也感觉于心有愧似的。今年一个麦季，一个秋季，收成都很好他想把粮食合起来，换处宅院。原先，他是想多买几亩田地的，听人说，这年头田地总不牢靠，宅院到什么社会，终归是自己的，他就下了决心买宅子。

关于买宅子，老四提议要和军队上的哥哥商量一下，黎老东说："不用。他是革命干部，不同意我们置家业过活。"

他托了村里的说合人，替他物色宅院。很快，说合人就来告诉他，后街二寡妇那宅子要卖。这所宅子包括三间土坯抹灰北房，木架门窗都还很坚固，院子很大，以后可以盖三合房，现在就有一个大梢门洞儿。价钱不贵，十石麦子。另外，这所宅院距离黎老东现在住的地方很近，以后来往也方便。

黎老东想了想，很中意这宅子，就要下定钱。但是老寡妇有一个附带条件，要卖"养老腾宅"，就是说要等她死了，新主人才能搬进来。对于这一点，黎老东有些犹豫，谁知道老寡妇哪年死哩，看来她还很健康。不久，说合人又来说，老寡妇有个侄儿要争这宅院，出十二石麦。黎老东一听着了急，下了定钱，还和老寡妇那个侄儿闹了一场纠纷，经过村里调解，黎老东是军烈属，才得买到了手。

买了宅子，黎老东操心的事情可就多了。他隔几天就要到那宅子里转转，看见院子里跑着一群别人家的鸡，他就轰出去，看见墙头又叫孩子们蹬倒了，他就垒起来，看见房墙上的泥皮掉了，就和泥抹上。他关心宅院的每一个细小部分，而老寡妇好像什么也不管，在东间屋里炕上喘嗽着。

冬天，黎老东想叫老四到这北屋西间来住，捎带喂牲口，马槽就安在外间。他和老寡妇商量，老寡妇不同意，说马会把粪拉到她做饭的锅里。因为这个争吵起来，老寡妇一生气，收拾东西，到女儿家住去了，声言是黎老东把她逼走，在村里影响很不好。在军队里的儿子，不知怎么也知道了，来信批评了父亲。

黎老东为这件事也懊悔了好几天，觉得是找了麻烦。但是既然买了，就搬来住吧，选择了一个日子，他和六儿、四儿搬进了这一所新居。人们还要他请酒，他也只好应酬了一下。

夜里，六儿很晚才回来，黎老东一直没睡着，在等着他。

"我为什么买这个冤孽？"黎老东说，"不就是为了你？"

"嗯。"六儿把头蒙在被窠里，"新房子怎么这样冷呀？"

"你要学点儿好。"黎老东又规诫着，"不要整天瞎跑。"

而六儿已经呼呼入睡了，鼾声是那样匀称和舒心，老人是喜爱听这种声音的，年老的人，身边有个小儿子甜蜜地睡着，是会感到幸福的。

六

这一年冬天,六儿和村里的一家懒人,合伙卖牛肉包子。每天晚上,他背着一个小木柜子,在大街上来回游逛。

"牛肉包儿呀!好热的牛肉包儿呀!"

一直到深夜。

包子房设在村西头黎大傻家。黎大傻的老婆,原是县城东关一户包娼窝赌不务正业的人家的长女。这女人长得既丑且怪,右脚往里勾着,黑麻脸,左眼从小瞎了,有一大块萝卜花向外冒突着。她的性情很是刁泼,在新社会里,也长期改造不好,又非常好吃,为了满足她那馋嘴,她会想出一些奇奇怪怪别人绝想不到的办法。

黎大傻行什么事,也是要看着女人的眼色,听着女人的鼻息的。抗日战争以后,经过几次社会运动,他们每次都把分得的一些东西泼洒了。过程是:把分得的土地和一些粗粮变卖了,换回麦子卖面条儿,结果,一家人把本儿利儿全吃进肚里去。

今年和六儿卖包子,就是和面擀皮儿这些极为轻微的工作,黎大傻的老婆也是不愿意担负的。她不久就从娘家接了一个妹妹来,名义上是帮忙做活,她的实际目的在哪里,谁也猜得着。

这位妹妹,外表和姐姐长得非常不同,人们传说,这孩子原是那些年,从别人家领来的,和她的姐姐,并非一母所生。

她今年十九岁了,小名叫满儿。已经结了婚,丈夫长年在外面。小满儿一年比一年出脱得好看,走动起来,真像招展的花枝,满城关没有一个人不认识她,大家公认她是这一带地方的人尖儿。

刚到姐姐家来,小满儿表现得很安静。她不常出门儿,每天,姐姐出去串门儿,她就盘腿卧脚地坐在炕上剁馅儿,包包子,连头也不轻易抬起。黎大傻在地下来往，装着笼屉，兼在灶上烧火。六儿没事做，放一条板凳在炕沿儿下面，呆呆地望着她抽香烟。等到天黑，姐姐回来，小满儿问做什么吃，姐姐照例是说得很干脆的："还做什么吃？熬点米汤儿，就包子吃！"

"六儿不用回家，就在一块儿吃吧？"小满儿问。

"那还用你说吗？"姐姐笑着，"人家是咱们的大东家哩，要好好儿照应！"

现在，六儿就黑夜白日地在这一家鬼混。

渐渐，小满儿就不能安静地坐在炕上了。她每天要抽空儿到门口儿站一站。自从她搬到姐姐家，不知道是谁传播的消息，那些卖胭脂粉儿香胰子的小贩，也都跟踪到这村里来了。他们像上市一样，常常把三副几副的担子放在她姐姐家的门口，如果小满儿还没有出来，他们就用力摇动那小货郎鼓儿，用繁乱的、挑逗的节奏把她招引出来。

以后，小满儿又借口占碾子借磨，到大街上去。

每逢小满儿到街上来推碾，就会在这小小的村庄里引起一场动乱。当她还没有得到推碾的机会，只是放下一把笤帚在碾子旁边占着，自己一径回家去了，就有一些青年人趁到碾子附近来了。青年人越聚越多，常常使得那正在推碾的人家，感到非常的奇怪。

后来，碾子空下了，就有青年自动去给她报信。过了一会儿，小满儿从她姐姐家的胡同里转出来，青年们的眼睛就一齐转向她那里。青年们的眼神是多种多样的，有的勇迈些，有的怯弱些，然而都被内心的热情和狂想激动着，就像接连爆发的一片火焰。

小满儿头上顶着一个大笸箩，一只手伸上去扶住边缘，旁若无人地向这里走来。她的新做的时兴的花袄，被风吹折起前襟，露出鲜红的里儿；她的肥大的像两口大钟似的棉裤脚，有节奏地相互摩擦着。

她的绣花鞋，平整地在地下迈动，像留不下脚印似的那样轻松。

她那空着的一只手，扮演舞蹈似的前后摆动着，柔嫩得像粉面儿捏成。她的脸微微红涨，为了不显出气喘，她把两片红润的嘴唇紧闭着，把脖子里的纽扣儿也预先解开了。

她通过这条长长的大街，就像一位凯旋的将军，正在通过需要他检阅的部队。青年们，有的后退了几步，有的上到墙根高坡上，去瞻仰她的风姿。

小满儿来到石碾旁边，一转身，把大笸箩放在了地下。然后，她掠了掠齐肩的油黑的头发，向青年们扫射了一眼。

她是来碾米。她把谷子铺在碾盘上，等候着她的姐姐。她姐姐叫什么事耽搁住了，一直没有来，她就一个人推动了石碾。

她心里明白，不会没有人来帮她的忙。但是今天，青年们都在观望着，做着各种丑态，甚至互相推挤，却谁也没有勇气上前。

每当小满儿推着碾子转到街道旁边，她就转身向村西头望望，看看六儿来了没有。她很希望六儿在这个时候来，他比这些犟头们懂事，会跑着过来帮她的忙。

可是，六儿也好像忘记了和她约好的这回事儿似的，一直没影儿。她实在推不动了，又不愿意在这些青年人面前示弱，她装作碾得了头合，突地停下来往回折扫着，转身抓起了簸箕。

"怕还不行吧！"这时站在最前边的一个青年叫大壮的，开了口。

这个名叫大壮而实际上非常胆小的青年，是耐不过这种沉寂的场面，又实在心疼对方，才鼓足勇气去抓起了那根闲着的推碾棍。他这种异乎寻常的举动，使得全体青年吃了一惊，连平日向他开玩笑的习惯都忘记了。但是，忽然从街东头传来一声喊叫，这一声喊叫，就像在冬天的夜晚，有黄鼬来拉鸡，孤处的女主人从梦中惊醒，喊叫出来的那种声音一样凌厉吓人。

这是大壮的媳妇。大壮早婚,她比丈夫足足大八岁。她熬过很长的一段岁月,自从大壮渐渐懂得事理,她就越发爱他,并且越发管教得严格了。大壮平日很怕她,他怕她就像怕自己的姐姐,甚至像怕自己的母亲一样。因为,在多年的印象里,她不只照顾了他的饮食起居,而且也教导着他的言语行动。但是大壮从来也没想到,在他偶尔同别的女人在一起的时候,会引起自己的女人这样大的愤怒。他扶着碾棍,呆呆地望着自己的女人。

"你这个不要脸的东西!"大壮的女人急急走过来说,"快做晚饭了,你不去担水,跑到这里来干什么?"

"唔?"在众人面前,在女人的盛怒之下,大壮不知道怎样回答才好。

"你是哑巴,是聋子?"大壮女人的声音更严厉了,"我问你跑到这里来干什么?你年下就十八岁了,不学正经!"

"他还小哩,原谅他这一次吧!"青年们在一边打哈哈。

"他还小?"大壮的女人最不喜欢别人说她的丈夫年纪小,"什么才叫大人?你们小吗?吃屎的孩子,也干不出这样没出息的事儿来!你们是一群狗,有一只小母狗儿,在街上夹着尾巴一溜达,就把你们都引出来了!就把你们的脖子勾引得硬了,就把你们的眼睛勾引得直了!我在那边瞧了老半天,看看你们那下流样子!你们自己不觉?快到井台上,弄点儿水来照照吧!"

她这种不分敌友,一律混杂的教训,引起了青年们的极度不满,但是没有人愿意在这个时候和她冲突。他们用眼睛、用咳嗽鼓励大壮,很希望大壮就手抽出那根大推碾棍来。但是大壮连丝毫反抗的意思也没有,他甚至移动脚步,要想回家去了。

青年们注视着小满儿,小满儿簸着米糠,脸涨得像块红布。这女孩子，过去在多少男人面前，也是号称难惹的，但是今天遇到这样的场面，她低着头，连一句话也没讲。

斗争总是要展开的，她的姐姐已经在西街口那里出现。她之奔赴这里来，就像抢救水火一样迫切。因为肥胖，因为她的一只脚有点儿毛病，特别因为她的视力不能集中，她那奔跑的姿势，就像足球场上，带着球奋勇突击的前锋一样：一时曲偻着上身，一时弯架着胳膊，一时左右脚交攀着，一时在地下滚动着。

"你说谁是小母狗？"她离大壮的女人还有十码远，就发出了战斗的檄文。

"谁自认，我就说的是谁！"大壮的女人挺着身子说。

"我的妹妹是黄花少女！"黎大傻的女人说，"她的屁股也比你的脸干净！你管教你的小女婿行，欺侮我的亲戚就办不到！"

她跑到石碾那里抽出一根棍，但是叫小满儿给拦住了。

"你怎么变得这样老好子？"她吆喝着妹妹，"叫你把我的人都丢尽了！"

她举着大棍，奔向大壮媳妇，大壮媳妇以逸待劳，接住棍头，往怀里一带，黎大傻的老婆就来了个嘴啃地。

七

就在这个时候，久别的傅老刚父女，回到了这个村庄。

傅老刚还是推着他那铁匠炉，前面拉车的，是九儿。

傅老刚越显得年老和消瘦，小车已经破烂不堪，吱扭的声音，也没有了当年的气派。九儿长高了，但穿的衣服也很破旧。她的脸蛋儿很是干瘦，头发上挂满尘土，鞋面儿已经飞裂，只有那一对大眼睛里射出的纯洁亲热的光芒，使人看出她对于回到这里来，是感到多么迫切和愉快。

把小车推到十字街口，傅老刚放下绊带，和人们问好。九儿拉下脖里围着的旧毛巾，擦着脸上的汗水。

"我们又回来了，"傅老刚说，"可是，你们为什么吵架呀？"

"不为什么，"青年们说，"两位女同志，吃饱了没事儿，在这里练把式。"

"不要这样。"傅老刚郑重地说，"你们一直生活在咱们的根据地，真是生活在天堂里了。你们看我们那里，在国民党占据着的时候，人们的生活困难到了什么地步！我同九儿回去，正好陷在网儿里。还好，总算是逃了个活命儿出来。"

"你们那里生产怎么样？"青年们问。

"正在恢复，今年又遇到荒年。"傅老刚说，"你们有好日子，不好生过，就对不起共产党和毛主席。这些年，我一直想念你们，我想这里是老解放区，工作一定进步得多。六儿哩，怎么不见六儿？"

傅老刚在人群里巡视着，转身望了望他的女儿。女儿好像已经寻见过了，她现在只是站在那里，注视着正在推碾的那个长得极端俊俏，眉眼十分飞动的女孩子，她不认识这个女的，以为是谁家新娶的小媳妇。

"刚才，我看见六儿在村北边赶鸽子，这会儿，也许回家去了。"一个青年说，"你也该去看望看望你的老亲家了，黎老东这二年的生活，可提高大发了！"

傅老刚和人们告别，架起小车。九儿拉着牵绳，还不断地回头看小满儿。

见到老朋友，黎老东高兴极了。他带着亲家到他那新宅子里去看他打制的大车。

"亲家你看，就等你来了。"黎老东兴奋地说，"明天，咱们就在这院里支起炉灶来。你看，这院子多么豁亮，做起活儿来多醒脾？"

"真是好哩。"傅老刚说，"就是在这里开个木货厂，也满宽绰呢。"

"打上这辆车，我也就该休息了。"黎老东十分得意地说，"你知道，现在运销很赚钱，车轱辘儿一动，就是大把的票子。天津解放了，老大挣钱也多了，你看，刚一进冬天，就给我买来了这个。可是穿上这个，我还能做活吗？"

傅老刚打量着亲家高高翻起的新黑细布面的大毛羔皮袍，忽然觉得身上有些寒冷似的。黎老东还没有让远来的客人进屋休息的意思，他详细地说明了建设这所宅院的计划，又带着亲家去看猪圈。最后，推开北房门，叫亲家看马，这才顺便把客人让到里间坐下来。

当两个老人进了屋，九儿刚要跟进去的时候，她抬头看看，六儿站在房顶上向她招手儿，并且指给她上房的梯子所在。九儿轻轻上到房上，看见六儿躲在一排干树枝后面，引逗着一群鸽子玩儿。鸽子看到生人上来，都拍翅飞向天空，现在太阳西沉，西天的红霞映照到白灰抹平的房顶上。红色的白色的鸽子在他们头顶上奋飞着，追逐着，翻腾着。

"我早就看见你来了。"六儿说，"有我父亲，我不敢大声叫你。"

"你喂这些鸽子干什么？"九儿问。

"好玩儿呗。"六儿说，"新近，杨卯儿从北京弄来一对纯白的外国种，实在好，我还想买来哩，人家就是贵贱不卖。"

"青年团不批评你吗？"九儿问。

"我不是青年团。"六儿扬手引退着天空的鸽子，使它们飞下来又飞上去，"你加入了吗？"

"我也是刚加入。"九儿说着沉默了。

"这东西玩熟了,最有意思。"六儿说着站立起来,向天空呼叫着,"鸽儿,鸽儿。"

鸽子们先后驯顺地落在房檐儿上。

"六儿,那个姑娘是谁?"九儿忽然看见,在西边隔几户人家的一间房上,站着刚才推碾的那个姑娘。那姑娘直直地望着这里,脸上带着那么一种逼人而又难以理解的笑容。

"那是黎大傻的小姨子小满儿。"六儿说,"包子蒸熟了,我该去装柜子了,我们下去吧。"

吃晚饭的时候,六儿也没有回家来。当四儿知道九儿也是个青年团员的时候,非常高兴地说:

"你的关系带来了吗?今天晚上,你先参加我们的学习会吧。"

"我一路上,把关系转了来。"九儿笑着说,"我很愿意参加你们的学习会,四哥在团支部负责吗?"

"我是宣传委员。"四儿说,"咱这一带地方风沙大,每年春天缺雨,上级号召人们打井栽树,变旱田为水田,这是好事儿。可是村里还有很多人认识不清楚。"

"就是他妈的你认识清楚,"黎老东说,"你少在外头给我挣骂吧。"

"六儿为什么不参加青年团?"九儿问。

"谁知道他为什么。"四儿说,"他说脑筋不好,一开会就头痛。你看他像脑筋不好的人吗?"

"你要帮助他。"九儿说,"我看他把心都用到旁处去了。"

"你劝劝他也许好些。"四儿叹气说,"他一点儿也瞧不起我。我在我们家里,威信太低。"

"胡说八道。"黎老东又斥责他,"你在外边威信高,高了什么来?"

"年轻人进步是好事。"傅老刚劝说着,"亲家,要不是这个世道,你的生活能过得这样好吗?"

"你说的这话对。"黎老东说,"时代是不断前进的,可是,我们过日子,还得按照老理儿才行。"

八

由于九儿表示十分关怀,四儿提议一同找六儿谈一谈。四儿把牲口喂上,叫两个老人在家看门,装好学习文件,又带上一个小油灯,同九儿出来。

"你带个油灯干什么?"九儿问。

"这是我们团里的学习灯。不敢放在讲堂上,怕浪费油。"

黎老东在屋里听到"油"字,就冲着窗台喊:

"四儿!你又添上了咱家的油?你们青年团真成了穷人团,哪里有赔着灯油做工作的?他妈的,你的威信高,还不是高在这点灯油上!"

四儿没答言,领着九儿出来,他在街上停了停,说:

"六儿晚上卖包子,不知道出来没有。"

今天晚上,六儿没有出来做买卖,代替他那清脆的声音,是黎大傻那大劈拉嗓子:

"牛肉包子咧!好热的牛肉包子咧!"

四儿问他六儿到哪里去了,他有些不屑于搭理地说:

"谁知道。我又不是他的掌柜的。"

当四儿和九儿转到西街口上,在村边一处大场院里,传来六儿说话的声音。场院的门虚掩着,隐约地看出:院里栽着很多树木,堆着几个柴垛,靠墙边,有一棵大杨树高高矗立着。在杨树下面,六儿和一个女人贴身站立着。

九儿在门口站住了。四儿性急，一推门进去，并且大声喊叫了一声："六儿！"

那女的好像从什么东西上撞了回来一样，很快地往旁边一闪。

"你喊叫什么！"六儿压低声音，愤怒地说。

"怎么啦？"四儿并没有调整自己的嗓门儿，"有什么秘密？"

"不许你嚷！"六儿更发急了。

四儿停止了说话。但是，忽然"嚓"的一声，他划着了一根火柴，把手里的小油灯点了起来，高高举起，向四下里照耀。

"天爷！"六儿跑上去，一口把他的油灯吹灭，说，"到处点你这穷灯干什么！"

"真的有什么见不得光明的勾当，在这里进行着吗？"四儿一边说着，一边大步地绕着杨树行进，冷不防撞在躲在杨树后面的小满儿的身上，两个人吵了起来。

"完了！"六儿一跺脚，大杨树上扑棱棱一响，"鸽子跑了！""只是跑了一只。"小满儿停止吵闹，往上观看着，"谁也别说话了！"

飞起的那只鸽子，不知是属于什么性别，它是留恋眷属的，在黑暗的天空里绕了一遭，又落到了杨树上。这时六儿才低声告诉他的四哥，杨卯儿那外国种鸽子跑出来了，他正想法上去抓住它。

在黑夜里看来，这杨树一直高到抚摸着群星，而它那树皮，又像女人的肌肤一样光滑。六儿已经脱下鞋袜，在手里唾着口沫，要攀登上去了。

"这样黑天，你要玩命？"四儿说，"我回家叫父亲去！"

"少在这里拿大哥架子吧！"小满儿说，"抓住一只三十万，抓住两只，你学习好，给算算是多少钱？"

"六儿，"九儿忍不住，说，"你不要冒这样的危险吧！"

"好。"小满儿噘着嘴儿说,"心疼你的人儿发言了。"

"你是什么人,"九儿说,"我们从来又不认识,和我犯嘴?"

"我是什么人?"小满儿冷笑着说,"我是和你一模一样的那种人。"

"别吵了。"六儿哀告着,"别再吓跑了我的鸽子,鸽儿,鸽儿。"他很快地就上到了树的老杈那里。

"我们走吧!"四儿对九儿说,"没有办法,摔死了,怨他命里活该。"

九儿的心里非常气愤和极度不安,但她还是同四儿走出来了。

"也好像是一对儿哩!"小满儿放长声音说。

"你说什么?"六儿在树上问。

"我说的是鸽子啊!它们在靠南边的那一枝儿上。"

他们听见小满儿站在树下,不停地说着淡话,并指引着六儿的冒险行动。

九

在土地改革时没收的一家地主的宅子里,九儿和这村的青年团员们会面了。很多人原先是认识的,他们热情地问候九儿。四儿点着油灯,把人们招呼进西屋里,西屋原是三间,现在已经打通,青年团和本村的剧团都利用这个地方进行活动。屋子里十分寒冷,窗子都破碎了,顶棚上的花纸一块块带着灰尘蛛网垂下来,门子也缺了一扇。北墙上挂着一块小黑板,黑板前面放着一张破旧油垢的六人桌,地下用土坯和泥,垒成一堵堵的矮墙,也不知道是要人当作桌案还是当作座位。坐在上面,感到十分冰冷,那些女孩子们,穿的衣服很单薄,但是,她们还是安详地坐在上面了。

四儿和一个叫锅灶的青年是教员,他们守着油灯,给团员们讲解怎样向广大农民进行打井造林的宣传,讲完了一节就进行讨论。

夜深了,这屋子里实在比屋子外面还要冷一些。他们还是认真地讨论着。

"同志们,我们一定要把我们的村庄,建设成一个富裕繁荣的村庄。"四儿说,"到那个时候,我们青年团就不会再在这样冷的屋子里开会,我们要盖起一座很好的礼堂来。"

"离题太远了。"锅灶警告他说,"目前是研究怎样克服宣传上遇到的阻碍。"

"依我看,在我们村里,横在我们前进道路上的,有两大障碍。"四儿转回来说,"一是黎七儿的胶皮大车,运输很发财,助长着人们只看眼前,只顾个人的资本主义思想;一是黎大傻家的包子房,男女混杂,减低着人们的生产热情。如果要想宣传得好,就得限制黎七儿出车和取消黎大傻的包子买卖。不然,我们只是空口宣传,他们那里却有实际利益,我们是白费劲儿。"

"我同意你的看法。"锅灶说,"可是,第一,六儿是你兄弟,你应该首先叫他脱离那个坏环境。第二,你家大伯正在打大车,也想要走个人发财的路。这两大障碍,不在别处,就在你们家里,你把克服它们的办法说一说吧。"

"困难就在这里。"四儿真诚地说,"我的父亲根本不听我的话。我问他:你反对党的号召吗?他说:我完全拥护。我说:我们今年冬天打一眼井吧!他说:现在还不忙。这就是我遇到的困难。但是,我绝不在困难面前低头。"

"我可以帮助你。"九儿说,"我的看法和你们不大一样,老人也是可以说服的。在老家,我的父亲就很喜欢我把新道理讲给他听。至于六儿,我们也应该帮助他进步。"

"是啊!"坐在她后面的那些姑娘们,半天没人言语,现在像有人指挥着的合唱队一样,一齐喊叫出来。

"帮助六儿进步,这又是一个难题。"锅灶笑着说,"那个叫小满儿的,对他的吸引力,要比团强烈得多。"

姑娘们反对他这种看法。

"不信,你们就去试试,看能不能把六儿从她那边拉过来。"锅灶无可奈何地从台上走下来说。

散会以后,他们歌唱着各自回到自己的家里去,九儿被姐妹们拉去一块儿睡觉。锅灶家里人口多,房屋少,每年冬天是和四儿做伴的,这样便于共同学习和互相辩论。他们一同回来,四儿喂好牲口,在灶台上捡了几块早饭剩下的凉山芋,和锅灶分吃了,两个人就去钻被窠。

"被窠好凉啊!"锅灶笑着说,"既没有柴烧炕,又没有小媳妇给暖暖,我们太困难了!"

"战胜它吧!"四儿一边吸着冷气,一边说,"要想打光棍儿,就得有这样一种克服困难的精神!"

"你认为我们一定打光棍儿吗?"锅灶说,"据我看,那可不能过早地下结论哩!"

红马在外间屋里吃草,它虽然口齿老了,但那嚼草的声音,还像斩钉截铁一样铿锵。两个青年很快就睡着了,月亮把清水一样的光亮,洒到他们的窗子上来。

十

这时,六儿和小满儿,还没有离开那所空场院。鸽子,六儿早已抓到。他从树上滑下来,小满儿把他拉到一个大麦秸垛后边,两个人埋在绵软温暖的麦秸里。小满儿掏出红绒绳儿,把两只外国种鸽子的翅膀别起来,欢乐地抚弄着它们。一会儿叫它们亲嘴儿,一会儿,又叫它们配对儿。

"卖了它,给你买一件棉袄。"六儿对她说,"见面分一半,何况你帮了我不少的忙。"

"你和我的交情并不在吃穿上面。"小满儿认真地说,"给那位九儿,买一件吧。"

"为什么?"六儿问。

"就为她那脸蛋儿长得很黑呀,"小满儿忍着笑说,"真不枉是铁匠的女儿。"

"人家生产很好哩,"六儿说,"又是青年团员。"

"青年团员又怎样?"小满儿说,"我在娘家,也是青年团员。他们批评我,我就干脆到我姐姐家来住。至于生产好,那是女人的什么法宝?"

"什么才是女人的法宝?"六儿问。

小满儿笑着把头仰起来。六儿望着她那在月光下显得更加明丽媚人的脸,很快就把答案找了出来。

当黎明以前,大空弥漫着浓雾,树枝、草尖和柴垛的檐顶上结满霜雪的时候,六儿和小满儿才决定回家。他们站起身来,各自掸扫着头发和衣服上的草末儿,发现那珍贵的外国种鸽子,有一只压死在小满儿的身下了。那是一只大蓬头的雄鸽,六儿把它托在手里,表示了非常的沉痛。在这一时刻,他愿以任何代价挽回这只鸽子的逝去的生命,但是,它的心脏确实停止跳动了,翅膀下面的部分也发了凉。

回到黎大傻的家,大门和房门都是虚掩着。小满儿和六儿在这样晚的时候同时进来,也没有引起她姐姐的任何惊怪,而黎大傻好像根本就没有听见似的,在自己的被窠里呼呼地鼾睡着。

小满儿告诉姐姐,今天夜里,她同六儿捉鸽子去了,并且说六儿正为一只鸽子被压死难过哩!

"那有什么难过的?"姐姐在被窠里笑着说,"烫一烫,拔了毛剁剁,又省下四两牛肉!这样冷的天,我以为你两个抽空儿去干点正经事儿哩,倒去捉鸟儿玩了。唉!你们快到炕上来,钻进我这被窠里暖和暖和吧。"

她说着,把自己的热被窠让了出来,光着身子爬进黎大傻的被窠里去了。

等到天明,六儿从这一家出来,在门口遇到了鸽子的主人杨卯儿。

杨卯儿个子不高,打扮得很利落,他的脑袋很小很尖,戴一顶毡帽头儿,还显得分量过重。他那脑袋不停地上下颤动着,两只又圆又小的眼睛,非常灵活地转动着:

"六兄弟,起来得早啊!"

"你也早。"六儿垂头丧气地说,"有什么事情吗?"

"来找你。"杨卯儿把两只手插进短袄上的褡包里,"咱弟兄平日交情不错,你把鸽子还给我吧。今年它们下了蛋,孵出第一窠,我就送给你,我这人说话算话。"

六儿没有答言。

"不然,"杨卯儿上前一步,"我近来玩好了一只抓兔子的鹰,现在正是行围射猎的时候,我可以把它送给你。"

六儿还是没有话。

"如果你要钱——其实咱兄弟们不过这个,"杨卯儿的嘴唇抖颤着,脑袋扭向一边,"也可以。你先把鸽子给我,我慢慢去筹划。"

"回头再说吧,"六儿拔腿就要走,"我吃饭去。"

"怎么！"杨卯儿的两眼急得发出蓝光,"你素日为朋好友,对我这样不讲交情？你趁早把鸽子还给我,不然,你就是霸占！"

"什么叫霸占？"六儿站住,回过头来问。

"霸占我的鸽子,还霸占有主的青年妇女。"

"你看见了？"六儿问。

"有人亲眼看见,不然,我们就抖搂出来！"杨卯儿喊叫着说。

"你抖搂出来,又怎样？"黎大傻家的门子一响,小满儿站了出来。她显然是刚刚梳妆打扮好,脸上的粉脂还没有擦匀,她倒背着手在门框上一靠,面对着杨卯儿。"我倒要看看你能抖搂出什么来？你有什么证据吗,你抓住了男的,还是抓住了女的？你说呀！别他妈的大清早起在这里满嘴喷粪了,小心我过去拿大耳光子拍你！"

十一

杨卯儿原先也是一个卖针头线脑儿的货郎小贩。过去,每年腊月,他到保定府贩些女人年节用的物品,过铁路到山地里去卖。关于他在西山做买卖,很有一些奇异的传说。这些传说,都带有很大的浪漫性质。但是,多年来他并没有发了财,现在,在他身边遗留下的,只有那时用过的一把沙胎蓝釉小水壶。

前几天,县里介绍了一位从省里来的干部到村里来。这位干部,从各方面看,都像一个高级干部。在解决住房问题的时候,却使得村干部们觉得他有些古怪和不近人情。按照习惯,像这样的干部,应该住在村干部或是积极分子的家里,那样在相互接近和负责保卫上,都会便利一些。但是,这位干部提出要住在一个普通的人家,并且说除去先进的方面,他还要看看村里落后的部分,这就使得村里的负责同志有些踌躇，以为他负有什么特殊的使命，前来私访。而那位惯出古董主意的副村长，竟顺水推舟，把他领到杨卯儿的家里来了。

杨卯儿是个光棍儿，最初，对来客很表示欢迎，在炕上腾出一段地方，虽然那一段地方是属于炕的寒带。这位干部身体弱，在屋里又生起了一个小煤火炉。

"杨同志，火闲着也是闲着，能不能借把铁壶来，弄点儿开水喝呀？"干部说。

"不用去借，咱家里就有。"杨卯儿说着就从桌子底下的横板上，取出他那把水壶，到瓮里注上水，坐在炉口上。

"这是把瓷壶呀，能坐水吗？"干部问。

"这壶好就好在这里。"杨卯儿说，"瓷面沙胎，在火上坐水，就像沙吊儿一样，又快又不漏。"

但是炉口马上被水洇湿，一个劲儿嘶嘶地响。最初干部以为刚从瓮里提出，是带来的水。后来提起一看，壶底裂了好几道缝，这缝被火一烤，裂得更宽了，不但水喝不成，而且有火灭的危险。干部说：

"不行啊，杨同志，壶实在漏了，不能用。"

"不漏！"杨卯儿睁大一双小圆眼睛说，"我说不漏就不漏。"

"那不是明明在漏吗？"干部说。

"在我这屋里，你住着不合适。你搬到别人家去吧。"杨卯儿二话不说，就宣布了逐客令，这真使得干部大惑不解了。

干部指给杨卯儿看：一大滴一大滴的水，从壶底漏下来，漏到火里，嘶，嘶，嘶嘶！

杨卯儿连头也不转过来。

干部只好卷起铺盖，找了带他来的副村长去，把事情发生经过讲了一遍，副村长笑着说：

"同志，你要看村里的落后部分，我不知道杨卯儿，能不能算是一个典型？关于他的出身历史，我还可以向你介绍一些比较详细的材料。我年轻的时候，和杨卯儿搭伴儿做小买卖。像你看到的，和这样一个人做伙计，是最困难不过的了。他抬硬杠，一根筋，死赖账，翻脸不认人。但是他对西山的地理很熟，哪一条道儿也摸得清，我就忍着气和他做伴。每年，他都是吃净赔光才肯回来的。他赔光，不是好吃懒做，也不是为非作歹，只是为了那么一股感情上的劲儿。他进了山，就像打猎的进了林一样，专门要找好看的女人。至于什么女人叫丑叫俊，那全看对不对他的眼光。这个人，凡是他的东西，都是好的，别人不能批评的。他喜欢的，死小鸡子也是凤凰。每年他总会遇到一个美人儿。一旦发现了这个美人儿，他就哪里也不再去，只到这个庄儿上来。不管刮风下雨，只坐在这家门口儿上去卖货。你想，一个小庄儿上，能销多少货物？坐吃山空，他就这样赔光了老本儿。一年冬天，他又发现了美人儿。这家人住在一个高山坡上，那女人我也见到一次背影儿，倒是长得不错，穿一身干净蓝衣服，头发梳得光光的，在后面盘成一朵圆花。杨卯儿被她迷住了，一直到腊月二十几，我要回家了，他还是每天到那庄儿上去，在人家门口，一坐就是一整天，饥了就吃些干粮，提起他那把小壶，喝些冷水。他一个劲儿地摇动他那小鼓，小鼓两边的皮都打穿了，人家那女的再也不出来。有一天，他实在忍不住，跑到院里去摇，正遇上人家男人从山上回来，扯起扁担把他赶出来，把他的货箱、水壶踢到山坡下面。他是从山上滚下来的，头破血流，摔晕了过去。我赶到那里，把他救活过来，替他拾掇好东西。看了看，别的东西损失不大，就是小水壶裂了缝。我说：杨卯儿你的壶破了。他当时就很不高兴地说：没破，顶多是有点惊纹儿。我说：对，是惊纹儿，就像你这脑袋上的裂口一样！同志，杨卯儿的性格就是这样。

他直到现在,还在想念那个女人,说那女人对他是有心思的,只是那男的不愿意。你不要见怪,我们另找房子搬家吧!这村里还有一处落后的地方……"

杨卯儿一生,还从来没有看见过长得这样好看的女人,他立刻被小满儿那红白焕发的容光惊呆了。他的两只脚,像冬天雪地上的麻雀一样向前跃动着,上身不动,小脑袋直伸向前。他现在的形象,和他的名称相反,正像在木匠的斧头锤击下,亢奋地塞进木脐眼儿里去的尖锐的木楔一样。他上下反复地打量着小满儿的全身,他倾听着她的斥责,就像知罪的宗教徒接受天谴一般。

但是,对他说来像乐曲一样的声音,突然停止,小满儿一摔门子进去了。

十二

黎老东的大车的铁匠工序,正式开始了。铁匠炉安设在新买来的宅院里。早晨,天晴得很好,六儿的鸽群在天空飞翔着。

黎老东最后修整着车的上装,在他心里,只等铁匠完工,就可以开始油漆了。傅老刚把铁匠炉点着,一股浓烟翻转着升向天空,然后折下来在庭院里散开。九儿拉着风箱,四儿被派练习抡大锤。

黎老东把几年来积累的烂铁和新买来的铁料,搬到炉下来。九儿今天穿得很单薄,上身只穿了一件蓝色夹袄,她把擦脸的毛巾捋起来,齐着脑门儿把头发捆住,就像绣像上孙悟空戴的戒箍一样。她的脸色是更显得明朗了,充满了工作之前的热情和虔诚,轻捷而又稳重地推动着风箱。

傅老刚炼好第一块铁，用大铁钳夹着放在铁砧上，四儿赶过去抢起大锤。傅老刚用小锤敲点着砧子边教导着他，他还是不能用最适当的力量打在最适当的地方，有时把锤空落在砧子上，有时竟打在傅老刚的小锤上。九儿放下风箱把，来打给他看，在她的热心的示范和帮助下，四儿抢锤的技术，开始进步了。

黎老东在一边做着木匠活，注意力主要放在这边来了。他不断地斥责着四儿，说他笨，没有出息，唠叨不休。傅老刚在休息的时候，走到黎老东的身边说：

"亲家，我看你的脾气变坏了，对孩子们不能这样。这样不能使他工作得好，反会使他工作得更坏。他工作着，你一个劲儿斥责他，他的脚手就不知道往哪里放了。"

"你怎么说这样的话，你不是说管孩子应该严格些吗？"黎老东说，"打制这辆车是我心上的大事，早打成一天，好早一天用它去赚钱。亲家，让我们老兄弟把最好的手艺都施展出来吧！"

建立友情，像培植花树一样艰难。花树可以因为偶然的疏忽而枯萎。在黎老东和傅老刚这一次合作里，两个人心里都渐渐觉得和过去有些不一样。过去，两个人共同给人家做工，那是兄弟般的，手足般的关系。这一次，傅老刚越来越觉得黎老东不是同自己合作，而是在监督着。赶工赶得过紧，简直连抽袋烟，黎老东都在一旁表示着不满意。最使他闷气的是，自己远道赶来，黎老东却再也不说九儿和六儿的事，好像他从前没提过似的。

最后几天，黎老东只是穿着大皮袄，在院里察看着，指点着；六儿也打扮得像个客人似的，有时来在院里转悠一下，就不见了。傅老刚身体有些不舒服，在这样冷的天气里，他穿着一件破旧的小衫，还是辛勤地工作着。天天，有些参观的人，来到院里，这些人都是傅老刚的旧相识、老朋友。过去，他们来是同时观赏黎老东和傅老刚的手艺的；今天，在这些人的眼里，傅老刚的手艺，和黎老东的家业，被分别了出来。人们不再注意黎老东的木匠手艺，在新的形势下面，只在关心他的发家致富的前途。

　　两个老朋友，显然已经站在不同的地位上。黎老东完全觉到了这一点，傅老刚很快也完全觉到了，这就是我们的悲剧产生的根源。傅老刚感到，过去多年来，他和黎老东共同厌恶、共同嘲笑过的那种"主人"态度，现在是由他的老朋友不加掩饰地施展起来了，而对象就是自己。这当然不是新的社会制度的过错，而是传统习惯的过错。

　　当铁工也接近完成，一次吃饭的时候，黎老东忽然笑着说：

　　"亲家，我过日子越来越细了，你不要笑话我，我要积些钱给六儿他们把房子盖好。我想，你是不争这些的。"傅老刚以为他要提说九儿和六儿的事了，抬起头来听着，谁知道下文却是这么一句："这些日子，就当你们是在老家度荒年吧！"

　　最后一句话，十分激怒了傅老刚，他把饭碗一推，立起身来，说：

　　"亲家，我不是到你这里来逃荒呀！"

　　他叫出女儿来，提起水桶，泼灭了炉灶。他打整好小车，推到街上来。很多人来劝说，老头儿说什么也不回去。

　　两位老朋友的决裂，村里人都说不出那真正的道理。在四儿和九儿那经历较少的身世里，也还没有体验过这样伤心的事情。傅老刚是感到十分痛苦的，他把四儿叫到一边说：

　　"孩子，你看，这到底是怨谁呢？"

　　"这样正好。"四儿说，"你给我们解决了难题。"

　　"什么难题？"傅老刚问，"你这小子倒要看我们两个老头子的哈哈笑吗？"

"我们青年要组织一个钻井队。"四儿说,"在今年冬天,把我们村里能利用的水井都钻好下管。我们已经借到一杆锥。很多工具需要修理,我们想请你帮忙,又怕我爹不让。这样一闹,你就可以去帮助我们了。"

"你们有钢有铁?"傅老刚问。

"我们每人捐献一些,就够用了。"四儿说,"我们把小车,拉到青年团办公的大院里去吧。"

到了那里,青年们对老人说:

"大伯,我们是多么需要你啊!你再不要回山东老家。我们和村干部商量好了,把这院里的东屋给你拾掇出来,把窗子糊好。你就在这里常住吧,晚上我们抱柴来给你烧炕。"

十三

黎老东一个人呆呆地坐在院里一截木头上。当傅老刚决绝地推车出门的时候,他心里也曾经想:这样的交情,断绝了也好。你晒不了我黎老东的干儿,剩下的活,我会找别人来帮助,天下又不是只有一个铁匠。他拿起斧头来,气愤地捶击着车尾板上的大钉。但是,当他渐渐平静下来,听到只有他的斧头声音,在空旷的院落里回响,失去了亲切的钢铁的伴奏的时候,他忽然不能工作了,把斧头放在一边,坐了下来。他想,同傅老刚的交情,不是一年二年建立起来的,而且经过多次患难的考验。他用手抚摸着左边这一只脚。有一年,他同傅老刚给一家做活,他心情不好,一时失手,这只脚被锛砍伤了。那时离家在外,举目无亲,手里没有多少钱。在自己养伤的几个月的时间里,是傅老刚请医生,花药钱,背出背进,给水给饭。当然,这也报答过他了。同一年热天,傅老刚被热铁烫伤,自己曾经服侍了他。

他难过的是，究竟为了什么，傅老刚这样决绝？是他看我过得好些了，心里嫉恨？但想来想去，傅老刚从来也不是这样的人。是我变得嫌贫爱富，慢待了多年的朋友？他回忆着在这一段日子里，自己的言谈举动，他的痛苦就被惭愧的心情搅扰，变得更加沉重了。

这时六儿走了进来。黎老东抬头望着自己的儿子，在儿子的身上脸上，只能看见一层不成材的灰败的气象。他一时想道：自己这二年，一心要打车，要盖房，得罪亲友，都为的是他！而这个孩子，只知道自己玩乐，从来也没有想想当父亲的心情。

"做熟饭了，爹？"六儿站在窗台下太阳地里，懒洋洋地问。

"做熟了，就等你了！"老头儿跳了起来，抢着斧子赶过去。

六儿眼快，回头就跑。他刚才在街上又和杨卯儿争吵了一次，杨卯儿知道了那只雄鸽的死亡，要找黎老东来说理。六儿在门口碰上他，向他作个揖说：

"卯儿哥，咱们的事儿别闹了。你快去劝劝我爹，他要打死我哩。"

杨卯儿生来禁不住别人半点儿奉承，一句好话。仓促之间，他把这个委托应承下来，他快步向前，在梢门洞里，举起胳膊拦住了黎老东：

"看在侄儿面上，"杨卯儿说，"回家去，有话慢慢说。"

他把黎老东推进院里，给他找了一个坐物，又递给他一支香烟，自己蹲在一边，慢慢劝说着：

"快把车装制起来，别错过这个冬季，正是赚好钱的时候啊！你看见黎七儿了，一趟定州就是几十万，除去人吃马喂，三趟就可以盖座大砖房。老东叔，西村有座砖房要卖，价钱公道，你倒是有意思没有？"

"没有意思。"黎老东说，"我的心凉了。"

"谁家的老人也是这样。"杨卯儿说，"最恨小人儿不争气。我爹活着时，你们交情好，是知道的，管我管得多么紧？在我身上费了多大力？

我当然不能说给他老人家挣来了多少光荣，平心而论，一辈子也没有给他老人家丢过什么脸面呀！咱是个正直人，从小儿走南闯北，打抱不平，为朋友两肋插刀，花钱从不分你我。到老来没落下什么，不是我不能干，是命里穷苦。六儿兄弟，我看不错，为人聪明懂事，就是荒唐点儿，这也是年轻人必经之路，你快把车打整起来，交给他，一有正经事儿，他也就不胡跑了，你说是不是？"

黎老东的气渐渐消了，杨卯儿又把他引到原来的思路上。这时四儿回来了，他一声不言语，到屋里给牲口筛了两底儿草，手里提着一件什么东西，叫棉袍掩盖着，躲躲闪闪地又要出去。

"你手里提的什么？"黎老东问。

"一把破铁锹。"四儿只好站住，把东西亮出来。

"哪里来的这个，我这些日子到处找烂铁，你怎么不言语？"黎老东又挂了火。

"这是那年拆日本炮楼，我捡来的，因为没有用，就扔在一边了。"四儿说，"现在上级号召打井，我想去修理修理它。"

"他妈的，整个儿的六国反叛！"黎老东说着站起来，"从哪里拿的，还给我放回哪里去。上级号召打井，我号召打车！人家不给我干了，你快去做饭，吃饱了帮我上钉子！"

杨卯儿又赶过来劝解，四儿只好先去抱柴做饭，再慢慢想法把铁锹运出去。

十四

九儿所想的，吸收六儿参加学习或是参加工作，都是很困难的事。他轻易不接近这些集会和活动。干部去找他，他会说现在是生产第一，装模作样地背上一副柴火筐，溜溜达达到地里去了。干部们也曾讨论先从改造小满儿入手。接近小满儿是容易的，但男青年们不愿意去，有的是胆怯，有的是避嫌疑。当然，女同志们也可以和她去谈。女同志去了，小满儿总是热情地招待着，如果抱着小孩儿，她总得给孩子弄些好吃的东西来，并且要接到怀里，不停地在孩子的脸上亲亲吻吻。任何认生或是任性的孩子，到了小满儿的怀里，也会高兴起来的，孩子的脸也会叫她的充满青春热情的面孔，陪衬得更为出色。她会说，说笑起来，嘴上像抹上油儿似的。在这种场合，女同志们都是有些喜欢她，在批评上，那口气就自然软和多了。

"小满儿，拿着你这样聪明伶俐的人儿，好好儿学习学习吧；晚上，我来叫你，我们一块儿到民校听课去。"女同志热心地说服着。

"那很好，"小满儿笑着说，"我盼不能得儿愿意去学习呢。不用大姐来叫，黑灯瞎火，道路又不好走，你抱着个孩子，跌倒怎么办？我自己去吧，这个村子，街道都叫我磨平了，谁家我不认识呀！"

"你可一定去。"女同志又叮咛一句。

"一定。"小满儿把她送到门口，又和孩子招手耍笑着。等到女同志一拐弯儿，她把脸一沉，想了想，到家里换上件衣服，就进城回娘家去了。如果村里有什么运动，连续开会，她会几天几夜不露面儿。有时，她也到民校晃晃。她总是坐在灯光不亮的地方，在讲课刚开始，人们安静不下来的时候，她装作安静地听讲。当人们渐渐入神的时候，她就偷偷溜出来了。

无论在娘家或是在姐姐家，她好一个人绕到村外去。夜晚，对于她，像对于那些喜欢在夜晚出来活动的飞禽走兽一样。炎夏的夜晚，她像萤火虫一样四处飘荡着，难以抑止那时时腾起的幻想和冲动。她拖着沉醉的身子在村庄的围墙外面，在离村很远的沙岗上的丛林里徘徊着。

在夜里，她的胆子变得很大，常常有到沙岗上来觅食的狐狸，在她身边跑过，常常有小虫子扑到她的脸上，爬到她的身上，她还是很喜欢地坐在那里，叫凉风吹拂着，叫身子下面的热沙熨帖着。在冬天，狂暴的风，鼓舞着她的奔流的感情，雪片飘落在她的脸上，就像是飘落在烧热烧红的铁片上。

每天，她在夜深人静的时候，才回到家里去。她熟练敏捷地绕过围墙，跳过篱笆，使门窗没有一点儿响动，不惊动家里任何人，回到自己炕上。天明了，她很早就起来，精神饱满地去抱柴做饭，不误工作。她的青春是无限的，抛费着这样宝贵的年华，她在危险的崖岸上回荡着。

而且，她的才能是多方面的，谁都相信，如果是种植在适当的土壤里，她可以结下丰盛的果实。不管多么复杂的花布，多么新鲜的鞋样，她从来一看就会，织做起来又快又好。她的聪明，像春天的薄冰，薄薄的窗纸，一指点就透。高兴的时候，她到菜园里生产，浇起园来，可以和最壮实的小伙子竞赛，一个早晨把井水浇干。她可以担八十斤的豆角儿走出十里去上市。在这个时候，连村里一些老年人，都称赞她，希望有一种力量，能把她引纳到人生的正轨上来。今年，村里宣传婚姻法的时候，这女孩子忽然积极起来。她自动地到会，请人读报给她听，正正经经地沉默着，思想着。在那些文件上说明：女人和男人是平等的，她们已经做了很多工作，将来还会对国家有更大更多的贡献。但后来听到有些人，想把问题引到检查村里的男女关系，她就退了出来，恢复了自己的放荡的生活方式。因此，副村长向青年们提议，把那位高级干部带到黎大傻的家里。

这一天，她的母亲来了。这是一位到了五十多岁年纪，还在热心打扮的女人。可以看出在探看女儿的这次行动上，她曾经在头面上做了很细致的准备。她见到小满儿，就说：

"满儿,你男人快回来了,你婆婆找到咱家去,眼下就过年,你该到人家那里去住些时候了。"

"我不去。"小满儿说,"婚姻是你和姐姐包办的,你们应该包办到底,男人既然要回来,你们就快拾掇拾掇上车走吧。"

"你他妈的说的这是什么话?"母亲说,"你在这村里疯跑,人家有闲话哩!"

"既是闲话,"小满儿坐在炕沿上低着头整理着鞋袜说,"我管它干什么,叫他们吃了饭没事,瞎嚼去吧!"

"名声不好听哩,"母亲拍着巴掌,"我的小祖宗。"

"名声不好听,"小满儿跳下炕来对着镜子梳理着头发,直眉立眼地说,"也不是从我开始,是你们留给我的好榜样呀!"

她这样和母亲冲突,使得姐姐也不高兴了,姐姐说:

"小满儿,你不要胡说八道,谁给你留下的榜样?你够得上当我的徒弟吗?看你和小六儿,恋了一冬天,连条新棉裤也穿不上,还有脸犟嘴哩!"

"你先去挣一条来给我穿吧!"小满儿打整好,一摔门帘出去了。

她一个人走到她姐姐家的菜园子里,这个菜园子紧靠村西的大沙岗,因为黎大傻一家人懒惰,年久失修,那沙岗已经侵占了菜园的一半,园了里有一棵小桃树,也叫流沙压得弯弯地倒在地上。小满儿用手刨了刨沙土,叫小桃树直起腰来,然后找了些干草,把树身包裹起来。她在沙岗的避风处坐了下来,有一只大公鸡在沙岗上高声啼叫,干枯的白杨叶子,落到她的怀里。她忽然觉得很难过,一个人掩着脸,啼哭起来。在这一时刻,她了解自己,可怜自己,也痛恨自己。她明白自己的身世:她是没有亲人的,她是要自己走路的。过去的路,是走错了吧?她开始回味着人们对她的批评和劝告。

十五

她看见姐姐送着母亲走出村来,她才绕道儿回到家里去。到家里,看见黎大傻正帮着一个干部收拾屋子,小满儿惊奇了,她知道姐姐家因为落后、肮脏和名声不好,是从来没住过干部的。他们收拾的是东房的里间,这间屋里堆着一些烂七八糟的东西,外间,喂着一匹很小的毛驴。

她看见姐夫在这位干部面前,表现了很大的敬畏和不安,他好像不明白为什么村干部忽然领了这样一位上级来在他的家里下榻。他不断向干部请示,手足不知所措地搬运着东西。

小满儿看来,这位干部的穿着和举止,都和他要住的这间屋子不相称。从他的服装看来,至少是从保定下来的。他对清洁卫生要求很严格,自己弯腰搜索着扫除那万年没人动过的地方。小满儿不知道为什么忽然愿意帮帮他的忙,她用自己的花洗脸盆打来水,用手在那尘土飞扬的地上泼洒。

"你是这家的什么人?"那位干部直起身来问。

"她是我的小姨子。"黎大傻站在一边有些得意又有些害怕地说。

"啊,你就是小满同志。"干部注视着她说,"村干部刚才向我介绍过了。"

"他们怎样介绍我?"小满儿低头扫着地问。

"简单地介绍,还不能全面地说明一个人。"干部说,"我住在这里,我们就成了一家人,慢慢会互相了解的。"

干部在炕上铺好行李,小满儿抱来茅柴,把锅台扫净,把锅刷好,然后添上水,说:

"这屋里长年不住人,很冷。我给你烧烧炕吧。"

"我来烧。"黎大傻站在她身边说。

小满儿没有理他。她把水烧热了,淘在洗脸盆里,又到北屋里取来自己的胰子,送进里间:

"洗脸,你自己带着毛巾吧?"

晚上,干部出去开会,回来已经夜深了,进屋看见,小小的擦抹得很干净的炕桌上面,放着灌得满满的一个热水瓶;一盏洋油灯,罩子擦得很亮,捻小了灯头。摸了摸炕,也很暖和。

他听见北屋的房门在响。黎大傻的老婆,掩着怀走进屋来。她说:

"同志,以后出去开会,要早些回来才好。我们家的门子向来严紧,给你留着门儿,我不敢放心睡觉。"

说完,就用力带上门子走了。

干部利用小桌和油灯,在本子上记了些什么。他正要安排着睡觉,小满儿没有一点儿响动地来到屋里。她头上箍着一块新花毛巾,一朵大牡丹花正罩在她的前额上。在灯光下,她的脸色有些苍白,她好像很疲乏,靠着隔山墙坐在炕沿上,笑着说:

"同志,倒给我一碗水。"

"这样晚,你还没有睡?"干部倒了一碗水递过去说。

"没有。"小满儿笑着说,"我想问问你,你是做什么工作的?是领导生产的吗?"

"我是来了解人的。"干部说。

"这很新鲜。"小满儿笑着说,"领导生产的干部,到村里来,整年价像走马灯一样。他们只看谷子和麦子的产量,你要看些什么呢?"

干部笑了笑没有讲话。他望着这位青年女人,在这样夜深人静,男女相处,普通人会引为重大嫌疑的时候,她的脸上的表情是纯洁的,眼睛是天真的,在她的身上看不出一点儿邪恶。他想:了解一个人是困难的，至少现在，他就不能完全猜出这位女人的心情。

"喝完水去睡觉吧！"他说，"你姐姐还在等你哩。"

"他们早吹灯睡了。"小满儿说，"我很累，你这炕头儿上暖和，我要多坐一会儿。"

干部拿起一张报纸，在灯下阅读着。他不知道，这位女人是像村里人所说的那样，随随便便，不顾羞耻，用一种手段在他面前讨好，避免批评呢，还是出于幼年好奇和乐于帮助别人的无私的心。

"你来了解人，"小满儿托着水碗说，"怎么不到那些积极分子和模范们的家里，反倒来在这样一个混乱地方？"

"怎样混乱？"干部问。

"你住在这里，就像在粮堆草垛旁边安上了一只夹子，那些鸟儿们都飞开，不敢到这里来吃食儿了。"小满儿说，"平日这里可没有这样安静。平日，每到晚上，我姐姐的屋里，是挤倒屋子压塌炕的。"

"这样说，是我妨碍了你们的生活。"干部说，"明天我搬家吧。"

"随便。"小满儿说，"我不是杨卯儿，并没有撵你的意思。我是说，你了解人不能像看画儿一样，只是坐在这里。短时间也是不行的。有些人，他们可以装扮起来，可以在你的面前说得很好听；有些人，他就什么也可以不讲，听候你来主观地判断。"

她先是声音颤抖着，忍着眼泪，终于抽咽着，哭了起来，泪珠接连落在她的袄襟上。

干部惊异地放下报纸。但是小满儿再也没讲什么，扯下毛巾擦干了眼泪，稳重地放下水碗，转身走了。

整个夜里，黎大傻并不来给小毛驴添草，小毛驴饿了，号叫着，踢着墙角，啃着槽帮。耗子们因为屋里暖和了还是因为添了新的客人，也活动起来，在箱子上，桌面上，炕头和窗台上吱叫着游行。

干部长久失眠。醒来的时候,天还很早,小满儿跑了进来。她好像正在洗脸,只穿一件红毛线衣,挽着领子和袖口,脸上脖子上都带着水珠,她俯着身子在干部头起翻腾着,她的胸部时时摩贴在干部的脸上,一阵阵发散着温暖的香气。然后抓起她那胰子盒儿跑出去了。

十六

铁匠炉在新的场所生起来。

"这回,我要当掌作的。"九儿对青年们说,"我们是青年钻井队么!"

"拥护你。"青年们说,"我们轮流抡大锤、拉风箱,叫大伯站在一边指点着就行。"

青年们捐献来的钢铁是零碎的、破旧的,它们曾经多年埋没在角落里、泥土里,现在要经过锻炼,铸接在一起,形成一杆尖利的,能钻探地下,引出泉水来的铁钻钢锥。在青年们看来,这就像要把他们各人的高涨的热情,铸炼成一股共同建设国家的力量一样。

九儿的脸,被炉火烘照着,手里的小锤,叮当地响在铁砧上。这声音,听来是熟悉的。因为,她已经不是初次接触这种沉重的劳动了。在她的幼年,她就曾经帮助父亲,为无数的战士们的马匹,打制过铁掌和嚼环。现在,当这清脆的锤声,又在她的耳边响起的时候,她可以联想:在她的童年,在战争的岁月里,在平原纵横的道路上,响起的大队战马的铿锵的蹄声里,也曾经包含着一个少女最初向国家献出的,金石一般的忠贞的心意!

当然,她可以想到更早一些的日子,她可以用今天的工作来纪念她那贫苦终身、中年丧命的母亲。当母亲生下她来,把她放在炉边的一条小炕上,她就星夜听到这种劳动的声响了,母亲站在风箱前面,给她哼着催眠歌曲。或者说，当她还同母亲是一个躯体的时候，母亲就带着她从事这种沉重的工作了。

现在，热汗在严寒的早晨，透过了她单薄的衣服。这种同自己的伙伴们在一起，按照集体讨论的计划来工作，对她来说，还是第一次。这些青年伙伴们，在工作面前是争着做，抢着做的，是互相关怀和协同动作的。因此，九儿感到特别振奋和新鲜。据她看来，父亲也是振奋的，在他那漫长的劳苦和跋涉的一生里，现在的工作场景是做梦也不曾梦见过的啊！

当青年们在田野里工作的时候，平原上已经降过了初雪。中午，雪在附近的沙岗上闪烁着，慢慢融化着。在普遍秋耕过的土地上，泛起一层潮湿的松土。但是天气已经大冷了，大地在早上和晚上都要封冻。

青年钻井队的高大的滑车，在平原上接二连三地竖立起来了。它们给漠漠的平原，添上了一种新的使人向往并能诱发幻想的景色。它们使人想起飘扬的旗帜，使人想起外国故事里的风车，使人想起车站的水塔，矿山的竖井，都市里高大建筑的木架。青年人为开发水源，勤奋地工作着，他们的歌声和空中的滑车一同旋转飞扬着。

四儿、锅灶和九儿是一个小组，他们带来些干粮、小米，中午从坟地里砍些蒿阜，捡些树枝，在井边烧起饭来。

"你是知道的，"四儿对九儿说，"我们这里是平原，可是村子的三面，都叫沙岗包围起来了。西边这条沙岗，从山地流过来，它的流沙比河水泛滥还厉害。每到春天，整天刮着遮天盖地的黄风，黄沙会滚滚地跳过墙头篱笆，灌到地里来，灌到菜园子里来。黄沙盖住刚出土的蒜苗、韭菜芽，封住麦垄，埋住小树。每年春季，大风过后，我们就不得不到地里去用笤帚扫，甚至伏在地下用口吹，使得那被沙子压得发弯发白的嫩芽儿，重见天日。大风把沙子灌进街里，使人像在河滩走路，一陷多深。沙子灌进房门，打破窗户，妇女们每天要从屋里打扫出几簸箕土来。这就是我们的自然环境。上级号召打井栽树，是最适合我们这一带的情况不过了。"

"我们那里是山地，"九儿说，"也是荒旱连年。从我记事起，每年春天，干热的风沙就从西北山谷里吹过来，拼命吹打我们的小屋。我们门前有一条小河，冬天，水还在冰下哗哗地叫，到春天就干得没有了。我们那里，到春天靠糠皮树叶过日子。"

他们交谈着，向往着，如果能从他们这一代，改变了自然环境，改变了人们长久走过的苦难的路程，使庄稼丰收，树木成林，泉水涌注，水渠纵横，那对他们是太幸福了。

这时，在南面沙岗上出现了一幅和他们的谈话非常不相称的景象。六儿右胳膊上架着一只秃鹰，第一个走上沙岗来。随后而来的是黎大傻和他的老婆，夫妇两个每人手里提着一只死兔子，像侍卫一样，一左一右，站在了六儿的身旁，向远处张望着指点着。而在沙岗背后，像隐约的桃枝一样，出现了小满儿的光耀的头面。

"老四，你弟弟越发的不简单，玩起鹰来了。"锅灶说。

"这些人的事，咱弄不清。"四儿说，"和杨卯儿为鸽子吵了架，仇大得不得了。经黎七儿把三个人拉到城里吃了一顿饭，两个人又成了好朋友，把鹰借给六儿了。"

"怎么是三个人呢？"锅灶问。

"小满儿也去了。"四儿说，"那是他们的主心骨，组织中心，行动的指南。离了她是不行的。我还听到一个故事，杨卯儿现在成了黎大傻包子房的老主顾，每天晚上都要吃饱的。黎大傻的老婆对他说：卯儿哥，你只吃得好、穿得好，还不能算是完全翻了身，我要给你介绍一个对象，可是你得请请我。这样，杨卯儿就在城里请了她一次。"

"你能把他叫过来帮我们锥井吗?"锅灶撺掇着。

四儿正在犹豫的时候,那一队人马,早已经从沙岗上退回,折向相反方向,望不见了。

人们惯于把偶然的见闻当作笑谈,并不注意,在当事人的心里,正像千斤石一样沉重。九儿坐在那里,望着空漠的沙岗出神。她继续回忆着幼年时的家乡的影子。在母亲去世以后,她常常一个人坐在小窗的前面。窗外有一棵枣树,因为避风向阳,常常有些小鸟儿在枝头来聚会。鸟儿们玩起来,显得非常亲密。那站在一起,叽叽喳喳的也许就是最亲密的吧,不久,有一只跳到了别的枝头。遇到一阵风,它们竟各自飞散了。门前还有一片小小的苇塘,河水小的时候,那些小鱼儿们聚在一起,环绕着一枝水草,到了夏天河水涨满,谁也不知道它们各自的前程如何!

这些回忆是使人难堪的,容易疲倦的。她站立起来说:

"吃饱喝足了,我们开始工作吧,我来蹬一会儿滑车。"

"小心掉在井里呀!"锅灶笑着说,"你们猜我在想什么?我想六儿的包子不能吃了,净是兔子肉!"

九儿上到滑车上,用力攀登着,像一个勤奋的小昆虫在清晨和黄昏的时候工作。滑车滚动着,四儿从井底望着她,一时感到这是一个奇异的动人的少女图像。

她的工作越来越熟练从容,太阳从她的前方,慢慢向西移动。她可以看得很远,可以看到县城南关药王庙前面的两根高矗的旗杆。可以望见旷野里送粪的,捡柴的,放牧牛羊的和整理园地的人。她看见六儿正和小满儿在田野里追逐,听到黎大傻和他老婆的喊叫声音。

在下面工作的锅灶和四儿,也在谈论这件事。

"老四,你的理论高,你给我解释,我们在这里受累受冷地工作,你的老弟在那里带着女人玩耍。在人生这条道路上，是我们走对了哩，还是他们走对了？"锅灶冲着井底喊叫着。

"你提出的这个问题很重要，这是个人生观的问题。"从井里冒出四儿的声音，"你羡慕他们的生活吗？"

"有时候觉得他们讨厌，有时候，也有点儿羡慕。"锅灶说。

"在他们看来，一定是他们走对了。但是，我一点儿也不羡慕他们。"四儿说，"他们这样生活，有时候，自己也会感到羞耻的，不然，为什么望见我们就躲开了呢？"

"可是，还有一个老问题，他为什么一直不能改变过来呢？"锅灶说。

"这两天，我又把这个问题想了一下，"四儿说，"只凭我们几个人的力量去改造人，是不容易收到效果的。人怎样才能觉悟呢，学习是重要的，个人经历也是重要的，但更重要的是社会的影响。我有这样一个比方，六儿的心，就像我们正在改造的旱地。我们工作得好，可以在这块地上开发出水泉，使它有收成，甚至变成丰产地；可是，四外的黄风流沙，也还可以把它封闭，把它埋没，使它永远荒废，寸草不长。我们要在社会上，加强积极的影响。这就是扩大水浇地，缩小旱地；开发水源，一直到消灭风沙。"

"是的，这是可能的。"九儿在滑车上想，她攀登着，一斗子一斗子的淤沙积泥，从井底提上来，她望望井底，新的清澈的水，开始翻冒出来。但是爱情呢？她严肃地思考：它的结合，和童年的伴侣，并不一样。只有在共同的革命目标上，在长期协同的辛勤工作里结合起来的爱情，才能经受得起人生历程的万水千山的考验，才能真正巩固和永久吧。当然，爱情，可以在庄严的工作里形成，也可以在童年式的嬉笑里形成。那分别就像有的花可以开在风平浪静的水面上，有的花却可以开在山顶的岩石上，它深深地坚韧地扎根在土壤里，忍耐得过干旱，并经受得起风雨。

十七

那位干部当然不是专为了解人们的生活，才跑到乡下来的。他也抱着一种多年工作积累的热情，愿意帮助一个人。他希望小满儿能在他的帮助下，有所改变。他并且想到，只有在学习和工作里，小满儿才能改变。这当然是很困难的，因为他明白，他还没有真正了解她。

这天晚上，就是当小满儿行围射猎胜利归来的时候，干部站在院里。黎大傻家是个破大院，西北角破围墙下面，有一个荒废的白菜窖，旁边有一棵半死的老榆树，这棵树长得十分丑陋，它的头顶干枯，树身破裂歪斜，一枝早可以拉下来做柴烧的大横干，垂到邻舍的院里，成了邻家的鸡窠，有几只鸡已经飞到上面，准备过夜了。

小满儿回到家来，一点儿也没有带着在野地里奔跑、狂欢、疲累的痕迹。她是在姐姐和姐夫回家以后才回来的，姐夫和姐姐，提回来一只死兔子，两个人浑身是土，疲累不堪，而小满儿好像在进门之前就做了准备，她的身上整齐干净，头发也梳理过了，她用那惯常的轻捷悠闲的步伐，走过干部的面前。

"小满同志。"干部叫住她，"你吃过饭有事情吗？"

"没事，我是个大贤（闲）人。"小满儿笑着说，"干什么吧？"

"今天晚上，青年团员们学习，你也去听听吧。"

"人家叫我听吗？"小满儿狡猾地笑着，"我这个落后分子儿！"

"当然可以听，你先做饭，回头我们一块儿去。"干部说。

小满儿点点头，没有说什么。但是干部可以从她扭转过去的脸上看出，她是如何的不高兴。她抱柴做饭，坐在灶前烧火，不住地用眼角溜撒着,干部一直站在门口。

"同志,你不出去吃饭吗?"小满儿说。

"你多添点儿米,"干部笑着说,"我在你家吃一顿吧。"

"我们家的饭不好。"小满儿说,"你吃不下。"

"不好也一样给粮票。"干部说。他在院里一直站到小满儿把饭做熟。

小满儿这一顿饭,磨磨蹭蹭,费了有做两顿饭的工夫。她几次想从家里跑出去,但凭她的聪明,她知道干部正是防备她逃跑,才在那里监视她,她并且了解到这是一种好意,她装作十分安静地同干部吃了晚饭。

这一顿饭,她的姐夫蹲在外间没进屋,她的姐姐不明白这个干部和小满儿之间,发生了什么问题,也一直在避讳着什么,没有讲话。

吃过晚饭,天已经很黑了。小满儿从被动转为主动,首先放下饭碗说:

"同志,我们走吧。"

走出大门来,小满儿跑在前面,手里拿着一个小手电。

"你有这个家当。"干部说,"太好了。"

"我给你带路,"小满儿说,"我们从村外走,可以近一些。"

她从小胡同里往北转到村外来,因为她走得太快,那个手电的光亮太小,加上一闪一晃,干部跟在后面,反而什么也看不见了,只感到脚下绊绊磕磕。

小满儿飞快地跳过一个矮沙岗,贴着寨墙里面往东走,这一带都是软沙,有很多刨了树的大坑,干部深一脚,浅一脚,跌跌撞撞,只好慢走,以便脱离她的领导,并避免了她那手电的扰乱。

"走快点儿啊!"小满儿说,"人家一定上课了,我们不要迟到。"

"你带的这是什么路?"干部半开玩笑地说,"这不是正路。"

"什么是正路？"小满儿说，"只要抄近儿就好。小心，这里有一眼井，你可千万别掉下去。"

干部小心地扶住辘轳架，从井边沿过，然后是一陡坡，小满儿跳了下去，干部差不多是滑了下去。

"小心，篱笆。"小满儿侧着身子从荆棘之间闪过去，荆棘挂住了干部的衣服。

"给你吧。"小满儿回头把手电交给干部。她仍然在前面走着，从堆着很多破砖乱瓦的道路上，走进了一座大庙的后门。这座大庙，干部是参观过了的，当他们在大殿中间走过时，干部用手电照了照那站在两旁的、歪歪斜斜，缺胳膊少腿或是失去了眼珠的罗汉们，小满儿毫不在意地走过去，她的脚步放慢了。她说：

"同志，你没有赶过四月初八的庙会吧？这个庙会太热闹了。那时候，小麦长得有半人高，各地来的老太太们坐在庙里念佛，她们带来的那些姑娘们，却叫村里的小伙子们勾引到村外边的麦地里去了。半夜的时候，你到地里去走一趟吧，那些小伙子和姑娘们就会像鸟儿一样，一对儿一对儿地从麦垄儿里飞出来，好玩极了。"

"那有什么好玩的？"干部说。

"我也是听人说的，"小满儿说，"那么热闹的时候，我并没有赶上。抗日的时候，这村的游击队很英勇，他们站到第三层大殿上，有的就坐在神像的头顶上，放哨和阻击向这里扫荡的敌人。庙里的尼姑替他们搬运子弹，现在她们都还俗了，有一个最年轻最漂亮的，是副村长的儿媳妇。"

"这些抗日的故事很好。"干部说。

"那么，"小满儿停下来，转回身说，"我们不要去开会了，回到家里去，我给你讲一晚上故事吧！"

干部摇了摇头。

"他们不会斗争我吧？"走出大殿，小满儿小声问。

"绝对不会的。"干部说，"你想到哪里去了？"

"有一个尼姑，曾经吊死在这里。"小满儿指着大殿前面的一棵大树说，"因为恋爱不自由。活着的时候，我见过她，她会吹笙，长得也很好。"

干部没有说话，有一阵风扫过树尖和屋顶。

"我害怕。"小满儿忽然转回身来，几乎扑到干部的怀里，她的声音抖颤着，干部听到她的牙齿发出"嘚嘚"的打击声音，他扶住她，用手电一照，她的脸色苍白，眼睛往上翻着。她说着听不明白的话，眼里流出泪来。

"怎么回事？"干部慌了手脚。

"我看见了她，我看见了她！"小满儿大声喊叫。

"歇斯底里！"干部心里说，"没想到她有这种病症！"

听到喊声，第一个从街上跑到大庙里来的是六儿，他给杨卯儿送了一只兔子去，回来路过这里。直到六儿进来，干部才感觉到，他现在的处境，很容易引起别人的怀疑。在这样黑的夜晚，在这样荒无人烟的地方，在他的身边，一个女人发生了这种情景。他向六儿说明他同小满儿来到这里的经过。

"你救救我！你背我家去！"小满儿听到六儿说话，发出了这样的呻吟。

"好，"干部说，"你帮忙背背她吧，你知道她的住处吗？"

"知道。"六儿说着蹲下来，拉起小满儿的两只手，放到肩上。小满儿仍然在哭泣，眼泪滴在六儿的脖子里。走到街上，她安静了，她噘起嘴来轻轻地无声地吹嘘着六儿的脖子后面。起初,六儿也有些害怕,但等到她偷偷地把嘴唇伸到他的脸上,热烈地吻着的时候,六儿才知道她并没有发生什么意外。

十八

六儿出车,黎老东看成是一件头等隆重的事件。自从把车打成,他运用毕生的工作经验,使油漆在冬季提前干好。晚上,他特备了酒菜,把黎七儿请来,对他说:

"七兄弟,我把六儿和这辆新车交给你,你要好好儿带动他,把你半辈子跑车的经验教给他,叫他在正道上走,不要翻车跌脚。"

黎七儿一口答应,并且说:

"不用大哥挂念,我不能眼看着叫他吃亏。我们这次打算到石门,大叔,你看拉些什么货物回来?"

"自然是拉什么利大,就拉什么。"黎老东说,"你看着吧。可是,因为是新打的车,头一趟可不要拉煤。"

"可是,"黎七儿笑着说,"冬季还就是拉煤利钱大。到那里看吧,要不就装点儿杂货。"

酒喝到半醉的时候,黎老东又向黎七儿说了这些话:

"七兄弟,我知道,在土改的那段日子里,你和我们有些隔膜。可是,我一直并不认为你是一个富农,我一直评你是个上中农。你爷爷,你父亲那两辈,当然是富农。可是自从你弟兄们分了家,你主要是跑车,雇人不多,要评成富农,我觉得有点儿够不上,要说是中农,好像又冒点尖儿,当时的争论,就在这上面。"

"过去的事情了,"黎七儿说,"当时,我就是心疼我那匹骡子。后来,我变卖些东西,又把它买回来了。咱成分不好,就不愿在村里见人。

现在跑着车,我的生活,你看见了,也还过得去。坦白地说,人只要有能力办法,不种园子地,也能吃香喝辣!我不省着细着。平日在家,你知道,黎大傻家卖什么我吃什么。出门打尖下店,不是焖饼就是炸酱面;出店上车,整瓶子好酒在怀里一掖,什么时候想喝了,就低头来一口。"

"我就是佩服你。"黎老东说,"那些别的户都倒下了,就是你站起来得快。"

黎七儿走了以后,黎老东几次起来喂牲口。鸡叫头遍,他就叫醒六儿,装好草料。套车时,他帮着摆正辕鞍,结好肚带,抹足车油。天不明吃了早饭,六儿把车赶到街上来。早起站在街上的人,都称赞这辆新车。黎老东在车的前面倒着走,有时用脚填平道辙,不断地指挥着六儿。

出村,黎七儿的双套大车,赶在前面。杨卯儿要到石门去办年货,坐在他的车上。出了寨墙口,黎七儿摇动鞭子,把车轰开,跟着跑了几步,然后一蹿身,坐了上去。他回头望望六儿,六儿也照黎七儿的样子蹿上了车。黎老东在村边望着,望着六儿的车转过大沙岗,才转回身来。

在十字街口,村长拦住了他,和他说了希望他加入合作社的事。为了打破他的顾虑,村长还热心地向他介绍了别的村庄办社,对于牲口车辆的折价办法。这些话,黎老东好像全然没有听进去,他往家里走,从别人看来,他那一直兴奋得意的步伐,忽然变得焦躁和不安了。

车辆转过大沙岗,突然停下来。小满儿怀里抱着一个小包裹,坐在一棵老杨树下面等候着。她站起来,爬到六儿的车上去了。然后,黎七儿大声说笑着,摇动长鞭。两辆大车的后面,扬起了滚滚的尘土。

十九

每天,九儿回到家里,傅老刚已经做好了饭。知道女儿做的是重活,老人还是按照打铁时的习惯,做小米干饭。每天,父女两个坐在里间炕上,守着一盏小煤油灯吃着晚饭。

这两天,父亲注意到女儿很少说话,他以为她是太疲累了。

他说:

"今天,有几个互助组,给我们拿来一些工钱,这些日子,我帮他们拾掇了一些零碎活儿。我不要,他们说我们出门在外,又没有园子地里的收成,只凭着手艺生活,一定要我收下。我想眼下就要过年了,你也该添些衣裳。"

"不添也可以。"女儿低着头说,"过年,我把旧衣裳拆洗拆洗就行了。爹的棉袄太破了,应该换一件。"

"我老了,更不要好看。"父亲说,"村长和我说,他们几个互助组,明年就要合并成合作社。村长愿意我们也加入,说是社里短不了铁匠活儿。我说等你回来商量商量,你帮我想想,是加入好,还是不加入好。"

"我愿意加入。"女儿笑着说,"这是最好不过的事。"

"我也是这么想。"父亲兴奋地说,"当然我们可以回老家去参加。可是,这里的工作更靠前一步,我们和这个村子又有感情,就在这里参加也好。村长还说,他们也希望六儿家参加,那样,社里有铁匠也有木匠,工作方便得多。可是黎老东正迷着赶大车,不乐意参加。这些日子,我总见不到六儿,你见到他了吗?"

女儿没有说话。

"你不舒服吗?"父亲注意地问,"怎么看你吃不下?"

"不。"女儿说,"我只是有点儿累。"

她到外间去收拾锅碗。

"我和黎老东吵翻了。"父亲在里间说,"这只是一人一家的问题,只是两个老头子的问题,算不了什么。你不要把这件事情放在心上。"

"我没有放在心上。"九儿说,"今年冬天,我看着爹的身体不大结实,我希望爹多休息休息。"

"你不要惦记我。"老人笑着说,"我这病到春天就会好起来的。今天晚上不开会,收拾好了,你早点儿睡觉去吧!"

九儿给父亲铺好炕,带上屋门,到女伴们那里去。

今天夜里,天晴得很好,月亮很圆,很明净,九儿在院里停站了一会儿,听了听,父亲在吹灯躺下以后,并没有像往常那样咳嗽。她的心情也明快平静下来,她觉得她现在的心境,无愧于这冬夜的晴空,也无愧于当头的明月。她定睛观望,好像是第一次看清了圆月里那只小兔儿的可爱的活泼的姿态。

二十

童年啊,你的整个经历,毫无疑问,像航行在春水涨满的河流里的一只小船。回忆起来,人们的心情永远是畅快活泼的。然而,在你那鼓胀的白帆上,就没有经过风雨冲击的痕迹?或是你那昂奋前进的船头,就没有遇到过逆流礁石的阻碍吗?有关你的回忆,就像你的负载一样,有时是轻松的,有时也是沉重的啊!

但是,你的青春的火力是无穷无尽的,你的舵手的经验也越来越丰富了,你正在满有信心地,负载着千斤的重量,奔赴万里的途程!你希望的不应该只是一帆风顺,你希望的是要具备了冲破惊涛骇浪、在任何艰难的情况下也不会迷失方向的那一种力量。

1956 年初夏

第六辑 芸斋小说

鸡　缸

我们住宅后面就是南市，解放初期，那里的街道两旁，有很多小摊。每到晚上没事，我好到那里逛逛，有时也买几件旧货，价钱都是很便宜的。

有一次，我买了两个瓷缸，瓷很厚很白，上面是五彩人物、花卉，最下面还有几只雄鸡，釉色非常鲜艳。可能是用来装茶叶或糖果的，个儿很不小，我从南市抱回家中，还累得出了一身汗。抱回来，也没有多少用途，我就在里面放小米、绿豆。

"文化大革命"期间，此物和别的一些瓷器被抄走，传说我家有廿多件古董，这自然是其中之一。关于书，我心里是有底的，说有这么多古董，我却没有精神准备。这些瓷器，都是小贩们当作破烂买来的，我掏一元钱买一件，他们还算是遇到了大头。现在适逢其会，居然上升为古董，我心里有些奇怪。

这当然也是有人揭发的。我们住的是个大杂院，门口有个传达室。其中值班的，有个姓钱的老头儿，长年穿黑布衣服，叼着铜烟袋，不好说话，对人很是谦恭。既然是传达，当然也出入我的住室，见到了我的用具和陈设。此人造反以后，态度大变，常常对着我们住的台阶，大吐其痰。不过当时这是司空见惯的现象，是时代的自然点缀，我也不以为意,我个人是同他没有恩怨的。

冬季,我到了干校,属于"牛鬼蛇神"。这个姓钱的,作为"革命群众",不久也到干校去了。有一天,他指挥着我们几个人,在院里弄煤,态度非常专横霸道。忽然,有一个同伴对他说:

"钱某某,你是什么人?你原是劝业场二楼的一个古董商,专门坑害人,隐瞒身份,混入机关。你和我们一样是'牛鬼蛇神',不要在那里指手画脚的了,快脱了大衣,和我们一起干活!"

当时,我真为这位棚友捏一把汗。谁知这个姓钱的,听了以后,脸色惨白,立刻一转身,灰溜溜地钻进屋子里去了,以后再也不来领导我们。他虽然并没有从此就划入我们这个阶层,同我们去住一个棚子,但这件事,颇使我们扬眉吐气于一时,很觉得开心。

后来我想,一个古董商人,解放以后,变成了传达,内心对共产党当然是仇恨的,也就无怪对进城干部是这样的态度了。他向上级谎报我家有多少古董,也就是自然可信的了。

过了几年,书籍和瓷器都发还了。书籍丢失了一些,并有几部被人评为"珍贵",劝我"捐献国家"。瓷器却一件没丢,也没人劝我捐献,可见都是不入流品,也不惹人喜爱的。

我把这些瓶瓶罐罐,堆放在屋子的一个角落里。一年夏天,忽然在一个破花瓶里,发现了一只死耗子,颇使人恶心。我把耗子倒出来,把花瓶送给了帮我做饭的妇女。

这两个瓷缸,我用它腌上了鸡蛋,放在厨房里。烟熏火燎,满是尘土油垢,面目皆非了。

时间过得真快,又过了几年。国家实行开放政策,与外国通商来往,旧瓷器旧文物,都大涨其价,尤其是日本人敢掏大价钱。那位妇女,消息灵通,把那只花瓶送到委托店论价,竟给十五元。还说,如果不是把人头磨损了一些，可以卖到二十元。她喜出望外、更有惜售之心。又抱回家去了，并好意地来通知我说：

"大叔，你那两个缸子，不要用它腌鸡蛋了，多么可惜呀，这可能是古董。我给你刷刷，拿到委托店去卖了吧。"

我未加可否。但也觉得，值此旧瓷器短缺之时，派以如此用场，也未免太委屈它们了。今日无事，把鸡蛋倒到别的罐子里，用温水把它们洗了洗，陈于几案。瓷缸容光焕发，花鸟像活了一样。使我不由得有一种感慨，就像从风尘里，识拔了稀世奇才，顿然把它们安置在庙堂之上了。看了看缸底，还有朱红双行款，大清光绪年制。

还查了一本有关瓷器的书，这种形制的东西，好像叫作鸡缸。

这不是古董是什么！对着它们欣赏之余，因有韵文之作，其辞曰：

绘者覃精，制者兢兢，锻炼成器，希延年用。瓦全玉碎，天道难凭。未委泥沙，已成古董。茫茫一生，与瓷器同。

1981 年 11 月 24 日

女相士

六六年秋冬之交，我被集中到机关五楼平台上一间屋子里"学习"。那时"四人帮"白色恐怖，空袭而来，我像突然掉在深渊里，心里大惑不解，所以对一块儿学习的是些什么人，也很少注意。被集中来的人，逐日增加，新来的总要先在班上做一些检讨，造反头头，也要对他做例行的审问。

有一天，又在审问一个新来的人：

"你自己说，你是什么阶级？"

"我是自由职业者。"答话的听来是个女人。我是没有心情去观望人家的，只是低着头。

大概过了一段时间，"反动"阶级成分都要自动提高一级。头头又追问这个女人，她忽然说：

"我是反动文人。和孙芸夫一样！"

我不由自主地抬起头来，看看到底是谁这么慷慨地把我引为同类。这是一位五十多岁的女人，身材修整，脸面秀气，年轻时一定是很漂亮的。她戴着银丝边眼镜，她的眼睛，也在注视着我，很有些异样，使我感到：她这种看人的方法，和眼睛里流露的光亮，有一点儿巫气或妖气。

后来，我渐渐知道，这个女人叫杨秀玉，湖南长沙市人，是机关托儿所的会计。解放前是个有名的相士,曾以相面所得,在长沙市自盖洋楼两座。这样的职业和这样的财产,当然也就很有资格来进这个学习班了。

冬季,我们被送到干校去,先是打草帘,后是修缮一间车棚,作为宿舍。然后是为市里一个屠宰场,代养二百头牛,牛就养在我们住室前的场地里。我们每天戴着星星起来,给牲口添草料,扫除粪尿,夜晚星星出来了,再回到屋里去。中间,我曾调到铡草棚工作,等到食堂买了大批白菜,我又被派到菜窖去了。

派我在菜窖工作,显然是有人动了怜悯之心,对我的照顾。因为在这里面,可避风雪,工作量也轻省得多。我们每天一垛垛地倒放着白菜,抱出去使它通风,有时就拣选烂菜叶子。一同工作的是两位女同志,其中就有杨秀玉。

说实在的,在那种日子里,我是惶惶不可终日的,一点点生的情趣也没有,只想到一个死字,但又一直下不得手。例如在铡草棚子里,我每天要用一把锋利的镰刀,割断不少根捆草的粗绳。我时常掂量着这把镰刀想:如果不是割断草绳,而是割断我的脖颈,岂不是一切烦恼痛苦,就可以迎刃而解了吗?但我终于没有能这样去做。

在菜窖里工作,也比较安全。所谓安全,就是可以避免革命群众和当地农场的工人、儿童对我们的侮辱,恫吓,或投掷砖头。因为我们每个人的"罪名""身份",过去的级别、薪金数目,造反者已经早给公布于众了。

在菜窖里,算是找到了一个避风港,可以暂时喘喘气了。

我和杨秀玉,渐渐熟识起来。我认为此人也不坏,她的职业,说起来是骗人的,但来找的人,究系自愿。较之那些傍虎吃食,在别人的身家性命之上,谋图一点儿私利的人,还算高尚一些吧!有时就跟她说个话儿，另一位女同志，是过去的同事，但因为她现在是菜窖负责人，对她说话就要小心一些。因此，总是在这位同志出窖以后，我们才能畅谈。我那时已经无聊到虚无幻灭的地步，但又有时想排遣一下绝望的念头，我请这位女相士，谈谈她的生活和经历。

她说，这是她家祖传，父亲早死，她年幼未得传授，母亲给她请了一位师父，年老昏庸。不久就抗战了，她随母亲、舅舅逃到了衡阳。那时她才十三岁，母亲急于挣钱，叫她到街上去吆喝着找生意，她不愿意去。她恳求母亲，给她一元钱，在一家旅馆里，租了一间房，门口贴了一张条子。整整一个上午，没有一个顾客，她忍着饥饿，焦急地躺在旅馆的床上。到了下午，忽然进来了一个人，相了一面，给了她三元大洋。从此就出了名。

然后到贵州，到桂林，到成都，每到一处，在报上登个广告，第二天就门庭若市，一面五元。那时兵荒马乱，多数人离乡背井，都想借占卜，问问个人平安，家人消息。她乘国难之机，大发其财。她十八岁的时候，已经积累很多金条了。

她说："在衡阳，我亏了没到街上去喝卖，那样会大减身价，起步不好，一辈子也成不了名。你们作家，不也是这样吗？"

我只好苦笑了起来。

我们的谈笑，被那位女同志听到了，竟引起她的不满。夜晚回到宿舍，她问杨秀玉：

"你和孙某，在菜窖里谈什么？"

"谈些闲话。"杨秀玉答。

"谈闲话？为什么我一进去，你们就不谈了！有什么背人的事？我看你和他，关系不正常！"

两个人吵了起来，并传了出去，使得革命群众又察觉到了一件"反动"阶级的新动向,好在那时主要是注意政治动向,因此也就没有深究,也许是不大相信,会有那种事情吧。像我们这些人,平白无故遭到这种奇异事变,不死去已经算是忍辱苟活,精神和生活的摧残,女的必然断了经,男的也一定失去了性。虽有妙龄少女,横陈于前,尚不能勃然兴起,况与半百老妇,效桑间陌上之乐、谈情说爱于阴暗潮湿之菜窖中乎。不可能也。

有一天,又剩了我们两个人。我实在烦闷极了,说:

"杨秀玉,你给我相个面好吗?"

"好。"她过去把菜窖的草帘子揭开说,"你站到这里来!"

在从外面透进来的一线阳光里,她认真地端详着我的面孔,好像从来没有见过我似的。

"你的眉和眼距离太近,这主忧伤!"她说。

"是,"我说,"我有幽忧之疾。"

"你的声音好。"杨秀玉说,"有流水之音,这主女孩子多,而且聪明。"

"对,我有一男三女。"我回答,"女孩子功课比男孩子好。"

"你眼上的白圈,实在不好。"她叹了一口气,"我和你第一次见面,就注意到了。这叫破相。长了这个,如果你当时没死,一定有亲人亡故了。"

"是这样。我母亲就在那一年去世了,我也得了一场大病。"我说,"不过这都是过去的事,无关紧要了。大相士,你相相我目前的生死存亡大关吧。我们的情况,会有好转吗?"

"四月份。"她满有信心地说,"四月份会有好消息。"

正在这时,听到了那一位女同志的脚步声,她赶紧向我示意,我们就又都站到白菜垛跟前工作去了。

真的,到了夏季,我们的境遇就逐渐好起来,虽然前途仍在未卜之数，八月份我也算是得到了"解放"，回到家里来了。

芸斋主人曰：杨氏之术，何其神也！其日常亦有所调查研究乎？于时事现状，亦有所推测判断乎？盖善于积累见闻，理论联系实际者矣！"四人帮"灭绝人性，使忠诚善良者，陷入水深火热之中，对生活前途，丧失信念；使宵小不逞之徒，天良绝灭，邪念丛生。十年动乱，较之八年抗战，人心之浮动不安，彷徨无主，为更甚矣。惜未允许其张榜坐堂，以售其技。不然所得相金，何止盖两座洋楼哉！

1981年11月26日晚

高跷能手

　　干校的组织系统，我不太详细知道。具体到我们这个棚子，则上有"群众专政室"，由一个造反组织的小头头负责。有棚长，也属于"牛鬼蛇神"，但是被造反组织谅解和信任的人。一任此职，离"解放"也就不远了。日常是率领全棚人劳动，有的分菜时掌勺，视亲近疏远，上下其手。

　　棚是由一个柴草棚和车棚改造的，里面放了三排铺板，共住三十多个人。每人的铺位一尺有余，翻身是困难的。好在是冬天，大家挤着暖和一些。

　　我睡在一个角落里，一边是机关的民校教师，据说出身是"大海盗"；另一边是一个老头儿，是刻字工人。因为字模刻得好，后来自己开了一个小作坊，因此现在成了"资本家"。

　　他姓李名槐，会刻字模，却不大会写字。有一次签字画押，竟把槐字的木旁丢掉，因此，人们又叫他李鬼。

　　他既是工人出身，造反的工人们，对他还是有个情面的。但因为他又是由工人变成的"资本家"，为了教育工人阶级，对他进行的批判，次数也最多。

　　每次批判，他总是重复那几句话：

"开了一年作坊,雇了一个徒弟,赚了三百元钱,就解放了。这就是罪,这就是罪……"

大家也都听烦了。但不久,又有人揭发他到过日本,见过天皇。

这问题就严重了,里通外国。

他有多年的心脏病,不久就病倒了,不能起床。最初,棚长还强制他起来,后来也就任他一个人躺着去了。

夜晚,牛棚里有两个一百度的无罩大灯泡,通宵不灭;两只大洋铁桶,放在门口处,大家你来我往,撒尿声也是通宵不断。本来可以叫人们到棚外小便去,并不是怕你感冒,而是担心你逃走。每夜,总有几个"牛鬼蛇神",坐在被窝口上看小说,不睡觉,那也是奉命值夜的。这些人都和造反者接近,也可以说是"改造"得比较好的。

李槐有病,夜里总是翻身、坐起,哼咳叹气,我劳动一天,疲劳得很,不得安睡,只好掉头到里面,顶着墙睡去。而墙上正好又有一个洞,对着我的头顶,不断地往里吹风。我只好团了一个空烟盒,把它塞住。

李槐总是安静不下来。他坐起来,乱摸他身下铺的稻草,这很使我恐怖。我听老人说过,人之将死,总是要摸炕席和衣边的。

"你觉得怎样,心里难过吗?"我爬起来,小声问他。

他不说话,忽然举起一根草棍,在我眼前一晃,说:

"你说这是什么草?"

他这种举动,真正吓得我出了一身冷汗。

第二天,我也病了,发高烧。经医生验实,棚长允许我休息一天,还交代给我一个任务:照顾李槐。

这一天,天气很好,没有风。阳光从南窗照进来,落到靠南墙的那一排铺上。虽然照射不到我们这一排,看一看也是很舒服的。我给李槐倒了一杯水,放在他的头前。我说:

"人们都去劳动了,屋里就是我们两个。你给我说说,你是哪一年到日本去的?"

"就是日本人占着天津那些年。"李槐慢慢坐了起来,"这并不是什么秘密,过去我常和人们念叨。我从小好踩高跷,学徒的时候,天津春节有花会,我那时年轻,好耍把,很出了点儿名。日本天皇过生日,要调花会去献艺,就把我找去了。"

"你看见天皇了吗?"

"看见了。不过离得很远,天皇穿的是黑衣服,天皇还赏给我们每人一身新衣服。"

他说着兴奋起来,眼睛也睁开了。

"我们扮的是水漫金山,我演老渔翁。是和扮青蛇的那个小媳妇耍,我一个跟斗……"

他说着就往铺下面爬。我忙说:

"你干什么?你的病好了吗?"

"没关系。"他说着下到地上,两排铺板之间,有一尺多宽,只容一个人走路,他站在那里拿好了一个姿势。他说:

"我在青蛇面前,一个跟斗过去,踩着三尺高跷呀,再翻过来,随手抱起一条大鲤鱼,干净利索,面不改色,日本人一片喝彩声!"

他在那里直直站着,圆睁着两只眼睛,望着前面。眼睛里放射出一种奇异多彩的光芒,光芒里饱含青春、热情、得意和自负,充满荣誉之感。

我怕他真的要翻跟斗,赶紧把他扶到铺上去。过了不多两天,他就死去了。

芸斋主人曰:当时所谓罪名,多夸张不实之词,兹不论。文化交流,当在和平共处两国平等互惠之时。国破家亡,远洋奔赴,献艺敌酋,乃可耻之行也。然此事在彼幼年之期,自亦可谅之。而李槐至死不悟,仍引以为光荣,盖老年糊涂人也。可为崇洋媚外者戒。及其重病垂危之时,偶一念及艺事,竟如此奋发蹈厉,至不顾身命,岂其好艺之心至死未衰耶。

1981 年 11 月 28 日上午

言　戒

我的为人，朋友们都说是谨小慎微，不苟言笑的。现在还有人这样评价，其实是对我不太了解之故。我说话很不慎重，常常因为语言缘故得罪于人。有一次，并从中招来大祸，几乎断送性命。如果不趁我尚能写作之时，把它写出来，以为后世之戒，并借此改变别人对我的一知半解的印象，那将是后悔莫及的了。

我在四十年代之末，进入这个码头城市。我是在山野农村长大的，对此很不习惯，不久就病了。在家养病，很少出门，也很少接触人。除去文字之过，言过本来可以很少。人之为物，你在哪一方面犯错误少，就越容易在哪一方面犯大错误。

有一天，时值严冬，我忽然想洗个澡，我穿上一件从来不大穿的皮大衣，戴了一顶皮帽，到街上去。因为有病，我不愿到营业的澡堂去洗，就走到我服务的机关大楼里去了。正是晚上，有一个中年人在传达室值班。他穿一身灰布旧棉衣，这种棉衣，原是我们进城时发的，我也有一套，但因为近年我有些稿费，薪金也多了，不能免俗，就改制了现在的服装。

他对着传达室的小窗户，悠然地抽着旱烟，打量着我。他好像认识我，我却实在不认识他。

"同志，今天有热水吗？"我问。

"没有。"他回答得很冷淡，但眼睛里却有一种带有嘲笑的热意。

我刚要转身走去，他却大声说：

"听说你们写了稿子，在报上登了有钱，出了书还有钱？"

"是的。"我说。

"改成戏有钱，改成电影还有钱？"

"是的。"我又回答。我不明白他是什么意思，我简单地以为他是爱好羡慕这一行。这样的人在当时是常遇到的。我冲口就说了一句："你也写吧。"

这四个字，使得同我对话者，突然色变，一句话也不说了。我自己也感到失言，赶快从那里走出来。在路上，我想，他会以为我是挖苦他吧，他可能不会写文章吧。但又一想，现在不是有人提倡工农兵写作吗？不是有人一个字不认识，也可以每天写多少首诗，还能写长篇小说吗？他要这样想就好了，我就不会得罪他了。

一转眼，就到了一九六六年。最初，我常看到这个人到我们院里来，宣传"革命"。不久，我被揪到机关学习，一进大门，就看到他正在张贴一幅从房顶一直拖到地下的，斗大墨笔字大标语，上面写着：

"老爷太太们，少爷少奶奶们，把你们手里的金银财宝，首饰金条，都献出来吧！"

那时我还不知道造反头头一说，但就在这天晚上，要开批斗大会。他是这个会的组织者和领导者。

先把我们关在三楼一间会议室里，这叫"候审"。我们垂头丧气地坐在那里，等候不可知的命运。我因为应付今天晚上的灾难，穿着一身破烂不堪的棉衣。

他推门进来了。我抬头一望，简直认不出来了。他头戴水獭皮帽，身穿呢面貂皮大衣，都是崭新的；他像舞台上出将一样地站在门口，一手握着门把，威风凛凛地盯了我一眼，露出了一丝微笑。我自觉现在是不能和这些新贵对视的，赶紧低下头。他仍在望着我，我想他是在打量我这一身狼狈不堪的服装吧。

"出来！"他对着我喊，"你站排头！"

我们鱼贯地走出来，在楼道里排队，我是排头，这是内定了的。别的"牛鬼蛇神"，还在你推我让，表示谦虚，不争名次，结果又被大喝一声，才站好了。

然后是一个"牛鬼蛇神"，配备上两个红卫兵，把胳膊挟持住，就像舞台上行刑一样，推搡着跑步进入了会场。然后是百般凌辱。

我认为这是奇耻大辱。当天夜里，触电自杀，未遂。

就在这么一位造反头头的势力范围里，我在机关劳动了半年。后来把我送到干校，我以为可以离开这个人了，结果他也跟去了，是那里的革委会主任。在干校一年多，我的灾难，可想而知，不再赘述了。

干校结束，我也就临近"解放"了。回到机关，参加了接收新党员的大会。会场就在批斗我们的那个礼堂。这个人也是这次突击入党的，他站在台上，表情好像有点儿忸怩。听说，他是一个农民。原在农村入过党，后来犯了什么错误，被开除了，才跟着哥哥进城来，找了个职业。现在因为造反有功，重新入党。这天，他没有穿那件崭新的皮大衣，听说那是经济主义的产物，不好再穿了。

芸斋主人曰：金人三缄之戒，余幼年即读而识之矣。况"你也写"云云，乃风马牛无影响之言，即有所怀恨，如不遇"四人帮"之煽动，可望消除于无形，不必遭此荼毒也。其不平之气，不在语言，而在生活之差异矣！故彼得志报复之时，必先华衮而斧钺也。古时，西哲有乌托邦之理想，中圣有井田之制定，惜皆不能实行，或不能久行。因不均固引起不断之纷争，而绝对平均，则必使天下大乱也。此理屡屡为历史证明，惜后世英豪，明知而仍履其覆辙也。小民倒霉矣！

1981年12月29日晨起改讫

三　马

一九六六年冬天,情形越来越不好,每天我很晚"开会"回来,老伴一个人坐在灯下等我,先安排着我吃了饭,看到我那茶饭无心,非常颓丧的样子,总是想安慰安慰我,但又害怕说错了话,惹我生气。就吞吞吐吐地说:

"你得想开一点呀,这不也是运动吗,你经过的运动还少吗?总会过去的。你没见土改吗?当时也闹得很凶,我不是也过来了吗?"

我一向称赞她是个乐天派。闹日本的时候,一天敌人进了村,全村的人都逃出去了。她正在坐月子,走动不了。一个日本兵进了她的屋,她横下一条心,死死盯着他。可是日本兵转身又走了。事后她笑着对我说:"日本人很讲卫生吧,他大概是闻不了我那屋里的气味吧!"我家是富农,她经历了老区的土改,当时拆房、牵牛,她走出走进都不在乎,还对正在拆房的人说:"你慢点儿扔砖呀,等我过去,可别砸着我。"到搬她的嫁妆时才哭了。我说:

"那时,虽然做得也有些过分,但确是一场革命。我在外面工作,虽然也受一点儿影响,究竟还是革命干部呀。"

"现在,你就不是革命干部了吗?"她问。

"我看很悬了,我不知道他们要干什么。这回好像是要算总账,目标就是老干部和有文化的人。他们把我们看成是最危险的敌人了。走到哪里,都有人在跟踪我,监视我。你们在家里说话,也要小心,我怕有人也在监视你们。地下室可能有人在偷听。"

"你不要疑神疑鬼吧,哪能有那种事呢?"老伴完全不相信,而且有些怪我多疑了。

"你快去睡觉吧,"我有些不愿再和她谈了,"你看着吧,他们要把老干部全部逼疯、逼死!这个地方的人,不是咱老家的农民,这地方是个码头,什么样的人都有的,什么事也干得出来。"

老伴半懂不懂地叹了口气,到里间睡觉去了。

随着不断地抄家,随着周围的人,对她的歧视,随着她出门买粮、买菜受到的打击,随着我的处境越来越坏,随着不断听说有人自杀,她也觉得有些不对头了。她是一个病人,患糖尿病已经近十年,遇上这种事,我知道,她也活不长了。

那些所谓"造反"者,还在不断逼迫,一步紧似一步。一天下午,我正在大楼扫地,来了一个人,通知我几天以内搬家。我回到家来,才知道是勒令马上搬家。家里已经乱作一团,晚饭也没吃。除一名造反者监临外,还派来几名"牛鬼蛇神""帮忙"。本来就够逼命的了,老伴又出了一件岔子,她因为怕又来抄家,把一些日用的钱,藏在了破烂堆里,小女儿不知道,把这堆破烂倒出去了,好容才找回来。胡乱搬了一些家具、衣物,装满一卡车,到了新住处,已经有十一点了。

那是一小间南房,我们进去,有人正在把和西邻的隔山墙,打开一个大洞。并且,还没有等我们把东西安置一下,就把屋顶上的唯一的小灯泡摘走了,我们来时慌慌张张,并没有带灯泡来。

老伴这才伤心了,她在我耳边问:

"人家为什么要在墙上凿个洞呢?"

"那是要监视我,不然,你还不相信呢。"我说。

把原来三间房子的东西,堆在一小间里,当然放不开。院里也就堆放了一些,任人偷窃践踏。

这里住户虽说不少,没人愿意理我们,也不敢理。唯独东邻一个十六七岁的男孩,主动地对老伴说:

"大娘,你刚刚搬来,缺什么短什么,就和我说吧!"

使得老伴感激落泪。

后来,我知道,这个孩子的父亲,原来也是我们机关的职工,因为在日本人办的报馆做过事,被定为日本人的特务。这次运动又提起来了,已经不许回家。他有三个儿子,大的叫大马,二的叫二马,都因为父亲的问题,到了年龄,找不到对象,进了精神病院。这个老三,叫作三马,看起来,聪明伶俐,一个人在家里过日子,屋里院里弄得井井有条。我的老伴有病,我又每天早出晚归,他确实帮过不少忙。

在很长一个时期,我甚至认为他是唯一对我家没有敌意并怀有同情之心的人了。

后来,我也被管制在大院后楼,不许回家,和他父亲住在一处。这个人因为是老问题,造反者的里面,又有不少人,是他过去的同事,对他并不注意,而且很宽容,并派他监视我们。他的床铺放在临门的地方,每逢我出去,他总是慢慢跟在后面,从容不迫,意在笔先,驾轻就熟,若无其事。比起那些初学乍练的来,显得高明老练得多了。他也从不用言辞和行动伤害于我,只是于无形无声中,表示是受人之命,不得不如此而已。因此,我对他也没有反感。

当我临近"解放",我的老伴就在附近医院去世了。我请了两位老朋友,帮着草草办了丧事,没有掉一滴眼泪。虽然她跟着我,过了整整四十年,可以说是恩爱夫妻,并一同经历了千辛万苦。

不久，我搬回了原来住的地方，告别了那间小屋。有一天，忽然听人说，三马因为两个哥哥回来了，不愿和两个疯人住在一起，自己偷偷住进了我留下的那一小间空房。被管房的知道了，带一群人硬逼他出来，他恳求了半天，还是不行，又挨了打，就从口袋里掏出一瓶敌敌畏，当场喝下去死掉了。听到这个消息，我的干枯已久的眼眶，突然充满了泪水。

芸斋主人曰：鲁迅先生有言，真正的勇士，能面对惨淡的人生，正视淋漓的鲜血。余可谓过来人矣，然绝非勇士，乃懦夫之苟且偷生耳。然终于得见国家拨乱反正，"四人帮"之受审于万民。痛定思痛，乃悼亡者。终以彼等死于暗无天日，未得共享政治清明之福为恨事，此所以于昏眊之年，仍有芸斋小说之作也。

1982年1月2日晨起改讫

小 D

小 D 是解放这个城市时的留用人员。他年岁不大,却经历了敌伪、国民党和我们这三个时期的政权。他是一名清洁工,在澡堂和厕所工作,后来也在传达室值班。

他个子矮小,营养不良,脸色干黄,老公嘴。有人说他是天阉,可是听说他已经结婚,还有两个儿子。

这个城市,在旧社会,惯出流氓无赖,号称青皮。小 D 从小在南市一带长大,自然带有这种习气。解放以后,他看见许多赫赫有名的流氓头子,都被抓去枪毙了,他就有意识地掩饰这一点,工作还是很负责的。

他,其貌不扬,出身虽然算是工人阶级,在这个有三四百人的大机关里,还是一个底层的人物,不大被人重视。他为这一点,内心有很多不平。他想:既然工人阶级是领导阶级,为什么还叫我做这个工作?他并没有向领导提出这个意见。因为他也明白,工作只有分工的不同,却没有什么高下之分。近来,他是学到了一些理论的。

"文化大革命"开始后,他不过也是观望。后来看到传达室一个同事当了造反的头头,权势很大,他就有些跃跃欲试了。经那个头头的介绍,军管组派他去监督中层干部的劳动和学习,他就走马上任了。

所谓中层干部，就是这个机关的处长、科长一类，有二十来个人。小D每天在五楼顶上的一间房子里，先领导他们站在领袖像前，念几段语录，然后就分配他们去擦地板，清理厕所和浴室。

最初，他还是和这些"中层"一起劳动。给他们做个样子，叫他们学习。他做这些工作，确是熟练，使那些"中层"深为叹服。后来随着政策的越来越"左"，对干部的迫害，越来越重，小D也就不再劳动，只是发号施令，甚至打人骂人了。

在接连"武斗"几个干部之后，小D的心毒手狠，已经在机关内外传开，名声大噪。一些人不再用轻佻的口吻叫他小D，而是改称他D司令。至于那些被审查的"中层"，已经有亲身的体验，对他更是恭敬和惧怕了。

小D的装束，随着他的声势在改变。他不知从哪里弄来一顶鸭舌帽，手里提一个书包，像一个真正的干部模样，每天大摇大摆地走进机关大院。

在进入五楼那间房子的时候，他就更威风了。

这是一九六七年的夏天，小D摘去了鸭舌帽，上身赤膊，穿一件红色的小背心，腰里扎一条南市卖艺人系的那种宽皮带。在他身后，跟着两个"中层"，也就是两个科长级干部，都是大学毕业。左边一个，给小D捧着茶杯和眼镜盒（过去谁也没见过小D戴眼镜，现在因为经常要看文件和检查材料，他又不知从哪里弄来一副眼镜）。右边一个，给小D捧着语录本和笔记本。

这是在门外的情景。在室内，则有一位白发苍苍的总务处长，是进城干部，原来是小D的最高上级，正在给小D摆座椅，擦桌面。这间房子里，既然是"牛鬼蛇神"的出入场所，当然不会有什么好家具，都是一些破桌子，破椅子。然而小D有一个专用的坐椅，他人不能擅用。

每天，当小D进来之前，这位老干部，总要亲自检查一下，嘴里还不断抱怨：

"看，你们又把D同志的椅子乱拉乱放，快拿过来，快拿过来！"

这样，小D一进屋，人们就"刷"的一声站立起来，而且都是心惊胆战的。

他感觉到人们在怕他，人们在巴结他，他很得意，越得意越威风。他是在报复，是对这些人，对这些过去比他地位高、比他富有，他曾经为他们服务过的人，进行报复。不只对这些人，也是对这些人的家属、子女。

他觉得自己的地位，突然升高了，可以说是一夜之间，升到了天际。他有了一种天生的优越感。他想到了上海的王洪文，一个普通的工人，一下子……帝王将相，宁有种乎！他觉得自己的权力很大，威力无边，可以制伏一切人，特别是这些知识分子、大学生、高级干部。

他想尽一切办法捉弄他们，虐待他们，往死的边缘推挤他们。

从此，他除去打骂他们，也渐渐用一些从日本人、国民党那里学来的特务手段对付他们。他开始抄一些人的家，翻箱倒柜，为所欲为，派人跟梢，派人密探，制造一些冤案。以走资派治走资派，他感到得意非常。

半年以后，中层干部被送往干校，他押带前往。在那里，他自己有一间办公室，门口挂一个小木牌：群众专政室。他物色了当地农场一个随娘改嫁三次的，惯于偷盗的青年，当他的助手。每天抱着一根大木棍，跟随护卫着他。

中层干部都睡在牛棚里，从天不亮劳动到天黑。他只是监督着、斥骂着，各处走动着，巡视工作，或是坐在办公室听听密探们的汇报。这一时期，他在训话时，嘴边上总是挂着这样一句话：你们这些人，过去也当过领导,今天我来领导你们……

又过了半年,他门口的小木牌,忽然不见了。紧接着,他带着几个年轻力壮的"牛鬼蛇神",拉着小车和别的工具,到几十里地以外去晒大粪。

过了半月,他被调离机关,到一个工厂去当工人。刚到工厂,他还做了一次"讲用报告"。

又过了不久,听说他吞安眠药自杀了。原因不明。有人说,他新交的朋友,另一个地方的造反派头头,常到他家去,霸占了他的老婆。可是,也没有人去追究。

芸斋主人曰:小人得志,不可一世。证之小 D,信不诬矣。余曾询之有识之士,当时何以起用此人?彼云:以最卑劣之人物,管制中层以上之干部,乃是对走资派最大之蔑视。余又询:如此无赖,"四人帮"尚在台上,何以遽尔轻生?彼亦摇首不知云。

1984 年 4 月 29 日下午

王　婉

我和王婉在延安鲁艺时就认识了，我们住相邻的窑洞。她的丈夫是一位诗人，在敌后我们一同工作过，现在都在文学界。王婉是美术系的学生，但我没有见过她画画。他们那时有一个孩子，过着延安那种清苦的生活。我孤身一人，生活没有人照料。有一年，我看见王婉的丈夫戴着一顶新缝制的八角军帽，听说是王婉做的，我就从一条长裤上剪下两块布，请她去做。她高兴地答应，并很快地做成了，亲自给我送来，还笑着说：

"你戴戴，看合适吗？你这布有点儿糟了，先凑合戴吧，破了我再给你缝一顶。"

她的口音，带有湖南味儿，后来听说她是主席的什么亲戚，也丝毫看不出对她有什么特殊的照顾，那时都是平等的。

进入这个城市以后，她的丈夫和我在作协工作，她在美协和文联工作。我虽然没有见过她的作品，但她待人接物是讨人喜欢的，表现得有点儿天真。我有一次到她家去，看见她还很能操持家务，房间收拾得井井有条，摆在几案上的一个玻璃鱼缸，里面的贝壳、石子、水藻，清洗得很干净。他们已经有两个孩子，大女儿和我的孩子在一个小学读书。

一九五三年,文艺界出了一个案件,她的丈夫被定为"分子"。最初,我还以为不过是学术思想上的问题,在开会中间,还为她的丈夫说了不少好话,什么很有才能呀,老同志呀。过了两天,我才知道问题的严重。在我们正开会时,公安局来人,把她的丈夫逮捕了,还有人给诗人抱着铺盖和热水瓶,就是说要去坐牢。我第一次见到这种阵势,可能脸色都吓白了,好在主持会的是冀中来的一个熟人,他说:

"你身体不好,先回去吧。"

我回到家里,满腹牢骚,不断对我的老婆唠叨:

"这算什么呀!一个文艺工作者,犯了什么罪呀!"

我坐立不安,走出转进。我的老婆斥责我:

"你总是好拉横车!"

后来我知道,这一案件,近似封建社会的"钦定"大案,如果主持会的不是熟人,我因在会上说了那些不合时宜的话,也会被牵连进去。

我受了很大刺激,不久,就得了神经衰弱症。

每年过春节,文联总是要慰问病号的。还在担任秘书长的王婉,带着一包苹果,到我家来,每次都是相对默然,没有多少话说。听说主席到这个城市,曾经问过王婉是不是"分子"。那时她已经离婚。

"文化大革命"开始,王婉受到冲击。她去卧过一次铁轨。后来就听不到她的消息。我的遭遇很坏,不只全家被赶了出去,还被从家里叫出来,带着铺盖和热水瓶关到一个地方。我想到了王婉的丈夫被捕下楼时说的一句话:"这也是生活!"我怀疑:这是生活吗?生活还要向更深的地狱坠落。

"文化大革命",按照它的歇斯底里个性,疯狂地转动着,我什么消息也不知道。林彪叛逃以后,情形有些变化。这时我听说,王婉是这个城市的大红人,江青不断接见她,她掌握着这个城市的大权。听到这个消息,我没有任何反应。我不想去向任何人求救我情愿在地狱中了此一生。但不久听说,有人向王婉汇报,说我在干校,一顿能吃两个窝窝头时,王婉曾经大笑起来。又有一位经常往王婉家里跑的老熟人告诉我:王婉曾想到我的住处看我,这位熟人告诉她,我还在被群众专政,恐怕影响不好,她就把这个主意打消了。我无动于衷,我不希望在我的心里,或是在这些新贵的心里,还有什么旧日的情谊萌动。

但随着整个形势的变化,我也算是"解放"了。有一次,王婉召见我,在市委办公大楼。那是个庄严的地方,过去我也很少去。在那里,我见到了王婉的权威。一位高级军官,全市文化口的领导,在她面前,唯唯诺诺,她说一句,他就赶紧在本子上记一句。另一位文官,是宣传口的负责人,在她身边转来转去,斟茶倒水,如同厮役。

我呆呆地坐在一边。

她问了我几句话。我也问了她一句话:

"王婉同志,你今年多大岁数了?"

她可能以为我问的是一句傻话,或者是在女人面前不大礼貌的话,她没有答声。

她叫我当了京剧团的顾问。

这一消息,在那些惯于趋炎附势,无孔不入的小人中间传开,顿时使一些人,对我的看法,有了很大的改变。

"好家伙,王婉接见了他!"

"听说在延安就是朋友呢!"

"一定要当文联主席了!"

因为被折磨得厉害,我的老伴,前不久去世了。有一位在"文化大革命"中处境艰难,正在惶惶然不可终日的老同志,竟来向我献策:

"到王婉那里去试试如何?她不是还在寡居吗?"

他是想，如果我一旦能攀龙附凤，他也就可以跳出火坑，并有希望弄到一官半职。

这真是奇异的非非之想，我没有当皇亲国戚的资格，一笑置之。我知道，这位同志，足智多谋，是最善于出坏主意的。

主席逝世，"四人帮"倒台之后，王婉被说成是江青在这个城市的代理人，送到干校，还没有怎么样，她就用撕成条条的床单，自缢身亡了。

芸斋主人曰：使王婉当年卧轨而死，彼时虽可被骂为：自绝于人民。然后日可得平反，定为受迫害者。时事推移，伊竟一步登天，红极一时，冰山既倒，床下葬命。名与恶帮相连，身与邪火俱灭。"十年动乱"，人生命运虽无奇不有，今日思之，实亦当时倒行逆施政治之牺牲品也。

1984年5月9日晨

冯　前

在朋友中，我同冯前，可以说相处的时间最长了。

一九四五年，我回到冀中，在一家报社认识了他。他说，其实我们在一九三九年就见过了。他那时在晋察冀的一个分区工作，我曾到那里采访，得到了一本油印的田间的诗集，就是他刻写的。不过那时他还只十七岁，没有和我交谈罢了。

冯前为人短小精干，爽朗、热情，文字也通畅活泼。我正奉命编辑一本杂志，他是报社编辑，就常常请他写一些时事短评之类的文章。

这家报纸进城以后，阴错阳差，我也成了它的正式工作人员。而且不愿动弹，经历了七任总编的领导。冯前进城以后，以他的聪明能干，提拔得很快，人称少壮派。他是这家报纸的第三任总编。

我原以为，我们是老相识，过去又常请他看作品，很合得来，比起前几任总编，应该更没有形迹。其实，总编一职，虽非官名，但系官职之培基，并且是候补官职的清华要地。总编升擢就是宣传部部长，再升，则为文教书记。谁坐在这个位置上，也不能不沾染一些官气。

我体会到这一点儿以后，当众就不再叫他冯前，而是老冯，最后则照例改为冯前同志了。

但从此，我们之间的交谈，也就稀少了，虽然我们住的是邻居。

我写了什么新作品,除去在报纸发表,要经他审阅,也就很少请他提意见了。

不久,就来了"文化大革命"。七月间,大家在第一工人文化宫心惊肉跳地听完传达,一出会场,我看见人们的神情、举止、言谈,都变了。第二天,集中到干部俱乐部学习。传达室告诉我:冯前同志先坐吉普车走了,把他的卧车留给我坐。当时,我还很感激,事到如今,还照顾我。若干年后,忽然怀疑:当时,他可能是有想法的。他这样做,使群众看到,在机关,第一个养尊处优的不是总编,而是我。

到了俱乐部,一下车,一位在大会工作的女同志知道我很少出来开会,就神秘地说:

"你也来了?一进来,可就出不去了。"

学习一开始,那种非常的气氛,就使我在炎热的季节,患起上吐下泻来,终于还是请假出来了。

冯前在学习班做了重点发言,批判了文教书记,也就是他的老上级,提拔他担任总编的人。学习结束后,一天夜里,他叫他的女儿到我屋里传信:那位书记自杀了。这时,我已经被指为是这位书记的死党。

在机关,我是第一个被查封"四旧"的人。我认为,这是他的主意。当时的"文革",还是在"御用"阶段,主事的都是他的亲信。查封以后,他来到我屋里看了一下,一句话也没说。也好像是来安慰我。当天晚上,又派人收去了我从老区带来的一支手枪。

不管怎么样抛我,我总不是报社的当权派。他最后还是成为斗争的重点,被关了起来。后来,我也被关了起来,有传说,是他向军管会建议的。不过,他的用意只是:我太娇惯了,恐怕到了干校,生活不能适应,先关在这里,锻炼锻炼。如果是这样,是情有可原的。何况,在我去干校之时,一捆大行李,还是他替我背到汽车上去的。

我重友情，每逢见到他在会场上挨打，心里总是很难过。而他不仅毫无怨言，也毫无怨容。有一次，造反派叫我们在报社大门安装领袖大像，冯前站在高高的梯子上操作，我在下面照顾过往的行人。梯子颤颤悠悠，危险极了，我不禁大声喊：

"冯前，当心啊！"

他没有答言，手里的锤子，仍在当当地响着。他也许认为我这样喊叫，是多余，是不合时宜的。

每逢批判我的时候，造反派常叫他做重点发言。当着面，他也不过说我是遗老遗少——因为我买了很多古书。架子很大，走个对面，也不和人说话。其实，我走在路上，因为车马多，总是战战兢兢，自顾不暇，就是我儿子走过来，我也会看不清的。

我听过他的多次检查，都忘记了。印象最深的是他谈到他的升官要诀：一、紧跟第一书记；二、对于第一书记的话，要能举一反三。

可惜这次"革命"，以匪夷所思的方式进行，使得一些有政治经验的官员，也捉摸不到头绪，他所依靠的第一书记，不久也自杀了。冯前承认自己失败了。随即向造反派屈服，并且紧跟。

在运动后期，我们一同进了毛泽东思想学习班，有一个造反派头头跟着。学习期间，不断开批判会，别人登台发言，不过是在结尾时喊几句口号。他发言时，却别出心裁：事先坐在最后一排，主席一唱名，他一边走，一边举手高呼口号，造成全场轰动，极其激昂的场面，使批判会达到出乎意外的高潮。

在互相帮助时，我曾私下给他提了一点儿意见：请他以后不要再做炮弹，他没有说话，恐怕是不以为然。这也是我最后一次给他提意见。

他也曾向我解释：

"运动期间，大家像掉在水里。你按我一下，我按你一下，是免不掉的。"

我也没有答话。我心想：我不知道，我如果掉在水里，会怎样做。在运动中，我是没有按过别人的。

运动后期，他被结合，成为革委会的一名副主任。我不常去上班，又在家里重理旧业，养些花草。他劝告过我两次，我不听。一天，他和军管负责人来到我家，看意思是要和我摊牌。但因我闭口不言，他们也不好开口，就都站起来，这时冯前忽然看见墙角那里放着一个乡下人做尿盆用的那种小泥盆，大声说：

"这里面有金鱼！"

不上班和养花养鱼，是"文化大革命"中他们给我宣传出去的两条罪状。军管人员可能认为他这样当场告密，有些过分，没有理他就走了。

芸斋主人曰：粉碎"四人帮"以后，人们对冯前的印象是：大风派。谁得势，靠谁；谁失势，整谁。也有人说：以后不搞运动了，这人有才干，还是可用的。如果不是年龄限制，还是可以飞黄腾达的。后之论者，得知人论世之旨矣！

1987年4月15日写讫

附：麦田中*

两个赤裸裸的身体，捆在一处，平行的上下的放在地上。在这人迹稀少的绿苗中，站满了看热闹的男女。夜戏散了，将近午夜，远处灯火的照耀，天空星儿的微光，可以使人们看得真切一点，但是不久便有人提了两只纸灯笼来，放在肉体的一旁，观众越觉着有趣了。

事是这样简单而凑巧，当年轻的小三去大便的时候，本来是风平浪静，然而有一片麦苗，不住地摇动，并且有一种不是平常的声音断续的发出。青年人本来就好个"为什么"，所以便不加思索地跑过来，仔细一看，呀！原来是这么一回有趣的事。

小三的动作，是这样的敏捷，一屁股便坐在他俩的身上。大口一张，便是这一句："看哪！好过瘾，二哥！小秃！过来。""动！一用力坐出你的黄子来！"接着便喊起来了。众人的耳官更是灵敏，听到了"过瘾"二字，便有了十来个人加了十足的力量，向这方跑来，速度胜过风驰

---

* 孙犁在保定育德中学上学时，初中阶段就在校刊《育德月刊》上发表了四篇小说、一个剧本。第一篇小说为《自杀》，写于1929年，此后又发表了《孝吗？》《弃儿》《麦田中》，共四篇。高中阶段，他专攻社会科学和文艺理论，未再写小说，直到1939年到了冀西才正式从事革命文学创作，所以他在《育德月刊》上发表的作品是他的处女作。今选其中一篇，略窥一斑——选编者注。

电掣。

四方的人，集中一点，不一会儿，人便围得里外七八层。大家都很踊跃，快乐和有趣，只有麦田的主人，在一边扬手摇头地大骂，因为一亩青翠的麦子，踏为平地了。

乱了一时，人们都稍为安静下来，好知心切，都问一切的以往。小三见人多了，他俩也走不了，所以才站了起来，将他这种大发现详细地报告给他们听。报告完了，有不同的议论发生，但是有三个共同之点，就是：（一）先将他俩照原来姿势捆起来。（二）报告村正。（三）拷问他二人。

这三个议案通过以后，小三便解下了长约四尺的腰带，不很费力地就捆好了。村长也就派人向庙内暨圣会办公处去请了。第三个动作，是小三做了执刑的人，小秃当了审花案的县太爷，作福作威地问了起来。

无论柳条的抽打，人们的笑骂，他是一言不发，一动不动，合着眼，伸着腿无可奈何地躺着。她更不用说了，香汗流下，红唇变紫，面色由红而赤由赤而苍白了。

众人看见他俩不动不言，因而大怒，便命小三，将他俩的一切衣服完全脱下，用力拷打。然而他俩仍是不动，照旧不语，微喘的颤动的出气声，只有他俩能够感到，别人是没听到的可能，因为人声噪耳。

人数不下数百人，不住地拥挤吵嚷笑骂，当两盏纱灯照路，两位绅士陪伴的村副李经常先生来到的时候，人们便迅速地不约而同地向后退去，一个人为墙壁的胡同便形成了，村副这才举动庄严的大摇大摆地走进人丛。

人海潮退浪平，变得非常安静了，专心一意地看李先生的动作。两个仆从，将灯提起，照在两个肉体上。他——李先生——凝视在下面的姑娘的面貌，就是这一眼，他那摸着黑须的手垂下了，面上出现了惭怒为难的色彩，不说一句话，呆呆地站起来。

好在是他老先生，经的多，见的广，见识超绝。所以不到三分钟，他便想到了一个完妙的计策。命令从人，将他俩解开，又大声的说道："你们都要散开！我要带到庙内去问。"人们一听到这些，便全部向庙里跑去。李先生便乘机派人将姑娘送到他的家里，又将那个男子无条件地放走。

李先生急忙辞别绅士回家，将事情偷着告诉他的夫人，叫她快快地给王姑娘穿好衣服，劝劝她，不要紧的，她家的人不会知道。他的夫人照话办了，黎明的时候，王姑娘便被送回家去，只说在庙内遇到了李家小姐，到她家去玩了一会儿，因为天晚了，便过了夜。没有人问别的，这事便过去了。

第二天，小三不如意地说道："李先生不知怎样便把那小子放走了，谁知他是哪村的？那姑娘也没有见过，穿得很不错，也不知是哪村的。李先生，不问根由，便将他俩放走了，叫大家都闷闷的。"小三这样说，大家也这样想。

实在，在那种模糊的灯光下，没有认清那男子的面貌；虽然女子的面儿，比较着看清了，但是一些也不认识。

这一种事情是特殊的而且凑巧的，假设不是当这样热闹的庙会，不是在给王先生的母亲还愿的这一天晚上，王小姐是不出门的。因为她是官宦家的小姐，王先生曾作过一任道尹。无大事是不准到外边的，即使出门也是坐轿或车的，农夫小三安能认识。事情又是这样凑巧，当王小姐跟了祖母看完戏的时候，便同姐妹们去看灯，一回头，便看见了一位少年。他是这样的俊美，如此的面熟，一想便想起他是她外祖母村的一位青年，年幼的时候是常在一处玩的而且是很要好的。

他的眼发出了迷人的光芒,他的神气非常的秀丽而充满了热情。她的心荡漾了。本来已经十八岁了,生理上的发育,早已完全了。深闺中的寂寞,说不出口的烦闷,使她的心热烈地燃烧着;有时她偶然看见她父亲同姨太太们的谈笑,兄嫂们私房的艳事,都能使她感到十二分的苦闷与羡慕。

在这种热情的眼光下,又受了如燃的心灵的支配,她忘了礼教,忘了家规,忘了今天是她家的大喜日,忘了她父亲是名望很高的村正。热烈的感情,胜过了意志,稍停了两步,当她的同伴不留神的时候,她便同他一转身,前后的走出庙的后门,又来到麦苗的密处。

这事情,虽然有许多人知道,但是谁想到是王姑娘呢。只有李先生心中不好过,因为同王先生是世交,又是门当户对,并且自己也曾受过王先生的栽培,绝对地不能将这话叫王先生知道或者传出。但是一想到他那爱如己子的外甥,再想到已经自幼订好的外甥媳妇——王姑娘,他便垂了头,微微的叹气。

1931 年 5 月 23 日